#07 P9-DDN-749

Junipero Serra Branch Library
4607 S. Main Street
Los Angeles, CA 90037

LA MALDICIÓN DEL MAR

SEVEN

AUG 3 0 2019

LA MALDICIÓN DEL MAR

SHEA ERNSHAW

S

PUCK

Argentina – Chile – Colombia – España
Estados Unidos – México – Perú – Uruguay

2438 53950

Título original: *The Wicked Deep*
Editor original: Simon Pulse, an imprint of Simon & Schuster Children's
Publishing Division, New York
Traducción: Silvina Poch

1.ª edición: septiembre 2018

Reservados todos los derechos. Queda rigurosamente prohibida, sin la autorización escrita de los titulares del *copyright*, bajo las sanciones establecidas en las leyes, la reproducción parcial o total de esta obra por cualquier medio o procedimiento, incluidos la reprografía y el tratamiento informático, así como la distribución de ejemplares mediante alquiler o préstamo públicos.

Text copyright © 2018 by Shea Ernshaw
Jacket illustration copyright © 2018 by Lisa Perrin
All Rights Reserved
© de la traducción 2018 *by* Silvina Poch
© 2018 by Ediciones Urano, S.A.U.
Plaza de los Reyes Magos 8, piso 1.º C y D – 28007 Madrid
www.mundopuck.com

ISBN: 978-84-92918-02-7
E-ISBN: 978-84-17312-44-2
Depósito legal: B-20.663-2018

Fotocomposición: Ediciones Urano, S.A.U.

Impreso por: Rodesa, S.A. – Polígono Industrial San Miguel
Parcelas E7-E8 – 31132 Villatuerta (Navarra)

Impreso en España – *Printed in Spain*

Para mis padres, por alentar mi audaz imaginación.

Si existe magia en este planeta, se encuentra contenida en agua.
Loren Eiseley

El mar

En 1822, tres hermanas llegaron a Sparrow, Oregón, a bordo del *Lady Astor*, un barco que comerciaba pieles, que se hundió ese mismo año en el puerto, cerca del cabo.

Fueron de las primeras personas en instalarse en el pueblo costero que se había fundado poco tiempo atrás, y se aventuraron en las nuevas tierras como aves de patitas finitas, ondulado cabello castaño claro y piel de porcelana. Eran hermosas, demasiado hermosas, diría más tarde la gente del pueblo. Marguerite, Aurora y Hazel se enamoraban a menudo y, en general, de los hombres equivocados: aquellos cuyos corazones ya pertenecían a otras mujeres. Eran coquetas, seductoras y los hombres las encontraban irresistibles.

Pero los habitantes de Sparrow consideraron que las hermanas eran mucho más que eso: creyeron que eran brujas, que hechizaban a los hombres para volverlos infieles.

De modo que, a fines de junio, cuando la luna no era más que una rayita finita en el cielo encapotado, amarrarom piedras a los talones de las tres hermanas y las arrojaron al océano, cerca del cabo, donde se hundieron hasta el fondo y se ahogaron. Igual que el barco en el que llegaron.

I

Tengo una vieja fotografía en blanco y negro, tomada en la década de 1920, de una mujer de un circo itinerante flotando en una enorme pecera llena de agua, el cabello rubio extendido alrededor de la cabeza, las piernas escondidas debajo de una falsa cola de sirena hecha de tela e hilos metálicos imitando escamas. Es etérea y angelical, sus labios finitos están apretados con fuerza mientras contiene la respiración bajo el agua helada. Hay muchos hombres delante de la pecera de vidrio, observándola como si fuera real, fácilmente engañados por el espectáculo.

Recuerdo esta fotografía cada vez que llega la primavera y comienzan a circular murmullos por el pueblo de Sparrow sobre las tres hermanas a las que ahogaron cerca de la entrada del puerto, pasando Lumiere Island, donde vivo con mi madre. Me imagino a las tres hermanas flotando en las sombras oscuras como delicadas siluetas fantasmales, debajo del agua, volubles y conservadas como la sirena del circo. ¿Habrán luchado para no hundirse cuando las arrojaron a las profundidades del mar, o dejaron que el peso de las piedras las hiciera descender velozmente hasta el fondo frío y rocoso del Pacífico?

Una neblina matinal, húmeda y sombría, se desliza por encima del océano entre Lumiere Island y el pueblo de Sparrow. El agua está en calma mientras bajo hacia el muelle y comienzo a desamarrar la embarcación: un bote de fondo recto, con dos asientos y un motor fuera de borda. No es ideal para maniobrar en medio de tormentas y vendavales, pero sirve para ir y volver del pueblo. Otis y Olga, dos gatos atigrados de color anaranjado que aparecieron misteriosamente en la isla dos años atrás, me siguieron hasta el agua maullando a mis espaldas, como si lamentaran mi partida. Me marcho todos los días a esta hora y recorro la bahía antes de que suene la campana que anuncia la primera hora de clase —Economía Global, una asignatura que nunca me servirá— y todas las mañanas me acompañan hasta el muelle.

El rayo de luz intermitente del faro se desliza por encima de la isla y, por un momento, se arrastra sobre una silueta que se encuentra sobre el acantilado de la rocosa costa occidental: mi madre. Los brazos cruzados sobre el grueso jersey color beige que ciñe su frágil figura, observa la inmensidad del océano como todas las mañanas, esperando a alguien que jamás regresará: mi padre.

Olga se frota contra mis jeans, arquea su lomo huesudo y para la cola, para persuadirme de que la alce, pero no tengo tiempo. Levanto la capucha del piloto, me subo al bote y jalo del cordel del motor, que chisporrotea hasta que arranca, y luego conduzco la embarcación hacia la neblina. No puedo ver la costa ni el pueblo a través de la densa capa de humedad, pero sé que está allí.

Mástiles altos y aserrados se elevan del agua como espadas, minas terrestres, naufragios de años anteriores. Si no conocieras el camino, podrías chocar contra los restos de por lo menos media docena de barcos hundidos, que todavía acechan en estas aguas. Debajo de mí, hay una telaraña de metal recubierta de moluscos, eslabones de cadenas oxidadas que están extendidas sobre proas destrozadas y peces que convierten a los deteriorados ojos de buey en sus hogares, los aparejos carcomidos tiempo atrás por el agua salada. Es un cementerio de barcos. Pero al igual que los pescadores del pueblo que avanzan lentamente a través del lóbrego vapor hacia mar abierto, yo también puedo abrirme paso por la bahía con los ojos cerrados por el frío. Aquí el agua es profunda. Inmensos barcos solían traer provisiones a este puerto, pero ya no ocurre. Ahora solo se ven pequeños botes de pesca y barcas turísticas recorriendo la bahía con sus ruidosos motores. Estas aguas están malditas, siguen diciendo los pescadores… Y tienen razón.

El bote choca contra el costado del muelle once, atracadero número cuatro, donde amarro la embarcación mientras estoy en clase. La mayoría de los chicos de diecisiete años tienen licencia de conducir y autos oxidados de segunda mano o heredados de hermanos mayores. Yo, en cambio, tengo un bote. Y no necesito un auto.

Me cuelgo el bolso de lona por encima del hombro, cargado de libros pesados, y subo al trote las calles grises y resbaladizas que me llevan hasta la escuela secundaria. Enclavado entre el mar y las montañas, el pueblo se construyó en la intersección de dos cadenas de sierras, por lo tanto los aludes de lodo son muy comunes. Algún día, Sparrow desaparecerá por completo. Será arrastrado dentro del agua y sepultado debajo de doce metros de lluvia y cieno. Aquí no hay cadenas de comida rápida ni centros comerciales ni cines, tampoco Starbucks… aunque sí tenemos una cafetería donde se puede hacer pedidos desde el coche. Nuestro pueblito está protegido del mundo exterior, atrapado en el tiempo. Tenemos una gigantesca población de dos mil veinticuatro habitantes. Pero ese número aumenta enormemente todos los años el primero de junio, cuando los turistas convergen en el pueblo y se apoderan de todo.

Rose se encuentra en la pendiente del jardín delantero de la escuela, tipeando en su teléfono celular. Su indómito cabello color rojo canela se levanta en rizos indomables que ella detesta. Pero siempre envidié la forma vivaz en que su pelo no puede dominarse, atarse ni sujetarse, mientras que a mi cabello lacio y castaño es imposible convencerlo de que quede arreglado de alguna manera alegre y vivaz... y miren que lo he intentado. Pero mi pelo lacio nunca dejará de ser lacio.

—¿No me abandonarás esta noche, verdad? —me pregunta al verme, arqueando las cejas y dejando caer el celular en la mochila, que alguna vez fue blanca y ahora está garabateada con marcadores de tinta indeleble y colores vivos, de modo que actualmente es un collage de remolinos de color azul oscuro, verde inglés y rosa: coloridos grafitis que no han dejado espacio sin colorear. Rose quiere ser artista... Rose *es* artista. Está decidida a mudarse a Seattle y asistir al Instituto de Arte cuando nos graduemos. Y me recuerda casi todas las semanas que no quiere ir sola, que yo debería ir con ella y ser su compañera de habitación. Una conversación que vengo evitando hábilmente desde primer año.

Y no es que no quiera escapar de este pueblo horrible y lluvioso, porque sí quiero. Pero me siento aprisionada, una carga de responsabilidad está instalada con firmeza sobre mí. No puedo dejar a mi madre completamente sola en la isla. Yo soy todo lo que tiene, lo único que la mantiene conectada con la realidad. Y tal vez sea una estupidez —hasta ingenuo—, pero también tengo esperanza de que mi padre regrese algún día, que aparezca mágicamente en el muelle y camine hasta la casa como si no hubiera pasado el tiempo. Y tengo que estar aquí en caso de que eso suceda.

Pero mientras nuestro penúltimo año escolar llega a su fin y el último se aproxima, me veo obligada a considerar cómo será el resto de mi vida y que tal vez mi futuro esté aquí mismo, en Sparrow. Es probable que nunca me marche de este lugar. Es probable que esté atrapada aquí.

Permaneceré en la isla leyendo la suerte en las hojas de té, depositadas en el fondo de tazas blancas de porcelana, como solía hacer mi madre antes de que papá desapareciera y no regresara jamás. Los lugareños conducían sus botes por el muelle, a veces en secreto bajo una luna fantasmal, a veces en la mitad del día porque tenían una pregunta urgente que necesitaba respuesta, y se sentaban en la cocina, golpeteando los dedos contra la tapa de madera de la mesa, esperando que mamá les adivinase el destino. Y después le dejaban billetes doblados, arrugados o aplastados en la mesa antes de marcharse. Mamá escondía el dinero en una lata de harina que guardaba en un estante, junto al fogón. Y tal vez esa sea la vida que me espera: sentarme a la mesa de la cocina mientras el dulce aroma del té de manzanilla, lavanda y naranja se instala en mi cabello, deslizando el dedo por el borde de una taza y descubriendo mensajes en el caótico remolino de las hojas.

Muchas veces vislumbré mi propio futuro en esas hojas: un chico que llega volando por el mar y naufraga en la isla. El corazón latiéndole violentamente en el pecho, la piel hecha de viento y arena. Y mi corazón incapaz de resistir. Es el mismo futuro que he visto en todas las tazas de té desde los cinco años, cuando mamá me enseñó por primera vez a descifrar las hebras. «Tu destino se encuentra en el fondo de una taza de té», me había susurrado a menudo antes de mandarme a la cama. Y la idea de ese futuro se agita dentro de mí cada vez que pienso en abandonar Sparrow: como si la isla me atrajera hacia ella, como si mi destino estuviera arraigado aquí.

—No es abandonarte si nunca dije que iría —respondo a la pregunta de Rose.

—No permitiré que te pierdas otra fiesta Swan. —Desplaza la cadera hacia el costado y enlaza el pulgar derecho alrededor de la correa de la mochila—. El año pasado tuve que quedarme hablando con Hannah Potts hasta el amanecer, y no volveré a hacerlo.

—Lo pensaré —señalo. La fiesta Swan siempre marcó dos cosas: el comienzo de la temporada Swan y el final de los festejos de la conclusión del año escolar. Es una celebración impulsada por el alcohol, que es una extraña combinación de emoción por no tener más clases ni profesores ni exámenes sorpresa, mezclada con el inminente terror que produce la temporada Swan. Como de costumbre, todos se embriagan tanto que después no recuerdan nada de lo sucedido.

—Piensa menos y haz más. Cuando le das vueltas a las cosas demasiado tiempo, siempre te convences de no hacerlas. —Rose tiene razón. Desearía querer ir... desearía que me gustaran las fiestas en la playa, pero nunca me siento cómoda en esos lugares: soy *la chica que vive en Lumiere Island*, cuya madre enloqueció y cuyo padre desapareció, y que nunca se queda en el pueblo con sus compañeros después de la escuela. Que prefiere pasar la noche leyendo las tablas de las mareas y observando la lenta llegada de los barcos al puerto en vez de bebiendo cervezas sin parar con gente que apenas conoce.

»Ni siquiera tienes que disfrazarte si no quieres —agrega. De todas maneras, disfrazarme nunca estuvo en mis planes. A diferencia de la mayoría de los habitantes de Sparrow, que guardan en el fondo del armario un disfraz de principios de 1800 listo para usar en la fiesta anual de las hermanas Swan, yo no tengo ninguno.

Suena el timbre de la primera hora de clase y seguimos al desfile de alumnos a través de las puertas de la escuela. El vestíbulo huele a cera para suelo y a madera podrida. Los ventanales son de un solo vidrio y no son herméticos, y el viento los hace repiquetear todas las tardes. Los dispositivos de iluminación zumban y parpadean. Ninguno de los casilleros cierra porque los cimientos se han desplazado varios grados del centro. Si yo hubiera conocido otro pueblo, otra escuela, es probable que este lugar me pareciera deprimente. Pero, en cambio, la lluvia que se filtra durante las tormentas de invierno por el techo y gotea sobre los escritorios y los suelos de los pasillos me resulta familiar. Es como estar en mi casa.

Rose y yo no estamos juntas en la primera hora, de modo que caminamos hasta el final del hall A y luego nos detenemos junto al baño de mujeres antes de separarnos.

—Es que no sé qué le diré a mamá —comento rascando los restos de pintura de uñas Bombardeo de Arándanos del pulgar izquierdo, que Rose me obligó a pintarme hace dos semanas durante una de nuestras noches de cine en su casa, cuando decidió que, para integrarse seriamente dentro de la carrera de Arte en Seattle, tenía que ver las películas de Alfred Hitchcock. Como si los films de miedo en blanco y negro fueran a consagrarla por alguna misteriosa razón como una artista *seria*.

—Dile que irás a una fiesta… que en realidad tienes una vida propia. O escápate en secreto. Es probable que ni siquiera note que te has ido.

Me muerdo la comisura del labio y dejo de rascarme la uña. La verdad es que dejar a mi madre sola, aunque sea solo por una noche, me deja intranquila. ¿Qué pasaría si se despierta en medio de la noche y descubre que no estoy durmiendo en mi cama? ¿Acaso pensaría que habría desaparecido igual que papá? ¿Saldría a buscarme? ¿Haría algo temerario y estúpido?

—De todas maneras está encerrada en ese isla —agrega Rose—. ¿A dónde podría ir? Tampoco es que se meterá caminando en el mar. —Hace una pausa y nos quedamos mirándonos: que se meta caminado en el mar es precisamente lo que temo—. Lo que quiero decir —se corrige— es que no creo que suceda nada por dejarla sola *una* noche. Y estarás de regreso apenas amanezca.

Echo una mirada por el hall hacia la puerta del salón de la primera hora de Economía Global, donde prácticamente todos están ya en sus asientos. El profesor Gratton se encuentra en el escritorio, golpeteando un bolígrafo sobre una pila de hojas, esperando que suene el último timbre.

—Por favor —ruega Rose—. Es la noche más importante del año y no quiero ser la perdedora que va sola otra vez. —Un ligero ceceo se extiende por encima de la palabra *sola*. Cuando Rose era más joven, hablaba con ceceo. Todas sus *eses* sonaban como la *zeta* española. En primaria, los chicos se burlaban de ella cada vez que una maestra le pedía que hablara fuerte delante de toda la clase. Pero después de visitas regulares a una fonoaudióloga de Newport tres veces por semana, durante los primeros años de la secundaria, repentinamente fue como si saliera de su cuerpo viejo y entrara en uno nuevo. Mi mejor amiga torpe y ceceosa volvió a nacer: segura y valiente. Y aunque su aspecto no cambió realmente, ahora de ella emanaba una hermosa y exótica especie de ser humano que me resultaba irreconocible, mientras yo permanecía exactamente igual. Tengo la sensación de que algún día ni siquiera recordaremos por qué éramos amigas. Se irá volando como un pájaro de colores brillantes que vive en el lugar equivocado del mundo y yo me quedaré aquí, el plumaje gris, empapada y sin alas.

—Está bien. —Me rindo, sabiendo que, si falto a otra fiesta Swan, es probable que reniegue de mí como su única amiga.

Esboza una amplia sonrisa.

—Gracias a Dios. Pensé que iba a tener que secuestrarte y llevarte a la fuerza. —Desliza la mochila hacia arriba del hombro y agrega—: Te veo después de clase. —Corre deprisa por el pasillo justo cuando suena el último timbre desde los diminutos parlantes que están sobre nuestras cabezas.

Hoy solo tenemos medio día de clases: primera y segunda hora, porque hoy también es el último día de clases antes de las vacaciones de verano. Mañana es primero de junio. Y a pesar de que la mayoría de las escuelas secundarias no empiezan tan temprano sus vacaciones, el pueblo de Sparrow comienza la cuenta regresiva varios meses antes. Letreros que anuncian festivales en honor a las hermanas Swan ya están colgados alrededor de la plaza principal y en los escaparates.

Mañana empieza la temporada turística. Y con ella llega el flujo de forasteros y el comienzo de una tradición escalofriante y mortal que ha atormentado a Sparrow desde 1823, desde que ahogaron a las tres hermanas Swan en el puerto. La fiesta de esta noche marca el inicio de una temporada que traerá más que dinero del turismo: traerá tradiciones y leyendas, especulaciones y dudas acerca de la historia del pueblo. Pero siempre, infaliblemente todos los años, también traerá muerte.

UN CÁNTICO

Comienza como un suave canturreo que se desliza con la marea, un sonido tan débil que podría ser el viento soplando a través de las persianas de tablitas de madera, a través de los ojos de buey de los barcos pesqueros anclados en el puerto y por las angostas grietas de los umbrales arqueados por el tiempo. Pero después de la primera noche, la armonía de las voces se vuelve innegable. Un himno encantado que navega por encima del agua, fresco, suave y seductor. Las hermanas Swan han despertado.

2

Las puertas de la escuela secundaria de Sparrow se abren de golpe antes de las doce y un ruidoso desfile de alumnos queda en libertad en medio del aire pegajoso del mediodía. Gritos de excitación resuenan por toda la escuela, dispersando a las gaviotas posadas a lo largo del muro de piedra que rodea el parque delantero.

Solo la mitad de los alumnos de quinto año se molestó en presentarse el último día, pero los que lo hicieron arrancan las hojas de los cuadernos y dejan que el viento las lleve: una tradición para marcar su libertad y el fin de la escuela secundaria.

El sol brilla perezoso en el cielo —después de haber ardido a través de la niebla matinal—, y ahora luce derrotado y cansado, incapaz de calentar el suelo o nuestros rostros helados. Rose y yo recorremos con paso largo la calle Canyon con nuestras botas de lluvia, los jeans metidos dentro para que no se mojen, los abrigos abiertos, esperando que el día aclare y caliente el aire antes de la fiesta que durará toda la noche. Fiesta a la que todavía no estoy completamente emocionada de asistir.

Al llegar a Ocean Avenue, giramos a la derecha y nos detenemos en la esquina siguiente, donde se encuentra la tienda de la madre de Rose, que parece un pastelito cuadrado, con paredes de ladrillo pintadas de blanco y aleros rosados... y donde Rose trabaja todos los días después de la escuela. El letrero que está encima de la puerta de vidrio dice: PASTELES OLVIDADIZOS DE ALBA en letras redondas, con un glaseado de un rosa pálido sobre un fondo color crema. El cartel ya está cubierto de una sustancia verdosa, que habrá que quitar. Es una batalla constante contra el aire salobre y limoso.

—Mi turno solo dura dos horas —comenta Rose cambiando de hombro la mochila—. ¿Nos encontramos a las nueve en el muelle?

—De acuerdo.

—¿Sabes algo? Si tuvieras un teléfono celular, como cualquier persona normal, podría mandarte un simple mensaje.

—Los celulares no funcionan en la isla —señalo por centésima vez.

Lanza un resoplido de exasperación.

—Lo cual es catastróficamente inconveniente para mí. —Como si fuera ella quien tiene que soportar la falta de cobertura del celular.

—Sobrevivirás —exclamo con un gesto burlón y ella sonríe. El sol resalta las pecas de su nariz y de sus mejillas, que parecen constelaciones de arena dorada.

La puerta que se encuentra detrás de ella se abre súbitamente con un revoloteo de campanillas que repiquetean contra el vidrio. Su madre, Rosalie Alba, sale al exterior protegiendo sus ojos con la mano, como si viera el sol por primera vez desde el verano pasado.

—Penny —dice bajando la mano—. ¿Cómo está tu madre?

—Como siempre —admito. En una época, nuestras madres eran relativamente amigas. A veces se encontraban a tomar el té los sábados por la mañana, o la señora Alba venía a Lumiere Island y, junto con mamá, hacían galletas o pasteles de moras, cuando los arbustos espinosos comenzaban a cubrir la isla y mi padre amenazaba con quemar todos.

La señora Alba también es una de las pocas personas del pueblo que todavía me pregunta por mamá, que todavía se preocupa.

Ya pasaron tres años desde que desapareció mi padre y es como si el pueblo se hubiera olvidado completamente de él. Como si nunca hubiera vivido aquí. Pero es mucho más fácil soportar sus miradas vacías de lo que fue oír los rumores y especulaciones que giraron alrededor del pueblo los días posteriores a su desaparición. «Para empezar, John nunca perteneció a este lugar», la gente había susurrado. «Abandonó a su esposa y a su hija», «Siempre odió vivir en Sparrow», «Se escapó con otra mujer», «Enloquecido por vivir en la isla, se metió en el mar y se ahogó».

Era un forastero y los lugareños nunca lo aceptaron totalmente. Parecieron aliviados cuando desapareció, como si se lo mereciera. Pero mamá creció aquí, fue a la escuela secundaria de Sparrow y luego conoció a mi padre en la Universidad de Portland. Estaban enamorados y yo sé que él nunca nos habría abandonado. Éramos felices. Él era feliz.

Algo muy extraño le ocurrió tres años atrás. Un día estaba aquí y, al siguiente, desapareció.

—¿Podrías entregarle esto? —pregunta la madre de Rose extendiendo una cajita rosa con un lazo a lunares.

La tomo y deslizo los dedos por el lazo.

—¿De qué es?

—Limón y lavanda. Es una receta nueva que vengo probando.

—La señora Alba no hace pasteles comunes para antojos comunes. Sus diminutos pasteles olvidadizos están hechos con la intención de que olvides lo peor que te sucedió en toda tu vida, para borrar los malos recuerdos. Yo no estoy completamente convencida de que en verdad funcionen, pero los lugareños y los turistas veraniegos devoran los pastelitos como si fueran una cura potente, una medicina para cualquier pensamiento no deseado. La señora Potts, que vive en una casa angosta en la calle Alabaster, afirma que, después de haber comido un pastel particularmente exquisito de chocolate, higos y albahaca, ya no pudo recordar el día en que el perro de Wayne Bailey, su vecino, le mordió la pantorrilla, la hizo sangrar y le dejó una cicatriz que tiene la forma de un rayo. Y el señor Rivera, el hombre del correo del pueblo, afirma que solo recuerda vagamente el día en que su mujer lo dejó por un plomero que vive en Chestnut Bay, a una hora de viaje hacia el norte. Aun así, yo sospecho que deben ser las tazas colmadas de azúcar y los peculiares sabores de los pasteles los que, por un breve instante, permiten que una persona solamente piense en la combinación de la terrosidad de la lavanda y la acidez del limón, que ni siquiera sus peores recuerdos pueden superar.

Cuando mi padre desapareció, la madre de Rose comenzó a enviarme a casa con todos los sabores de pasteles imaginables: lima y frambuesa, café y avellana, coco y algas, con la esperanza de que ayudarían a mi madre a olvidar lo que había sucedido. Pero nada ha logrado atravesar su pena: una densa nube que no se disipa fácilmente con el viento.

—Gracias —digo, y la señora Alba me ofrece su amplia sonrisa con todos los dientes. Sus ojos son como estanques de calidez, de bondad, y yo siempre me sentí consolada por ella. La madre de Rose es española, pero su padre es un verdadero irlandés, nacido en Dublín, y Rose se las arregló para sacar todos los rasgos de su padre, para su disgusto—. Nos vemos a las nueve —le recuerdo, y Rose y su madre desaparecen dentro de la tienda para hacer todos los pasteles olvidadizos que puedan antes de que llegue la avalancha de turistas mañana por la mañana en el autobús.

El día anterior al comienzo de la temporada Swan siempre ha sido como una carga para mí. Es como una nube oscura de la que no me puedo librar.

Saber lo que está por venir, la muerte que se extiende sigilosamente por todo el pueblo como si fuera el destino arañando las puertas de todas las tiendas y de todos los hogares. Puedo sentirlo en el aire, en el rocío del mar, en los espacios huecos entre las gotas de lluvia. Las hermanas están por llegar.

Las habitaciones de las tres hosterías que rodean la bahía están completamente reservadas durante las tres próximas semanas, hasta el final de la temporada Swan, que llegará a la medianoche del solsticio de verano. Las habitaciones que dan a la bahía cuestan el doble de lo que se cobra por las que dan hacia atrás. La gente quiere abrir la ventana y salir al balcón para escuchar el atrayente llamado de las hermanas, que cantan desde las profundidades del puerto.

Un puñado de turistas precoces ya se encuentra en Sparrow, arrastrando su equipaje por los vestíbulos o tomando fotos del puerto; preguntando dónde conseguir el mejor café o un plato de sopa caliente, porque el primer día en el pueblo siempre parece el más gélido. Un frío que se instala entre los huesos y se niega a irse.

Odio esta época del año, como la mayoría de los lugareños. Pero no es la afluencia de turistas lo que me molesta; es la explotación, el espectáculo de tres semanas que son una maldición para el pueblo.

Al llegar al muelle, arrojo la mochila en uno de los bancos del bote. Del lado de estribor, salpicados en la pintura blanca, hay raspones y marcas que parecen signos en código Morse. Mi papá solía pintar el bote cada primavera, pero ha quedado un poco abandonado durante los últimos tres años. A veces, desde que él desapareció en el mar, yo me siento exactamente como ese casco: llena de cicatrices y abolladuras, e invadida por el óxido.

Coloco la cajita del pastel en el asiento junto a la mochila y rodeo la proa para desatar el cabo cuando escucho, a mis espaldas, el sonido hueco de fuertes pisadas que se acercan por el muelle.

Aún tengo el cabo en la mano cuando veo que hay un chico a unos metros de distancia sosteniendo lo que parece ser un trozo de papel arrugado en la mano izquierda. Una parte de su rostro está oculta por la capucha de su sudadera y una pesada mochila cuelga de sus hombros.

—Estoy buscando a Penny Talbot —dice, su voz como el agua fría del grifo, la mandíbula una línea endurecida—. Me dijeron que podía encontrarla aquí.

Me incorporo del todo intentando ver sus ojos, pero una sombra atraviesa la parte superior de su rostro.

—¿Para qué la buscas? —pregunto, no muy segura de que quiera decirle que *yo* soy Penny Talbot.

—Encontré esto en el restaurante… en La almeja —señala, con un dejo de duda, como si no estuviera seguro de recordar el nombre correctamente. La almeja es un pequeño bar y restaurante que se encuentra al final del embarcadero Shipley, sobre el agua. Ha sido votado como «Mejor restaurante» de Sparrow durante los últimos diez años por *Pesca*, el periódico local: una pequeña publicación impresa con un total de dos empleados, uno de los cuales es Thor Grantson, porque su padre es dueño del periódico. Thor está en la misma clase que yo. Durante el año escolar, los chicos de Sparrow se adueñan del lugar, pero en los meses de verano tenemos que compartir los bancos gastados del bar y las mesas de la terraza exterior con la horda de turistas—. Estoy buscando trabajo —agrega, extendiendo el trozo de papel para que yo lo vea, y entonces me doy cuenta de qué se trata. Alrededor de un año atrás, coloqué un aviso en la cartelera de corcho de La almeja pidiendo ayuda para mantener el faro de Lumiere Island, ya que mi mamá se había vuelto prácticamente incapaz de hacer algo y yo no podía arreglarme sola. Había olvidado el cartel y como nadie se presentó nunca para ocupar el puesto y el papel terminó sepultado debajo de otros volantes y tarjetas, me las arreglé sola.

Pero ahora, de alguna manera, este forastero lo había encontrado entre la montaña de anuncios pegados en la cartelera.

—Ya no necesito ayuda —respondo de manera tajante arrojando el cabo en el bote, y también revelando involuntariamente que soy Penny Talbot. No quiero tener a un forastero trabajando en la isla, alguien que desconozco por completo, en quien no puedo confiar.

Cuando coloqué el aviso, había pensado que podría presentarse algún pescador sin trabajo o tal vez alguien de mi escuela. Pero nadie apareció.

—¿Conseguiste a alguien? —pregunta.

—No. Pero ya no necesito ayuda.

Arrastra la mano por la cabeza y se baja la capucha que había ocultado su rostro, dejando ver unos profundos ojos verdes, del color del bosque después de la lluvia. No parece un vagabundo: sucio o como si se duchara en los baños de las gasolineras. Tiene mi edad, quizás uno o dos años más. Pero su aspecto es claramente el de un forastero: precavido y receloso de aquello que lo rodea. Aprieta la mandíbula y se muerde el labio inferior mientras echa una mirada hacia la costa por encima del hombro, el pueblo centellea bajo el sol de la tarde como si lo hubieran espolvoreado con purpurina.

—¿Viniste por la temporada de las hermanas Swan? —pregunto, posando mi mirada en él.

—¿La qué? —Me mira con algo de dureza en cada movimiento que realiza: un parpadeo, el movimiento de los labios antes de hablar.

—Entonces, ¿por qué estás aquí? —Es obvio que no tiene ni idea de quiénes son las hermanas Swan.

—Era el último pueblo del recorrido del autobús. —Eso es cierto. Sparrow es la última parada de una carretera que sube serpenteando por la costa de Oregón y se detiene en varias aldeas costeras pintorescas, hasta verse obligada a terminar en Sparrow. Las colinas rocosas impiden que las carreteras continúen subiendo por la costa, de modo que el tránsito tiene que alejarse varios kilómetros del mar.

—Elegiste un mal momento para terminar en Sparrow —comento mientras desengancho la última soga y la aferro con fuerza para impedir que el bote se aleje del muelle.

Hunde las manos en los bolsillos del jean.

—¿Por qué lo dices?

—Mañana es primero de junio.

A juzgar por su expresión tensa e inalterable, me doy cuenta de que no tiene la menor idea de dónde ha caído.

—Siento no poder ayudarte —señalo en lugar de intentar explicarle todas las razones por las cuales le convendría tomarse mañana mismo un autobús que lo saque de aquí—. Puedes buscar trabajo en la fábrica de conservas o en uno de los barcos pesqueros, pero no suelen contratar forasteros.

Asiente mientras se muerde otra vez el labio y su mirada sigue de largo hacia el océano, hacia la isla distante.

—¿Y con respecto a un lugar donde poder quedarme?

—Puedes preguntar en alguna de las hosterías, pero generalmente están todas reservadas en esta época del año. La temporada de turismo comienza mañana.

—¿El primero de junio? —repite, como intentando esclarecer esa misteriosa fecha que es obvio que significa algo para mí y nada para él.

—Sí. —Me meto en el bote y jalo de la cuerda del motor—. Buena suerte. —Y lo dejo parado en el muelle mientras conduzco por la bahía hacia la isla. Miro hacia atrás varias veces y él continúa allí, observando el agua como si no supiera bien qué hacer a continuación, hasta que la última vez que miro, ya no está.

3

La fogata arroja chispas hacia el plateado cielo nocturno. Rose y yo descendemos rápidamente por el accidentado sendero hasta Coppers Beach, la única franja de costa en Sparrow que no está rodeada de rocas y escarpados acantilados. Es una angosta extensión de arena blanca y negra que termina en una caverna submarina, en la que muy pocos de los chicos más valientes —y más estúpidos— intentaron alguna vez entrar y salir nadando.

—¿Le diste el pastel olvidadizo? —pregunta Rose como un médico que recetó una medicina y quiere saber si hubo algún efecto secundario adverso o si el resultado fue positivo.

Después de regresar a Lumiere Island, después de ducharme en medio de la corriente de aire del baño que se encuentra frente a mi dormitorio, del otro lado del pasillo, y de observar mi pequeño y rectangular armario intentando elegir qué ponerme para el evento de esta noche, y decidiéndome finalmente por unos jeans blancos y un grueso jersey negro que me protegerá del frío nocturno, entré a la cocina y le di a mi madre el pastel olvidadizo de la madre de Rose. Ella había estado sentada a la mesa con la mirada clavada en una taza de té.

«¿Otro?», preguntó sombríamente cuando coloqué el pastel delante de ella. En Sparrow, la superstición tiene tanto peso como la ley de la gravedad o la predictibilidad de la tabla de las mareas y, para la mayoría de los lugareños, los pasteles de la señora Alba tienen la misma probabilidad de ayudar a mamá que un frasco de píldoras recetadas por un doctor. De modo que comió obedientemente pequeños bocados de la tarta de limón y lavanda, cuidando de no escupir ninguna miga en su enorme suéter beige, las mangas levantadas por la mitad de sus antebrazos huesudos y pálidos.

No creo que se haya dado cuenta de que hoy es el último día de clase, que terminé mi penúltimo año de secundaria y que mañana es primero de junio. Y no es que haya perdido por completo el contacto con la realidad, pero los límites de su mundo se han atenuado. Como cuando uno aprieta *mudo* en el control remoto. Todavía puedes ver la imagen en el televisor; los colores están todos ahí pero no hay sonido.

«Hoy me pareció verlo», masculló. «En la costa, debajo del acantilado, con la mirada levantada hacia mí». Sus labios temblaron ligeramente, sus dedos dejaron caer unas migas de pastel en el plato que tenía delante. «Pero no era más que una sombra. Un truco de la luz», se corrigió.

«Lo siento», murmuré tocándole suavemente el brazo. Todavía puedo escuchar el ruido de la puerta con mosquitero al cerrarse la noche en que mi padre dejó la casa, recordar el aspecto que tenía mientras caminaba por el sendero hacia el muelle, los hombros doblados para eludir las gotas de la bruma del mar, el paso cansado. Lo vi marcharse esa noche tormentosa tres años atrás, y nunca regresó.

Desapareció de la isla.

Su velero continuaba en el muelle, el tarjetero en la consola junto a la puerta de entrada. Sin dejar rastro. Sin dejar una nota. Sin dejar un indicio.

«A veces, a mí también me parece verlo», intenté consolarla, pero ella miraba fijamente el pastel que tenía delante, los rasgos de su rostro suaves y distantes mientras terminaba en silencio los últimos bocados.

Sentada junto a ella en la mesa de la cocina, no pude dejar de verme a mí misma: el cabello oscuro, largo y lacio, los mismos ojos de un azul claro y brillante y la misma piel trágicamente pálida, que rara vez ve el sol en este sitio sombrío. Pero mientras mi madre es graciosa y elegante, tiene brazos de bailarina y piernas de gacela, yo siempre me sentí torpe y patizamba. Cuando era más joven, solía caminar inclinada hacia delante, tratando de parecer más baja que los chicos de mi clase. Aun ahora, a menudo me siento como una marioneta cuyo dueño le mueve los hilos equivocados, y por eso me muevo con dificultad, me tropiezo y sostengo las manos torpemente extendidas delante de mí.

—No creo que un pastel vaya a curarla —le comento a Rose mientras bajamos de a una por el sendero rodeado de hierba seca y arbustos espinosos—. El recuerdo de la desaparición de papá está tan grabado en su mente que ni una gran cantidad de remedios locales lograrán arrancarlo.

—Bueno, no creo que mi madre se haya dado por vencida todavía. Hoy estaba hablando de una nueva mezcla de polen de abeja y prímulas que piensa que puede ayudar a destrabar el peor de los recuerdos. —Llegamos finalmente a la playa y Rose enlaza su brazo con el mío, nuestros pies levantan arena mientras nos dirigimos a la fogata.

La mayoría de las chicas llevan vestidos largos con varias capas de tela, de escote profundo y lazos atados en el cabello. Hasta Rose tiene un vestido color verde pálido, de encaje y chiffon, que se desliza por la arena cuando se mueve, arrastrando conchillas y trozos de madera.

Olivia Greene y Lola Arthurs, mejores amigas y líderes de la élite social de Sparrow, están bailando del otro lado de la fogata cuando nos acercamos al grupo de amigos que, obviamente, ya están ebrios, lo que no es una sorpresa para nadie. El cabello de ambas es del mismo color negro gótico, con flequillo corto y rígido, teñido y recortado dos semanas atrás para la temporada Swan. Por lo general, sus bucles están decolorados y blancos, largos y muy playeros, que probablemente retornarán en un mes cuando termine la temporada de las hermanas Swan y ya no sientan la necesidad de vestirse como la muerte. Pero a Olivia y a Lola les encanta el drama, les encanta disfrazarse, les encanta ser el centro de atención de todas las reuniones sociales.

El año pasado, se perforaron las narices una a la otra, desafiando a sus padres: Olivia se colocó un piercing de plata del lado izquierdo, Olivia una argollita en el derecho. Las dos tienen las uñas pintadas de un color negro macabro que hace juego perfectamente con su cabello. Dan vueltas alrededor del fuego, agitando los brazos en el aire y balanceando las cabezas de un lado a otro como si fueran la encarnación de las hermanas Swan. Aunque dudo que ellas hayan hecho algo tan estúpido doscientos años atrás.

Alguien le alcanza una cerveza a Rose y ella, a su vez, me la alcanza a mí para que dé el primer sorbo. A veces, durante los fines de semana, tomamos furtivamente cervezas o el final de una botella de vino blanco de la heladera de los padres de Rose y nos ponemos ligeramente alegres mientras estamos tumbadas en el suelo de su habitación escuchando música —últimamente, algunos éxitos de música country, nuestra obsesión más reciente— y hojeando el anuario escolar del año pasado, especulando quiénes terminarán juntos este año y qué cuerpos elegirán las hermanas Swan para habitar cuando llegue el verano.

Bebo un sorbo y echo un vistazo a través de la multitud a todos los rostros que reconozco, a los chicos con quienes he ido a la escuela desde la primaria, y tengo la aguda sensación de que casi no conozco a ninguno de ellos. No en profundidad. He intercambiado algunas frases de pasada con algunos: «¿Anotaste los capítulos que debemos leer esta noche para la tercera hora de Historia del señor Sullivan?». «¿Puedes prestarme un bolígrafo?». «¿Tienes un cargador de celular?». Pero llamarlos amigos sería una exageración, una completa mentira. Tal vez sea en parte porque sé que la mayoría abandonará este pueblo tarde o temprano: irán a la universidad y tendrán vidas mucho más interesantes que la mía. No somos más que barcos que están de paso; no tiene sentido establecer amistades que no durarán.

Y mientras que Rose no está precisamente ascendiendo en la escala social de la escuela secundaria de Sparrow, al menos se esfuerza por mostrarse amigable. Les sonríe a los chicos en los pasillos, entabla conversaciones con sus vecinos de casillero y, este año, Gigi Kline, capitana de las porristas de nuestro esforzado equipo de básquet, hasta la invitó a probarse en el grupo. Fueron amigas en una época —Gigi y Rose— en la escuela primaria. Mejores amigas, de hecho. Pero las amistades son más fluidas en la primaria; nada parece permanente. Y a pesar de que ya no son exactamente cercanas, Rose y Gigi siguen teniendo una relación amistosa. Un tributo a la natural amabilidad de Rose.

—¡Por las hermanas Swan! —grita alguien—. ¡Y por otro año más de secundaria, carajo! —Los brazos se elevan con latas de cerveza y vasos rojos, y un coro de vítores y silbidos se extiende por la playa.

La música retumba desde uno de los equipos de audio que hace equilibrio sobre uno de los troncos, cerca de la fogata. Rose me saca la cerveza y pone una botella más grande en mi mano. Whisky… que comienza a pasar entre la multitud.

—Es horrible —confiesa, el rostro aún con una expresión de asco. Pero después me sonríe y levanta una ceja. Yo bebo un rápido trago del líquido oscuro, que me quema la garganta y me eriza la piel de los brazos. Lo paso hacia la derecha, a Gigi Kline. Ella sonríe francamente, pero no a mí, ni siquiera parece notar mi presencia, sino a la botella mientras la toma de mi mano, la inclina hacia la boca, traga mucho más de lo que yo nunca podría tragar, y luego se seca sus perfectos labios color coral antes de pasar la botella a la chica que se encuentra a su derecha.

—Faltan dos horas para la medianoche —anuncia un chico del otro lado de la fogata, y otra oleada de vivas y chillidos se desliza por el grupo. Y esas dos horas pasan en una nebulosa de humo de la fogata y más cervezas y sorbos de whisky, que queman cada vez menos con cada trago. Yo no había planeado beber, ni embriagarme, pero el calor que irradia de todo mi cuerpo me hace sentir floja y ligera. Rose y yo comenzamos a balancearnos alegremente con gente con la que por lo general nunca hablamos. Que por lo general nunca nos habla.

Pero cuando faltan menos de treinta minutos para la medianoche, el grupo comienza a caminar tambaleándose hacia la playa, hasta el borde del agua. Unos pocos chicos, tal vez demasiado ebrios o enfrascados en una conversación, se quedan junto a la fogata, pero los demás nos unimos como formando una procesión.

—¿Quién es lo suficientemente valiente como para meterse primero? —pregunta Davis McArthurs en voz alta para que todos escuchen, el pelo rubio y pajizo estirado hacia arriba dejándole la frente libre y las pestañas cayendo perezosamente como si estuviera a punto de dormir una siesta.

Un barullo de voces bajas y furtivas atraviesa la multitud. Empujan juguetonamente a algunas de las chicas hacia adelante, sus pies salpican el agua hasta los tobillos antes de escabullirse hacia afuera con rapidez. Como si unos pocos centímetros de agua bastaran para que las hermanas Swan robaran sus cuerpos humanos.

—Yo lo haré —anuncia una voz cantarina arrastrando las palabras. Todos estiran la cabeza para ver quién es y Olivia Greene da unos pasos hacia adelante dando vueltas para que su vestido color amarillo pastel gire alrededor de ella como una sombrilla. Está claramente ebria, pero el grupo la alienta a los gritos y ella se inclina hacia adelante como saludando a sus devotos admiradores antes de voltear y quedar frente al puerto negro e inmóvil. Sin ninguna persuasión, comienza a meterse en el mar, los brazos extendidos. Cuando el agua le llega a la cintura, se zambulle hacia delante sin mucha gracia, de manera que parece más bien un panzazo. Desaparece de vista durante un segundo antes de reaparecer en la superficie riendo desaforadamente con su dramático pelo negro cubriéndole la cara como si fueran algas.

La multitud vitorea y Lola se mete en el agua hasta las rodillas, instando a Olivia a regresar a la parte más baja. Davis McArthurs vuelve a pedir voluntarias y, esta vez, no pasa más de un segundo antes de que una voz grite:

—¡Me voy a meter!

Giro abruptamente la mirada hacia la izquierda, donde Rose se ha desprendido de la multitud y se encamina hacia el agua.

—Rose —vocifero, estirándome y tomándola del brazo—. ¿Qué haces?

—Voy a nadar un rato.

—No. No puedes hacerlo.

—De todas maneras, nunca creí en las hermanas Swan —agrega con un guiño. Y el grupo de chicos jala a Rose y la conduce hacia el agua fría. En su rostro se dibuja una amplia sonrisa mientras entra y pasa delante de Olivia. Apenas le llega el agua a la cintura cuando se arroja hacia adelante y se hunde en el mar. Una onda se agita detrás de ella y todos en la playa quedan en silencio. El aire se estrangula en mis pulmones. El agua se alisa otra vez e incluso Olivia (con el agua aún hasta las pantorrillas) se da vuelta para mirar. Pero Rose no reaparece.

Transcurren quince segundos. Treinta. El corazón comienza a golpear contra mi pecho: una dolorosa certeza de que algo no está bien. Me abro camino a través de la multitud, repentinamente sobria, esperando ver el cabello rojo de Rose brotando a la superficie. Pero ni siquiera hay una leve brisa. Ni siquiera una onda en el agua.

Doy un paso dentro del mar, tengo que meterme a buscarla. No me queda otra opción. Cuando debajo de la luminosa media luna, quebrando la calma, Rose emerge súbitamente por encima de la superficie, varios metros más lejos del punto en donde se metió, yo lanzo un trémulo suspiro de alivio y todos irrumpen en un vitoreo, alzando los vasos como si hubieran sido testigos de una hazaña imposible.

Rose se pone de espalda y levanta los brazos por encima de la cabeza en un fluido molinete, mientras nada hacia la orilla… relajada, como si estuviera haciendo largos en una piscina. Espero que Davis McArthurs pregunte quién más quiere meterse al agua, pero el grupo está muy alborotado y las chicas deambulan cansinamente por la orilla, el agua hasta los tobillos, sin meterse del todo. Algunos se echan sobre la arena, algunos reclaman cervezas y otros hacen chapuceras piruetas dentro del agua.

Finalmente, Rose llega a la playa e intento acercarme a ella, pero varios chicos del último año se han reunido alrededor de ella chocando las palmas de las manos y ofreciéndole cervezas. Me alejo del grupo con discreción. Rose no debería haber hecho eso, meterse en el agua. Arriesgarse. Me arden las mejillas al observarla quitándose el agua de los brazos despreocupadamente, como si estuviera satisfecha de sí misma, sonriéndole al grupo de chicos que se ha interesado de repente en ella.

La luz de la luna marca un sendero por la playa cuando me alejo del ruido de la fiesta… no mucho, solo lo suficiente para recobrar el aliento. Bebí demasiado y el mundo ha comenzado a zumbar, a crepitar y a inclinarse. Pienso en mi padre que desapareció una noche en la que no había luna ni estrellas que guiaran su camino en medio de la oscuridad. Si hubiera habido luna, tal vez él habría regresado a nosotras. Considero la idea de retornar al muelle, abandonar la fiesta y volver a la isla, cuando escucho la pesada respiración y las vacilantes pisadas de alguien que se acerca tambaleándose por la arena de la playa detrás de mí.

—Ey —exclama una voz. Me doy vuelta y veo a Lon Whittamer, uno de los tristemente célebres parranderos de la escuela, bamboleándose hacia mí como si yo estuviera interponiéndome en su camino.

—Hola —contesto suavemente, intentando apartarme para que pueda continuar su alcohólica marcha hacia la playa.

—Tú eres Pearl —dice—. No, Paisley. —Ríe y echa la cabeza hacia atrás, los ojos castaños se cierran brevemente antes de enfocarse otra vez en mí—. No me lo digas —continúa mientras levanta un dedo como impidiéndome revelar mi nombre antes de que él haya tenido tiempo de recordarlo por sí mismo—. Priscilla. Hmm, Pinstripe.

—Solo estás soltando nombres que empiezan con *P*. —No estoy de humor para eso; solo quiero que me dejen en paz.

—¡Penny! —grita interrumpiéndome.

Doy un paso hacia atrás cuando él se inclina hacia delante, exhalando un aliento a alcohol y casi cayéndose sobre mí. Tiene el pelo castaño oscuro pegoteado a la frente y sus ojos un poco juntos parece que no pudieran enfocarse y parpadean cada dos segundos. Lleva una camisa naranja fluorescente llena de palmeras y flamencos rosados. A Lon le agrada usar odiosas camisas hawaianas en todas las brillantes tonalidades tropicales con pájaros exóticos, piñas y chicas bailando el hula hula. Creo que comenzó en segundo año como una broma o tal vez un desafío y luego se convirtió en su marca registrada. Parece un hombre de ochenta años de vacaciones permanentes en Palm Springs. Y como pienso que nunca debe haber estado en Palm Springs, su madre debe pedirlas por Internet. Y esta noche lleva una de las más feas.

—Me gustas, Penny. Siempre me has gustado —masculla.

—¿En serio?

—Sip. Eres mi tipo de chica.

—Lo dudo. Hace dos segundos ni siquiera sabías mi nombre.

Los padres de Lon Whittamer son dueños del único supermercado del pueblo: El supermercado de Lon, al que bautizaron con su nombre. Y es famoso por ser un estúpido narcisista. Se cree un galán —un autoproclamado Casanova— solo porque puede ofrecerles a sus novias descuentos en maquillaje en el exiguo sector de

39

cosméticos del supermercado de sus padres, y lo utiliza como si fuera un trofeo de oro que solo distribuye entre las chicas que lo valen. Pero también es famoso por engañar a sus novias y lo atraparon varias veces besándose con otras chicas en su camioneta roja de suspensión levantada, cromada y con guardabarros especiales, que suele estar estacionada en la playa de la escuela. Básicamente, es un idiota que ni siquiera merece el gasto de saliva que demanda decirle que se vaya al diablo.

—¿Por qué no te metiste en el agua? —pregunta arteramente, acercándose a mí una vez más—. ¿Como tu amiga? —Se quita el pelo de la frente, que queda parado por el sudor o por el agua salada.

—No quería.

—¿Les temes a las hermanas Swan?

—Sí, les temo —respondo con sinceridad.

Sus ojos se cierran por la mitad y una estúpida sonrisa se enrosca en sus labios.

—Tal vez deberías nadar conmigo.

—No, gracias. Volveré a la fiesta.

—Ni siquiera te pusiste un vestido —señala, y sus ojos se deslizan por mi cuerpo como si estuviera conmocionado por mi apariencia.

—Lamento decepcionarte. —Comienzo a caminar alrededor de él, pero me sujeta el brazo y hunde los dedos en mi piel.

—No puedes marcharte así nomás —comenta en medio de balbuceos. Cierra los ojos otra vez y luego los abre bruscamente, como si tratara de mantenerse despierto—. Todavía no nadamos.

—Te dije que no me meteré en el agua.

—Sí que lo harás. —Sonríe juguetonamente, como si yo estuviera disfrutando de esto tanto como él, y comienza a arrastrarme hacia el agua.

—Ya basta. —Apoyo la otra mano en su pecho y lo empujo. Pero él continúa tambaleándose de espaldas dentro del agua—.

¡Suéltame! —ahora lo digo con un grito—. Suéltame. —Miro hacia la orilla, hacia la masa de chicos, que están demasiado alborotados, ebrios y distraídos para oírme.

—Solo un chapuzón —insiste en un murmullo, siempre sonriendo, arrastrando cada palabra mientras brotan de sus labios.

Trastabillando, el agua cubriéndonos las pantorrillas, descargo un puñetazo contra su pecho. Hace un ligero gesto de dolor y luego su expresión cambia, se vuelve irritada y abre grandes los ojos.

—Ahora te meterás del todo —anuncia más secamente, tironeando de mi brazo de manera tal que me tambaleo hacia delante y el agua me cubre más, hasta las rodillas. No lo suficiente como para correr el riesgo de que una de las hermanas Swan tome mi cuerpo, pero igual mi corazón comienza a latir con fuerza, el miedo empuja la sangre hacia las extremidades y el pánico empieza a correr por mis venas. Levanto el brazo otra vez, lista para lanzarle un golpe directamente a la cara y evitar que me arrastre más adentro, cuando alguien aparece a mi izquierda; alguien a quien no reconozco.

Todo sucede en un instante: el desconocido apoya una mano con fuerza contra el pecho de Lon, cuya garganta emite un breve resoplido y me suelta el brazo. Pierde el equilibrio, retrocede descontroladamente y cae en el agua agitando los brazos.

Retrocedo, tambaleándome, mientras tomo aire y la persona que apartó a Lon me toca el brazo para afirmarme.

—¿Estás bien? —pregunta.

Asiento, mi corazón continúa latiendo de forma acelerada.

Lon, a un par de metros y con el agua hasta la cintura, se pone de pie, atragantándose y tosiendo mientras se quita el agua de la cara. Su camisa color naranja furioso ahora está completamente empapada.

—¿Qué carajo te pasa? —grita mirando directamente al desconocido que se encuentra a mi lado—. ¿Quién te crees que eres? —vocifera Lon caminando hacia nosotros. Y por primera vez, levanto la mirada hacia el rostro del extraño, intentado reconocerlo: el ángulo rígido de sus pómulos y la recta pendiente de su nariz. Y entonces lo recuerdo: es él, el chico del muelle que buscaba trabajo, el forastero. Lleva la misma sudadera negra y los mismos jeans oscuros, pero ahora está más cerca y puedo ver claramente los rasgos de su cara. La pequeña cicatriz junto al ojo izquierdo; la forma en que se juntan sus labios en una línea plana, el pelo corto y oscuro salpicado de gotas de bruma marina. Su mirada sigue siendo dura y penetrante, pero bajo la luz de la luna parece más expuesto, como si yo pudiera llegar a captar algún indicio de él en sus ojos o en el temblor de su garganta cuando traga.

Pero no tengo tiempo de preguntarle qué está haciendo aquí porque Lon está súbitamente delante de él, gritándole que es un idiota y que le va a romper la cara por atreverse a empujarlo en el agua de esa manera. Pero el chico ni siquiera retrocede. Baja la mirada hacia Lon —que es tranquilamente veinte centímetros más bajo que él— y, aun cuando los músculos de su cuello están tensos, no parece preocupado en absoluto por sus amenazas de darle una paliza.

Cuando finalmente Lon hace una pausa para respirar, el muchacho levanta una ceja, como si quisiera estar seguro de que ya terminó de parlotear.

—Obligar a una chica a hacer algo que no quiere es razón suficiente para darte una paliza —comienza a decir, la voz calma—. De modo que sugiero que le pidas disculpas y te ahorres un viaje a la sala de urgencias para que te cosan y un intenso dolor de cabeza en la mañana.

Lon parpadea, abre la boca para hablar —para escupirle alguna refutación que probablemente involucre más palabrotas que verdadera sustancia—, pero después lo piensa mejor y cierra la boca con brusquedad. De pie al lado de ellos, es obvio que Lon es menos pesado, menos musculoso y menos experimentado. Y él también debe darse cuenta porque voltea la cabeza hacia mí, se traga el orgullo y mascula:

42

—Lo siento. —Y puedo ver que le duele decirlo, su expresión se retuerce con desagrado, las palabras cortantes y extrañas en su boca. Es probable que nunca le haya pedido disculpas a una mujer en toda su vida... tal vez nunca le pidió disculpas a nadie.

Luego se da vuelta y camina con esfuerzo hacia el grupo, dejando un reguero de agua de la ropa empapada.

—Gracias —digo, saliendo del agua. Mis zapatos y la parte de abajo de mis jeans blancos están completamente mojados.

Los hombros del muchacho se relajan por primera vez.

—Ese tipo no era tu novio, ¿verdad?

—Dios, no —exclamo meneando la cabeza de un lado a otro—. Es solo un chico de la escuela que se considera un cabrón, con orgullo. Y es la primera vez que hablo con él.

Asiente ligeramente y mira más allá de mí, hacia la fiesta que está muy animada. La música retumba; las chicas chillan y saltan en la orilla; los chicos practican lucha libre y aplastan latas vacías de cerveza entre las palmas de las manos.

—¿Qué haces aquí? —pregunto alzando los ojos entrecerrados hacia él, siguiendo la curva de sus cejas hasta donde se unen.

—Vine a dormir a la playa. No me di cuenta de que había una fiesta.

—¿Dormirás a la intemperie?

—Eso planeaba, junto a las rocas. —Sus ojos se desvían hacia la costa, donde se eleva el acantilado, empinado y escarpado: un abrupto final de la playa.

Supongo que revisó las hosterías del pueblo pero no había lugar, o quizá no podía darse el lujo de pagar el alquiler de una habitación.

—No puedes dormir aquí afuera —le advierto.

—¿Por qué no?

—La marea alta llegará a las dos de la mañana y toda esa franja de playa junto al acantilado quedará bajo el agua.

Sus oscuros ojos verdes se estrechan en los bordes. Pero en lugar de preguntar a dónde debería mover su improvisado campamento, pregunta:

—¿Qué es esa fiesta? ¿Tiene algo que ver con el primero de junio?

—Es la fiesta Swan, por las hermanas Swan.

—¿Quiénes son?

—¿De verdad nunca escuchaste hablar de ellas? —pregunto. Creo que es sinceramente la primera vez que me encuentro con un forastero que vino a Sparrow sin tener la menor idea de lo que sucede aquí.

Dice que no con la cabeza y luego baja la mirada hacia mis zapatos anegados, mis dedos nadando en agua de mar.

—Deberías secarte junto al fuego —sugiere.

—Tú también estás empapado —señalo. Él se metió en el agua tan adentro como yo.

—Estoy bien.

—Si piensas dormir a la intemperie esta noche, deberías secarte para no morir congelado.

Echa una mirada por la playa hasta la oscura pared del acantilado, donde tenía pensado dormir, y después asiente.

Juntos, caminamos hasta la fogata.

Es tarde.

Todos están ebrios.

En el cielo, las estrellas oscilan, se apartan de la alineación y se reconfiguran. Siento un tamborileo en la cabeza; y escozor en la piel por el agua salada.

Encontramos un tronco en donde sentarnos, me desato los zapatos y los apoyo contra el círculo de rocas que rodea la fogata. Ya siento las mejillas enrojecidas y un hormigueo en los dedos de los pies cuando la sangre vuelve a circular por ellos. El fuego acaricia el cielo, acaricia mis manos.

—Gracias otra vez —digo, mirándolo por el rabillo del ojo—. Por el rescate.

—Supongo que simplemente estaba en el lugar indicado, a la hora indicada.

—Por aquí, la mayoría de los chicos no son tan caballeros. —Me froto las manos intentando calentarlas, los dedos están congelados hasta los huesos—. Es probable que se le exija al pueblo que haga un desfile en tu nombre.

Sonríe francamente por primera vez, sus ojos se han suavizado.

—Los requisitos para ser héroe en este pueblo deben ser muy pobres.

—En realidad nos gustan los desfiles.

Sonríe otra vez.

Y significa algo. No sé qué, solo que estoy intrigada por él. Por este forastero. Este chico que me observa por el rabillo del ojo, que me parece familiar y nuevo al mismo tiempo.

En el borde del mar, puedo ver a Rose que continúa hablando con tres chicos que se han interesado súbitamente en ella después del chapuzón, pero al menos está segura y fuera del agua. La mitad del grupo ha ido regresando a la fogata y reparten cervezas. Todavía siento que la cabeza me da vueltas por el whisky, de modo que apoyo la cerveza en la arena.

—¿Cómo te llamas? —le pregunto al muchacho mientras bebe un trago largo de su cerveza.

—Bo. —Sostiene la lata en la mano derecha de manera relajada, distraída. No parece sentirse incómodo en medio de este entorno social desconocido, en un pueblo nuevo y rodeado de extraños. Y nadie parece pensar que él esté fuera de lugar.

—Y yo soy Penny —digo, observándolo, sus ojos son tan verdes que es difícil apartar la vista. Luego, coloco el cabello por encima del hombro para retorcerlo y quitar el agua de las puntas, y pregunto—: ¿Cuántos años tienes?

—Dieciocho.

Aprieto las manos entre las rodillas. El humo del fuego se arremolina encima de nosotros y la música continúa sonando con fuerza. Olivia y Lola se acercan tambaleantes hasta el borde de la fogata, abrazadas de la cintura, con aspecto de estar completamente ebrias.

—¿Son esas las hermanas Swan? —pregunta Bo.

Olivia y Lola son realmente muy parecidas con su cabello negro azabache y sus piercings haciendo juego, de modo que puedo comprender que piense que son hermanas.

Pero lanzo una risa breve.

—No, solo amigas. —Entierro los dedos del pie derecho en la arena—. Las hermanas Swan están muertas.

Bo voltea hacia mí.

—No fue hace poco —añado—. Murieron hace dos siglos… ahogadas en el puerto.

—¿Ahogadas por accidente o de manera intencional?

Olivia, que se encuentra parada del otro lado de Bo, echa a reír de manera brusca y aguda. Seguramente escuchó nuestra conversación.

—Fue un asesinato —responde por mí, observándolo detenidamente desde arriba. Sus labios color coral se curvan en una sonrisa. Piensa que Bo es lindo, ¿quién no?

—No fue un asesinato —replica Lola, balanceándose hacia la izquierda y luego hacia la derecha—. Fue una ejecución.

Olivia asiente con la cabeza y luego echa una mirada hacia el otro lado de la fogata.

—¡Davis! —grita—. Cuéntanos la leyenda.

Davis McArthurs, que tiene el brazo alrededor de una chica de cabello oscuro y muy corto, ríe ampliamente y se acerca al fuego. Es una tradición relatar la historia de las hermanas Swan, y Davis parece satisfecho de ser quien lo haga. Encuentra un tronco vacío, se para encima y observa a todos los que se encuentran alrededor del fuego.

—Hace doscientos años —comienza, la voz estruendosa, mucho más fuerte de lo necesario.

—Empieza por el principio —lo interrumpe Lola.

—¡Eso estoy haciendo! —grita. Luego bebe un trago de cerveza y se lame los labios—. Las hermanas Swan —continúa luego de echar una mirada por el grupo para estar seguro de que todos estén mirando, todos estén escuchando— llegaron a Sparrow en un barco llamado... de alguna manera que no puedo recordar —alza una ceja y sonríe—. Pero eso no es importante. Lo que es importante es que mintieron acerca de quiénes eran.

—No es cierto —le grita Gigi Kline.

Davis frunce el ceño ante esta segunda interrupción.

—Todas las chicas mienten —comenta con un guiño.

Varios chicos ríen. Pero las chicas lo abuchean. Una incluso le arroja una lata de cerveza vacía por la cabeza, que él logra esquivar a tiempo.

Gigi resopla mientras sacude la cabeza en señal de desagrado.

—Eran hermosas —remarca—. No era su culpa que todos los hombres de este pueblo no pudieran resistirse a ellas, no pudieran evitar enamorarse de ellas, incluso los casados.

No eran solamente hermosas, quiero decir. *Eran elegantes, encantadoras y deslumbrantes. Eran diferentes a todo lo que los habitantes de este pueblo habían visto antes.*

Crecimos escuchando estas historias, la leyenda de las hermanas. Que los habitantes de Sparrow las acusaron de ser brujas, de controlar las mentes de sus esposos, hermanos y novios, aun cuando las hermanas no tuvieran la deliberada intención de hacer que los hombres se enamoraran de ellas.

—No era amor —ruge Davis—. Era lujuria.

—Puede ser —concuerda Gigi—. Pero no merecían lo que les ocurrió.

Davis ríe, el semblante rojo por el calor del fuego.

—¡Eran brujas!

Gigi pone los ojos en blanco.

—Tal vez este pueblo las odiaba solo porque eran diferentes. Porque era más fácil matarlas que aceptar que los hombres de este lugar eran unos idiotas retrógrados y misóginos.

Dos chicas sentadas cerca de mí estallan en carcajadas y derraman las bebidas.

Bo me mira, con ojos penetrantes, y luego habla bajo para que solo yo lo escuche.

—¿Las mataron porque eran brujas?

—Las ahogaron en el puerto con piedras atadas a los tobillos —respondo suavemente—. En esa época no se necesitaba tener muchas pruebas para acusar a alguien de brujería; la mayoría de la gente ya odiaba a las hermanas Swan, de modo que fue un veredicto bastante rápido.

Me observa con atención, probablemente porque piensa que estamos inventando todo.

—Si no eran brujas —contraataca Davis, mirando a Gigi—, ¿por qué diablos regresaron el verano siguiente? ¿Y todos los veranos posteriores?

Gigi se encoge de hombros, como si ya no quisiera discutir esta cuestión con él y arroja la lata de cerveza al fuego, ignorándolo. Luego se aleja hacia la orilla caminando con dificultad.

—¡Quizás esta noche una de las hermanas Swan tome tu cuerpo! —le grita Davis—. Y entonces veremos si sigues pensando que no eran brujas.

Davis golpea la lata de cerveza y luego la aplasta. Aparentemente, ya se le pasó la idea de contar la historia de las hermanas Swan mientras se baja del tronco con torpeza y vuelve a poner el brazo alrededor de la chica de pelo corto.

—¿Qué quiso decir con eso de que «regresaron el verano siguiente»? —pregunta Bo.

—El primero de junio del verano siguiente al ahogamiento —comienzo a relatar, observando las llamas que van avanzando sobre la madera seca de la playa—, los lugareños escucharon un canto que venía del puerto. Pensaron que era fruto de su imaginación, que eran simplemente las sirenas de los barcos que pasaban resonando sobre la superficie del mar, o los gritos de las gaviotas, o un truco del viento. Pero durante los días siguientes, tres chicas fueron atraídas hacia el agua y terminaron hundiéndose por completo. Las hermanas Swan necesitaban cuerpos que habitar. Y una por una, Marguerite, Aurora y Hazel Swan volvieron a cobrar forma humana. Tomaron la apariencia de tres muchachas del pueblo y emergieron del mar, pero no como quienes realmente eran.

Abigail Kerns se acerca tambaleándose a la fogata, completamente mojada, el cabello oscuro que siempre lleva rizado, ahora está estirado hacia atrás por el agua del mar. Se agacha lo más cerca posible del fuego sin caerse sobre él.

—Eso explica lo de las chicas empapadas —comenta Bo, paseando la mirada de Abigail hacia mí.

—Se ha convertido en una tradición anual ver quién es lo suficientemente valiente como para meterse en el agua cerca del puerto y arriesgarse a que una de las hermanas Swan le robe el cuerpo.

—¿Alguna vez lo hiciste? ¿Meterte en el agua?

—No.

—¿De modo que crees que realmente podría pasar... que una de ellas podría adueñarse de ti? —Bebe otro trago de cerveza, el rostro encendido por la repentina explosión de llamas cuando alguien arroja otro leño sobre las brasas.

—Sí, lo creo. Porque sucede todos los años.

—¿Tú lo *viste*?

—No exactamente. No es que las chicas salgan del agua y anuncien que son Marguerite, Aurora o Hazel... Tienen que mezclarse con la gente, actuar con naturalidad.

—¿Por qué?

—Porque no habitan los cuerpos solamente para estar vivas otra vez; lo hacen para vengarse.

—¿Vengarse de quién?

—Del pueblo.

Me mira con los ojos entornados, la cicatriz que está debajo de su ojo izquierdo se estira, y luego hace la pregunta obvia.

—¿Qué tipo de venganza?

El estómago me da un ligero vuelco. Me laten las sienes. Desearía no haber bebido tanto.

—Las hermanas Swan coleccionan chicos —respondo, apretando un dedo brevemente sobre la sien derecha—. Son seductoras. Una vez que cada una tomó el cuerpo de alguna muchacha... comienzan los ahogamientos. —Hago una pausa dramática, pero Bo ni siquiera parpadea. De pronto, su rostro se ha endurecido, como si estuviera atrapado en un pensamiento que no puede apartar de su mente. Tal vez no imaginaba que la historia incluyera muertes reales—. Durante las tres semanas siguientes, hasta la medianoche del solsticio de verano, las hermanas, ocultas bajo la apariencia de tres muchachas del pueblo, atraen a chicos hacia el agua y hacen que se ahoguen en el puerto. Coleccionan sus almas, las roban. Se las llevan del pueblo como venganza.

A mi derecha, alguien tiene un ataque de hipo, deja caer la cerveza cerca de mis pies y el líquido se derrama por la arena.

—Todos los años se ahogan chicos cerca del muelle —agrego, la mirada clavada en las llamas de la fogata. Aun cuando no creas en la leyenda de las hermanas Swan, no puedes ignorar la muerte que asola Sparrow durante casi un mes todos los veranos. Yo he visto sacar los cuerpos de los muchachos del agua. He observado a mi madre consolando madres afligidas que recurrieron a ella para que les adivinara el futuro, rogando por una forma de recuperar a sus hijos: mi madre aferrándoles las manos y ofreciéndoles poco más que la promesa de que su dolor se iría apagando con el tiempo. No hay manera de devolver a esas madres a los chicos que les fueron tomados por las hermanas. No queda más que la aceptación.

Y no solo a los chicos del pueblo; a los turistas también se los convence de meterse en el agua. Algunos de los muchachos que se encuentran alrededor de la fogata, cuyos rostros están enrojecidos por el calor y el alcohol que corre por su sangre, aparecerán flotando cabeza abajo, habiendo tragado una buena parte del mar. Pero en este momento, no están pensando en eso. Todos se creen inmunes. Hasta que ya no lo son.

Me produce náuseas saber que algunos de estos chicos, que conozco de casi toda la vida, no lograrán pasar el verano.

—Alguien tiene que ver quién los ahoga —insiste Bo, con evidente curiosidad. Es difícil no sentirse atrapado por una leyenda que se repite infaliblemente todos los veranos.

—Nadie ha visto nunca el momento en que los llevan al muelle… su cuerpos aparecen cuando ya es demasiado tarde.

—¿Quizá se ahogan solos?

—Eso es lo que piensa la policía. Que es una suerte de pacto suicida concebido por alumnos de la escuela secundaria. Que los chicos se sacrifican por la leyenda… para mantenerla viva.

—Pero ¿tú no lo crees?

—Es muy grave suicidarte para mantener viva una leyenda, ¿no crees? —Siento que el corazón me late con más rapidez al recordar veranos anteriores: cuerpos hinchados con agua del mar, bocas y ojos abiertos como pescados destripados mientras los arrastraban a la marina. Un escalofrío me recorre las venas—. Una vez que una de las hermanas Swan te susurró al oído prometiéndote el contacto de su piel, ya no puedes resistirte. Te atraerá hasta el agua y luego te arrastrará dentro de ella hasta que la vida se esfume de tu cuerpo.

Bo sacude la cabeza y luego termina la cerveza de un trago.

—¿Y la gente viene a ver todo esto?

—*Turismo morboso* lo llamamos. Y suele convertirse en una caza de brujas, lugareños y turistas, todos juntos intentando averiguar cuáles son las tres chicas del pueblo que están habitadas por las hermanas Swan, intentando determinar quiénes son responsables de la matanza.

—¿No es peligroso especular sobre algo que no puedes probar?

—Exactamente —concuerdo—. Los primeros años después de que ahogaron a las hermanas, colgaron a muchas jóvenes del pueblo porque sospechaban que alguna hermana se había adueñado de su cuerpo. Pero, obviamente, nunca colgaron a las muchachas correctas, porque las hermanas continuaron regresando año tras año.

—Pero si una de estas hermanas se hubiera adueñado de tu cuerpo, ¿no lo sabrías? ¿No lo recordarías, una vez que todo hubiera terminado? —Se frota las palmas de las manos y las extiende hacia el fuego: manos gastadas, ásperas. Parpadeo y aparto la vista.

—Algunas chicas aseguran tener un vago recuerdo del verano, de besar a muchos muchachos, nadar por el puerto y quedarse afuera hasta muy tarde. Pero eso puede ser por beber mucho alcohol y no porque tuvieran a una hermana Swan dentro de ellas. La gente piensa que cuando una hermana se apodera de un cuerpo, absorbe todos sus recuerdos, de modo tal que la chica puede continuar con su vida normal, comportarse naturalmente, y nadie sospechará que ya no es ella misma. Y cuando la hermana abandona el cuerpo, borra todos los recuerdos que no quiere que conserve la chica que la albergó. Ellas tienen que integrarse porque si alguna vez las descubrieran, el pueblo podría hacer algo horrendo solo para terminar con la maldición.

—¿Como matarlas? —pregunta Bo.

—Sería la única manera de impedir que regresen al mar. —Empujo los pies en la arena caliente, sepultándolos—. Matar a la chica cuyo cuerpo habitan.

Bo se inclina hacia delante y se queda mirando las llamas como si estuviera pensando en algún recuerdo o lugar que yo no puedo ver.

—Y, sin embargo, lo festejan cada año —comenta finalmente, incorporándose—. ¿Se embriagan y nadan por el puerto aun cuando saben lo que va a suceder? ¿Aun cuando saben que morirá gente? ¿Lo han aceptado tan sencillamente?

Entiendo por qué le parece tan raro a él, un forastero, pero esto es lo que sabemos. Es lo que siempre ocurrió.

—Es la penitencia de nuestro pueblo —señalo—. Ahogamos a tres jóvenes en el mar dos siglos atrás y, desde entonces, todos los veranos sufrimos las consecuencias. No podemos cambiarlo.

—¿Y por qué la gente no se marcha a otro lugar?

—Algunos lo hacen, pero las familias que han estado aquí desde hace más tiempo eligen quedarse, como si fuera una obligación que tienen que soportar.

De pronto, una suave brisa se desliza por el grupo y la fogata crepita y titila, enviando chispas hacia el cielo como si fueran luciérnagas enojadas.

—Está comenzando —alguien dice desde la orilla, y los que están apiñados alrededor del fuego comienzan a bajar a la playa.

Me levanto, todavía descalza.

—¿Qué está comenzando? —inquiere Bo.

—El canto.

4

La luz de la luna traza un sendero fantasmagórico hasta el borde del agua.

Bo vacila junto a la fogata, apoyando las manos en las rodillas, la boca una línea pareja e inquebrantable. No cree en nada de esto. Pero luego se pone de pie, deja la lata de cerveza vacía en la arena y me sigue hasta la orilla, donde se reunió el grupo. Varias chicas están completamente empapadas, tiritando, el cabello chorreándoles por la espalda.

«Shhh», susurra una de ellas y todos se quedan completamente callados. Completamente quietos.

Transcurren varios segundos, un viento frío se desliza por el agua, y descubro que estoy conteniendo la respiración. Todos los veranos sucede lo mismo, y, sin embargo, escucho y espero como si fuera a oírlo por primera vez. El inicio de una orquesta, los segundos de nerviosa espera antes de que se levante el telón.

Y luego llega, suave y lánguido como un día de verano, el susurro de una canción cuyas palabras son indescifrables. Algunos dicen que es francés, otros portugués, pero nadie lo ha traducido porque no es un idioma real. Es otra cosa. Asciende enroscándose desde el agua y se desliza en nuestros oídos. Es agradable y seductor, como una madre susurrando a un niño una canción de cuna. Y, como si estuviera preparado, las dos chicas que se encuentran más cerca del borde del agua dan unos pasos tambaleantes hacia adentro del mar, incapaces de resistirse.

Pero varios muchachos van detrás de ellas y las arrastran hacia afuera. El momento de los desafíos ya terminó. Ya nadie intentará persuadir a las chicas para que se metan en el agua, ya nadie las alentará a nadar hacia adentro y luego regresar. De pronto, el peligro es claro y evidente.

El arrullo de la melodía se enrosca alrededor de mí, unos dedos se deslizan por mi piel y por mi garganta, atrayéndome, rogándome que responda. Cierro los ojos y doy un paso hacia adelante antes de darme cuenta de lo que he hecho. Pero una mano, fuerte y cálida, sujeta la mía.

—¿A dónde vas? —pregunta Bo en voz muy baja mientras me atrae otra vez a su lado.

Meneo la cabeza. No lo sé.

No suelta mi mano, sino que me la aprieta más fuerte, como si temiera soltarme.

—¿Realmente viene del agua? —pregunta, la voz baja, siempre mirando el mar oscuro y peligroso, como si no pudiera creer lo que escuchan sus oídos.

Asiento, sintiéndome súbitamente somnolienta. El alcohol del cuerpo me ha dejado débil, más vulnerable al llamado de la canción.

—Ahora ya sabes por qué vienen los turistas: para escuchar la canción de las hermanas, para ver si es real —respondo. El calor de su mano late contra la mía, y siento que me inclino contra él, su hombro firme es un ancla que impide que me desplome.

—¿Cuánto tiempo durará?

—Hasta que cada una de las tres hermanas haya atraído a una chica hacia el agua y haya tomado su cuerpo. —Aprieto la mandíbula—. El mar cantará día y noche. A veces, toma semanas, a veces solo unos pocos días. Las tres hermanas podrían encontrar cuerpos esta misma noche si las chicas continúan metiéndose en el agua.

—¿Te asusta? —me doy cuenta de que somos las dos últimas personas que quedamos en la orilla… todos los demás han regresado a la seguridad de la fogata, lejos de la tentación del puerto, pero su mano continúa en la mía, manteniéndome inmóvil en la orilla.

—Sí —admito y un escalofrío desciende por mi columna hasta el coxis—. Yo no suelo venir a esta fiesta. Me quedo en casa y me encierro en la habitación. —Cuando papá todavía estaba vivo, se quedaba despierto toda la noche sentado en una silla junto a la puerta, para estar seguro de que no saliera de mi dormitorio, en caso de que el deseo de meterme en el mar me resultara irresistible. Y ahora que ya no está, todas las noches me duermo con los auriculares puestos y una almohada encima de la cabeza hasta que el canto finalmente se acaba.

Creo que soy más fuerte que la mayoría de las chicas, que las etéreas voces de las hermanas no me engañarán tan fácilmente. Mamá solía decir que nosotras somos como las hermanas Swan, ella y yo. Incomprendidas. Distintas. Unas parias que viven solas en la isla, leyendo el futuro en el cosmos de las hojas de té. Pero me pregunto si en realidad es posible ser normal en un lugar como Sparrow. Tal vez todos tenemos alguna rareza, alguna peculiaridad que mantenemos oculta en los confines de nuestro ser, cosas que vemos y no podemos explicar, cosas que deseamos, cosas de las que escapamos.

—Algunas chicas quieren que se apoderen de sus cuerpos —comento casi en un susurro, porque es difícil para mí imaginar que alguien pueda desear algo así—. Como si fuera una medalla de honor. Otras afirman que tomaron sus cuerpos en veranos anteriores, pero no hay forma de probarlo. Lo más seguro es que estén buscando llamar la atención.

Las hermanas Swan siempre robaron los cuerpos de muchachas de mi edad, la misma edad que ellas tenían cuando murieron. Como si desearan revivir ese momento, aunque sea brevemente.

Bo lanza una bocanada de aire y luego se da vuelta hacia la fogata, donde la fiesta se ha reanudado en pleno estado de agitación. El objetivo de esta noche es mantenerse despiertos hasta el amanecer, para marcar el comienzo del verano y para que todas las chicas sobrevivan sin ser poseídas por alguna de las hermanas Swan. Pero siento la vacilación de Bo, tal vez todo esto haya sido demasiado para él.

—Creo que enfilaré hacia mi campamento y buscaré otro lugar donde dormir. —Me suelta la mano y me froto las palmas todavía tibias. Una puntada de calor perturbador se enrosca desde el centro de mi pecho y cubre las costillas.

—¿Aún continúas buscando trabajo? —pregunto.

Aprieta los labios como si evaluara sus próximas palabras, tamizándolas dentro de la boca.

—Tenías razón acerca de que nadie querría contratar a un forastero.

—Bueno, tal vez estaba equivocada acerca de no necesitar ayuda. —Largo una bocanada de aire. Tal vez sea porque es un forastero como mi padre, porque sé que este pueblo puede ser cruel e intolerante. Tal vez sea porque sé que no durará mucho sin alguien que lo mantenga seguro, lejos del puerto una vez que las tres hermanas hayan encontrado cuerpos y comiencen a llevar a cabo su venganza sobre el pueblo. O tal vez sea porque también resultaría un alivio tener a alguien que me ayude con el faro. No sé prácticamente nada de él, pero tengo la sensación de que siempre estuvo aquí. Y puede ser agradable tener a alguien más en la isla, alguien con quien hablar… alguien que no esté deslizándose en una lenta y adormecida locura. Vivir con mi mamá es como vivir con una sombra—. No podemos pagarte mucho, pero tienes un lugar donde quedarte y comida gratis.

El deceso de mi padre nunca se declaró oficialmente, por lo tanto nunca existió un cheque del seguro de vida esperándonos en el correo. Y poco después de que desapareciera, mamá dejó de leer las hojas de té, de modo que el dinero dejó de llegar. Afortunadamente, papá tenía algunos ahorros. Suficientes para que pudiéramos sobrevivir gracias a ellos los tres últimos años… y es probable que nos ayuden a pasar otros dos antes de que tengamos que buscar otra fuente de ingresos alternativa.

Bo se rasca la nuca y voltea ligeramente la cabeza. Yo sé que no tiene otras opciones, pero lo está considerando de todas maneras.

—De acuerdo. Sin garantías de cuánto tiempo me quedaré.

—Trato hecho.

Tomo mis zapatos, que están junto al fuego, y encuentro a Rose hablando con Heath Belzer.

—Me voy a casa —le digo y estira el brazo.

—No, no puedes irte —comenta arrastrando exageradamente las palabras.

—Si quieres venir conmigo, te acompaño hasta tu casa —propongo. Rose vive a solo cuatro calles de aquí, pero lo suficientemente lejos como para ir sola en la oscuridad. Y ebria.

—Yo puedo acompañarla —se ofrece Heath y observo los rasgos suaves y agradables de su rostro. Sonrisa relajada, ojos oscuros, pelo castaño rojizo que siempre le cae sobre la frente, de manera que está apartándolo todo el tiempo de la cara. Es lindo, simpático, aun cuando las curvas de su rostro le den un aspecto ligeramente bobo. Heath Belzer es uno de los buenos. Tiene cuatro hermanas mayores que ya se graduaron y se marcharon de Sparrow, pero toda su vida fue conocido como Baby Heath, el niño al que le pegaron las mujeres durante toda su infancia. Y una vez lo vi salvar a una urraca azul que quedó atrapada en el laboratorio de ciencias de la escuela. Dedicó todo su horario de almuerzo a atraparla para después liberarla por una ventana abierta.

—¿No la abandonarás? —le pregunto a Heath.

—Me aseguraré de que llegue a su casa —responde, mirándome directamente a los ojos—. Lo prometo.

—Si llega a sucederle algo… —le advierto.

—No me sucederá nada —mascula Rose, apretándome la mano y envolviéndome en un abrazo—. Te llamaré mañana —susurra con aliento a whisky a mi oído.

—De acuerdo. Y nada de nadar.

—¡Nada de ir a nadar! —repite en voz alta, alzando la cerveza y un coro resuena a través de la muchedumbre mientras todos comienzan a gritar al unísono—: ¡Nada de *ir a nadar*!

Puedo escuchar los cánticos durante todo el camino hacia la playa mientras Bo y yo nos dirigimos al peñasco para recuperar su mochila, mezclados con el canturreo de voces lejanas que llegan con la creciente marea.

Otis y Olga están esperando en el muelle cuando acerco lentamente el bote y apago el motor. Navegamos a través del puerto en la oscuridad, sin siquiera una linterna que señalara nuestro camino sobre los restos de naufragios, los seductores susurros de las hermanas Swan deslizándose lánguidamente sobre el agua, dándonos la sensación de ser devorados por su canción.

Aseguro las cuerdas al muelle y luego me agacho para acariciar el lomo esbelto de cada gato, ambos ligeramente húmedos y probablemente tristes por mi llegada tan tarde.

«¿Esperaron toda la noche?», les susurro y luego levanto la cabeza y veo a Bo trepando al muelle, la mochila en una mano. Estira la cabeza y echa una mirada a la isla y al faro. El haz de luz nos ilumina fugazmente antes de continuar su ciclo en sentido horario por el Pacífico.

En la oscuridad, Lumiere Island resulta inquietante y macabra. Un sitio con fantasmas y huecos musgosos, donde seguramente vagan marineros muertos tiempo atrás, rondando por los juncos y por los árboles azotados por el viento. Pero no es a la isla a quien hay que temer… sino a las aguas que la rodean.

—De día no es tan terrorífico —le aseguro a Bo al pasar delante del viejo velero de mi padre, el *Windsong*, que se mece del otro lado del muelle de madera, las velas plegadas, inmóvil durante los tres últimos años. No fue mi padre quien lo bautizó. Se llamaba así cuando se lo compró diez años atrás a un hombre que lo tenía anclado al sur de Sparrow, en un puertito costero. Pero el nombre *Windsong*, la canción del viento, siempre había parecido adecuado, considerando las voces que brotan del mar todos los veranos.

Otis y Olga trotan detrás de mí y Bo se apresura para seguirles el paso.

La isla tiene la forma de una media luna, la parte recta mira hacia la tierra y la parte opuesta está curvada por las olas incesantes que rompen contra sus orillas. Una casa de dos plantas de color turquesa, donde vivimos mamá y yo, se levanta cerca del faro, y una colección de edificaciones más pequeñas están distribuidas por toda la isla, construidas, derribadas y agregadas a lo largo de los años. Hay un cobertizo para la leña, otro para las herramientas, un invernadero abandonado hace tiempo y dos pequeñas casas que sirven de vivienda: la Cabaña del viejo pescador y la Cabaña del ancla. Conduzco a Bo a la más nueva de las dos, que albergaba a los empleados, cocineros y personal de mantenimiento, cuando se necesitaba de esa gente para mantener este lugar funcionando.

—¿Siempre viviste en la isla? —pregunta desde la oscuridad mientras recorremos el sinuoso sendero de madera y lajas, roto en algunos tramos, hacia el interior de la isla, el aire neblinoso y frío.

—Nací aquí.

—¿En la isla?

—Mi mamá habría preferido tenerme en el hospital de Newport a una hora de aquí, o al menos en la clínica de Sparrow, pero aquí el destino está marcado por el mar, y sopló una tormenta invernal que cubrió la isla con treinta centímetros de nieve y el puerto quedó en medio de la ventisca. De modo que me tuvo en casa. —El vertiginoso remolino del alcohol todavía late dentro de mí y siento que mi cabeza está vacía y borrosa—. Mi padre dijo que yo estaba destinada a vivir aquí —explico—. Que la isla no quería dejarme ir.

La isla podrá ser mi lugar, pero nunca fue el de mi padre. El pueblo siempre detestó que un forastero comprara la isla y el faro, aun cuando mi madre fuera de aquí.

Papá era un arquitecto independiente. Diseñó casas veraniegas en la costa y hasta una biblioteca al norte, en Pacific Cove. Antes de eso, trabajó en un estudio de arquitectura en Portland, después de que él y mamá se casaron. Pero mamá extrañaba Sparrow, su pueblo natal, y quería regresar desesperadamente. A pesar de no tener familia aquí, sus padres hacía mucho que habían muerto y ella era hija única, siempre había sentido que este era su hogar. De modo que cuando vieron el anuncio de que Lumiere Island estaba en venta, incluyendo el faro, que iba a ser decomisado por el estado —que ya no resultaba útil porque Sparrow ya no era un puerto de grandes embarcaciones—, ambos supieron que era exactamente lo que querían. El faro era un edificio histórico, una de las primeras construcciones del pueblo, y los pescadores locales todavía lo necesitaban para ingresar al puerto. Era perfecto. Papá hasta tenía planeado renovar algún día la vieja finca —arreglarla cuando tuviera tiempo, para que viviéramos allí—, pero no tuvo la oportunidad de hacerlo.

Cuando desapareció, la policía vino a la isla, redactó un informe y luego no hizo nada. Los habitantes del pueblo no se congregaron, no organizaron grupos de búsqueda ni treparon a sus barcos pesqueros para recorrer el puerto. Para ellos, él nunca había pertenecido al pueblo. Por esto, una parte de mí odia este pueblo, este lugar y a esta gente por ser tan insensible. Les temen a todos los que no pertenezcan a Sparrow. Como les temieron a las hermanas Swan doscientos años atrás… y las mataron por ser distintas.

Doblamos a la derecha, alejándonos de las luces de la casa principal, y nos adentramos en el oscuro centro de la isla, hasta llegar a la cabañita de piedra y madera.

CABAÑA DEL ANCLA dice en letras hechas con cuerda deshilachada de pescadores y clavada a la puerta de madera. No está cerrada y, afortunadamente, cuando levanto la perilla de la luz apenas cruzo la puerta, titila y se enciende una lámpara de pie que está del otro lado de la habitación.

Otis y Olga pasan volando por encima de mis pies y entran a la cabaña, sintiendo curiosidad ante la construcción, que raramente tienen la posibilidad de explorar. Adentro, hace frío y hay una humedad que es imposible de eliminar.

En la cocina, enciendo la perilla que está junto al fregadero y una luz parpadea un poco y luego se enciende arriba de nuestras cabezas. Me arrodillo, tomo el cable de electricidad de la heladera y lo conecto a un tomacorriente en la pared. De inmediato comienza a zumbar. Hay un pequeño cuarto junto a la sala; una cómoda de madera apoyada contra una pared y una cama de base metálica se ubica debajo de una ventana. Hay un colchón, pero no hay mantas ni almohadas.

—Mañana te traeré sábanas y ropa de cama.

—Tengo una bolsa de dormir. —Apoya la mochila en el suelo, junto a la puerta—. No te preocupes.

—Hay troncos dentro del cobertizo que está un poco más adelante, por si quieres encender la chimenea. No hay comida en la cocina, pero tenemos mucha en la casa principal. Puedes venir por la mañana a desayunar.

—Gracias.

—Ojalá no estuviera tan... —No sé bien qué quiero decir, cómo disculparme por la oscuridad y el moho de la casa.

—Es mejor que dormir en la playa —comenta antes de que pueda encontrar las palabras correctas y sonrío, sintiéndome repentinamente exhausta, mareada y muerta de sueño.

—Nos vemos en la mañana —mascullo.

No dice nada más, aun cuando permanezco muda unos segundos más, pensando que lo hará. Y luego me doy vuelta, balanceando la cabeza, y me marcho.

Otis y Olga me siguen hasta afuera y subimos fatigosamente la pendiente hasta la casa principal, donde dejé encendida la luz del porche trasero.

LA ISLA

El viento es constante.

Ulula y arranca los revestimientos y desgarra las tejas de los techos. Trae lluvia y aire salado y, en el invierno, a veces trae nieve. Pero durante un tiempo, en la primavera, transporta las vívidas y seductoras voces de tres hermanas retenidas como cautivas bajo el mar, que intentan llevar a las jóvenes de Sparrow hacia el muelle.

Desde las negras aguas del puerto, sus cánticos se hunden en los sueños, impregnan la hierba quebradiza que crece a lo largo de los escarpados acantilados y de las casas deterioradas. Se instalan en las piedras que sostienen el faro; flotan y se arremolinan en el aire hasta que es lo único que se puede oler y respirar.

Esto es lo que persuade a las que tienen corazón débil a abandonar el sueño, las saca de la cama y las atrae a la costa. Como dedos envolviendo sus gargantas, las arrastra hasta la parte más profunda de la bahía, entre los antiguos naufragios de barcos abandonados, y las hace meterse en lo profundo hasta que el aire sale de sus pulmones y algo nuevo puede deslizarse en su interior.

Así es cómo lo hacen, cómo las hermanas logran liberarse de sus salobres sepulturas. Roban tres cuerpos y los hacen suyos. Y, este verano, lo hacen raudamente.

5

Me despierto con la asfixiante sensación de tener agua del mar en la garganta. Me siento en la cama y aferro la sábana blanca con las dos manos. La sensación de estar ahogándome me desgarra los pulmones, pero era solo una pesadilla.

La cabeza me late, las sienes vibran, el persistente sabor del whisky todavía en la lengua.

Me toma un momento orientarme, la noche anterior aún da vueltas dentro de mi cabeza. Aparto la sábana y estiro los dedos de los pies sobre el piso de madera, sintiéndome rígida y dolorida, como si un martillo estuviera resquebrajándome el cráneo desde adentro. La luz del sol se cuela a través de las cortinas color amarillo y rebota contra las paredes blancas, la cómoda blanca y el alto techo blanco... encegueciéndome.

Aprieto los dedos contra los ojos y bostezo. Veo mi imagen en el espejo de cuerpo entero que está en la puerta del armario. Círculos oscuros rodean mis ojos y mi cola de caballo está parcialmente suelta, de modo que los mechones de cabello color café caen sobre mi rostro. Me veo horrible.

El suelo está frío, pero me arrastro hasta uno de los inmensos ventanales que dan sobre el mar agitado y deslizo la ventana hacia arriba.

Todavía puedo escucharlo en el viento: el suave lamento de una canción.

El aroma de azúcar impalpable y jarabe de arce flota en el aire como una leve nevada de invierno. La encuentro en la cocina, delante de la estufa —mamá—, el cabello oscuro atado en una trenza en la espalda, como una enroscada serpiente. Y siento como si todavía estuviera atrapada en un sueño, la cabeza me da vueltas, mi cuerpo se sacude de un lado a otro como si una marea invisible lo empujara hacia la costa.

—¿Tienes hambre? —pregunta sin darse vuelta. Asimilo sus movimientos, la sosegada manera en que desliza la espátula debajo del panqué pastoso y lo hace dar vuelta en la sartén. Normalmente no prepara el desayuno, ya no, de modo que se trata de un caso raro. Algo sucede. Por un momento, dejo que un recuerdo se materialice en mi mente: ella haciendo waffles de dulce casero de mora, las mejillas enrojecidas por el calor de la estufa, ojos y labios sonrientes, el sol de la mañana en su rostro. Fue feliz alguna vez.

Me toco el estómago, contraído y revuelto.

—Sinceramente, no —respondo. Es imposible que coma algo en este momento y no lo vomite. Paso delante de ella y me detengo frente a la barra, donde hay una hilera de latas plateadas colocadas en orden. No tienen etiquetas, pero conozco el contenido de cada una de ellas: manzanilla y lavanda, Rose Earl Grey, chai con cardamomo, hierbabuena, té de jazmín Dragon Pearls. Hiervo agua y luego dejo reposar el té (Rose Earl Grey) y me apoyo contra la barra para respirar el aroma dulce y rústico.

—Tenemos invitados —comenta súbitamente mientras desliza los waffles apenas tostados en un plato blanco.

Echo una mirada por la cocina y luego vuelvo a mirarla a ella. La casa está en silencio.

—¿Quién?

Me mira y examina los pliegues que tengo alrededor de los ojos por la falta de sueño; las náuseas que vienen en oleadas cuando aprieto los labios con fuerza para no vomitar. Me observa fijamente por un instante, los ojos entornados como si no me reconociera del todo. Luego aparta la mirada.

—El chico que trajiste anoche a la isla —responde. Los recuerdos fluyen otra vez a través de mí: la playa, Bo y mi ofrecimiento para que venga a trabajar en la isla. Aprieto las palmas de las manos contra los ojos otra vez.

»¿Es un chico del pueblo?

—No. —Recuerdo el momento en el muelle cuando dijo que estaba buscando trabajo—. Llegó ayer al pueblo.

—¿Por las hermanas Swan? —pregunta, colocando la sartén en la estufa y cerrando la perilla.

—No. No es un turista.

—¿Podemos confiar en él?

—No lo sé —respondo sinceramente. En realidad, no sé nada de él.

—Bueno —continúa, dándose vuelta para mirarme y deslizando las manos en los bolsillos de su gruesa bata negra—, justo se está despertando. Llévale algo para desayunar. No quiero un desconocido dentro de la casa. —Este es uno de sus dones: sabe cuándo las personas están cerca, cuándo vienen a la isla... presiente su llegada como una molestia en la boca del estómago. Y eso explica por qué decidió preparar el desayuno: por qué salió de la cama apenas salió el sol, fue a la cocina a encender la estufa y sacó su mejor sartén. Podrá no querer tener un desconocido en su casa, podrá no confiar en él, pero no permitirá que se muera de hambre. Es su forma de ser. Ni el dolor le impedirá ser generosa.

Vierte jarabe de arce sobre la pila de waffles calientes y luego me alcanza el plato.

—Y llévale unas mantas —agrega—. O se morirá de frío allí afuera. —No pregunta por qué está ahí, por qué lo traje a la isla... con qué motivo. Tal vez no le importe.

Me pongo las botas verdes de goma que están junto a la puerta y un impermeable negro, luego tomo un juego de sábanas y una gruesa manta de lana del armario del vestíbulo. Manteniendo una mano encima del plato de waffles para impedir que la lluvia los convierta en una masa húmeda de azúcar y harina, cruzo la puerta.

Charcos de agua se forman al costado del sendero y, a veces, la lluvia parece surgir desde el suelo y no caer desde arriba: un efecto como el de los globos de nieve, pero con agua. Un viento raudo me golpea el rostro mientras camino hacia la cabaña.

La puerta de madera maciza repiquetea cuando la golpeo y Bo abre casi inmediatamente, como si hubiera estado a punto de salir.

—Buen día —lo saludo. Está vestido con jeans y un piloto gris oscuro. El fuego chisporrotea en la chimenea a sus espaldas. Se ve descansado, duchado y renovado. Nada que ver conmigo—. ¿Cómo dormiste?

—Bien. —Sin embargo, su voz suena agotada y profunda, revelando tal vez falta de sueño. Sus ojos me observan sin pestañar, asimilándome, y siento un hormigueo en la piel ante semejante intensidad. No es alguien que mire a través de ti, que te pase de largo, como si no estuvieras ahí. Su mirada es penetrante, incisiva y un ansia se instala en el fondo de mis ojos, haciéndome apartar la vista.

Una vez que cierra la puerta, apoyo el plato de waffles sobre la mesita de madera de la cocina y me froto la mano en los jeans, aunque no haya nada que limpiar. La cabaña es distinta con él dentro, y el resplandor de la chimenea oculta los bordes duros y rugosos, de modo que todo parece tenue y suave.

Coloco las sábanas y la manta de lana en el sillón gris y mohoso que se encuentra frente a la chimenea, y él se sienta en la mesa.

—¿Puedes mostrarme hoy el faro? —pregunta, comiendo un bocado de los waffles. En esta luz, en el fulgor rojo del fuego, me recuerda a los chicos que llegan al pueblo en barcos pesqueros, inexpertos y de aspecto salvaje, como si los vientos los hubieran echado al mar, lanzándolos a la deriva.

Me recuerda a alguien que ha dejado atrás su pasado.

—Claro. —Me muerdo la parte de adentro del labio inferior. Mis ojos recorren la cabaña. Las altas estanterías de madera junto a la chimenea están atiborradas de libros, viejos calendarios y boletines con las tablas de mareas, todos cubiertos por una década de polvo. Trozos de vidrio de mar color aguamarina, recogidos a lo largo de los años de las costas rocosas de la isla, están apilados en un platito de porcelana. En el último estante hay un gran reloj de madera que probablemente haya vivido alguna vez en la cubierta de algún barco. Esta cabaña ha servido de vivienda a una gran variedad de empleados y peones, hombres que se quedaban una semana o años, pero casi todos dejaban algo al marcharse. Chucherías y recuerdos, indicios de sus vidas, pero nunca la historia completa.

Cuando Bo termina de desayunar —tan rápido que me doy cuenta de que debe haber estado muerto de hambre—, abandonamos el calor de la cabaña y nos sumergimos bajo la llovizna. El cielo gris ceniza nos aplasta, su peso es tangible, mientras el agua chorrea por mi cabello.

Pasamos por el pequeño invernadero, donde alguna vez se plantaron y crecieron hierbas, plantas de tomates y verduras de hojas verdes; las paredes de vidrio ahora están deslucidas y empañadas, por lo que ya no se puede ver el interior. La isla ha reconquistado a la mayoría de las construcciones, paredes deterioradas y podredumbre que se filtra desde los cimientos. El verdín cubre todas las superficies, una maleza que se alimenta de la humedad constante y es imposible de contener. Moho y óxido. Lodo y desperdicios. La muerte logró infiltrarse en todo.

—Los cantos no se terminaron —comenta Bo cuando nos hallamos a mitad de camino del faro, los fuertes chapoteos de nuestros pies resuenan contra la madera de la pasarela. Pero en el viento, las voces continúan allí, deslizándose perezosamente hacia nosotros. Es un sonido tan familiar que me resulta difícil de distinguir de los demás sonidos de la isla.

—Todavía no —concuerdo. No lo miro. No dejo que sus ojos vuelvan a encontrar los míos.

Al llegar al faro, abro la puerta de metal, cuyas bisagras están corroídas. Una vez adentro, nos toma un momento adaptarnos a la penumbra. El aire es denso y huele a piedra y a madera húmeda. Una escalera circular sube serpenteando por el interior del faro y, mientras ascendemos, le indico a Bo dónde no pisar —muchos peldaños están podridos o rotos— y, cada tanto, me detengo para recuperar el aliento.

—¿Alguna vez tomaron tu cuerpo? —pregunta Bo cuando ya casi llegamos al final de la escalera.

—Si hubiera sucedido, no lo sabría —respondo entre jadeos.

—¿Realmente crees en eso? Si tu cuerpo estuviera habitado por otra cosa, ¿no crees que lo sabrías?

Me detengo en un peldaño firme y volteo hacia él.

—Creo que para la mente es más fácil olvidar. Hundirse en el fondo. —No parece satisfecho con mi explicación, su mentón gira hacia la izquierda—. Si esto te hace sentir mejor —agrego con una leve sonrisa—, si una de las hermanas Swan se metiera alguna vez dentro de mi cuerpo, te lo contaré si es que me doy cuenta.

Alza una ceja y sus ojos me sonríen. Me doy vuelta y continúo subiendo.

Al ir ascendiendo, el viento comienza a repiquetear contra las paredes, y cuando finalmente arribamos a la linterna, una ráfaga ruge a través de las grietas del exterior.

—El primer cuidador del faro era un francés —explico—. Él fue quien le puso Lumiere a la isla. En esas épocas, demandaba mucho más trabajo encargarse del funcionamiento del faro, mantener las linternas y los prismas. Ahora está casi todo automatizado.

—¿Cómo aprendiste todo eso?

—De mi padre —respondo automáticamente—. Él se informó acerca de los faros una vez que compraron la isla. —Trago con fuerza y luego prosigo—. Tenemos que revisar el vidrio y la lámpara todos los días. Y hay que limpiar todo un par de veces por semana para evitar que se acumule el aire salado. No es difícil. Pero durante una tormenta o una niebla densa, este faro puede salvar las vidas de los pescadores que estén en el mar. De modo que tenemos que mantenerlo funcionando.

Asiente mientras camina hacia las ventanas para observar la isla desde arriba.

Lo miro, sigo el contorno de sus hombros, la curva de su postura segura, los brazos a los costados del cuerpo. ¿Quién es? ¿Qué lo trajo aquí? La niebla se ha deslizado sobre la isla creando un fino manto gris, de modo que no podemos distinguir los detalles del terreno que está abajo. Después de unos minutos de observar por el vidrio, cruza la puerta detrás de mí y descendemos por la sinuosa escalera.

Cuando jalo de la puerta para cerrarla, Otis está afuera, sentado en la pasarela de madera, esperando con los ojos entrecerrados por la lluvia. Olga se halla a varios metros sobre el mismo sendero, lamiendo su cola de rayas anaranjadas. Ambos están acostumbrados a los interminables aguaceros, sus instintos gatunos de escapar del tiempo húmedo han quedado ocultos.

Recorremos el sendero que conduce al centro de la isla y atravesamos el viejo huerto, donde crecen, de manera salvaje e indisciplinada, hileras de árboles de manzanas Braeburn y otros altos y delgados de peras Anjou. La gente solía decir que los árboles frutales no podían crecer con el aire marino, pero siempre se desarrollaron muy bien en Lumiere Island. Una anomalía.

—¿Y qué pasa con el huerto? —pregunta Bo deteniéndose al final de una hilera.

—¿Qué quieres decir?

—Estos árboles no han sido podados en años. —Lo miro con los ojos entornados mientras se estira para tocar una de las raquíticas ramas sin hojas, como si pudiera presentir la historia del árbol con solo tocarlo—. Hay que podarlos y cortar los que están muertos.

—¿Cómo lo sabes? —pregunto, hundiendo las manos en los bolsillos del impermeable, pues comenzaron a entumecerse.

—Crecí en una granja —responde vagamente.

—Mi madre no se ocupa de los árboles —comento.

—Alguien se ocupó de ellos alguna vez. —Suelta la rama raquítica, que vuelve abruptamente a su lugar. Tiene razón; alguna vez alguien se ocupó de este huerto. Y solía haber más hileras y una variedad de manzanas y peras resistentes. Pero ya no. Los árboles están muy descuidados y azotados por el viento, y solo dan frutas pequeñas y, a menudo, amargas—. Podrían vivir otros cien años si alguien los mantuviera.

—¿Tú podrías revivirlos?

—Por supuesto, solo demandaría un poco de trabajo.

Sonrío levemente mientras recorro las hileras de árboles con la mirada. Siempre me encantó el huerto, pero hace años que no dan buenos frutos. Al igual que el resto de la isla, se han deteriorado. Pero si se pudiera salvar a los árboles, tal vez toda la isla se salvaría.

—De acuerdo —exclamo—. Hagámoslo.

Sonríe ligeramente y nuestros ojos se encuentran por un instante.

Le muestro las demás construcciones de la isla y rodeamos todo el perímetro. Se cuida de no caminar muy cerca de mí, de que su brazo no roce el mío cuando caminamos uno junto al otro, sus pasos medidos y pausados sobre el paisaje rocoso. Pero sus ojos se desvían fugazmente hacia mí cuando cree que no estoy mirando. Trago saliva, tenso el mentón y aparto la vista.

Al llegar a los acantilados que miran al oeste, se detiene y observa las olas violentas del océano que golpean la costa y rocían agua y espuma sobre las rocas.

Al estar tan cerca del mar, el cántico de las hermanas parece un susurro en nuestros oídos. Como si estuvieran junto a nosotros, respirándonos sobre el cuello.

—¿Cuántas personas murieron? —pregunta.

—¿Cómo dices?

—¿Durante los meses en que regresan las hermanas Swan?

Me cruzo de brazos, el viento me desliza el cabello sobre los ojos.

—Cada una ahoga a un chico... normalmente.

—¿Normalmente?

—Más o menos. Depende.

—¿De qué?

Me encojo de hombros y pienso en los veranos en que se encontraron cinco o seis muchachos revolcándose entre las olas contra la costa. Con arena en el pelo y agua salada en los pulmones.

—De lo vengativas que estén... supongo.

—¿Cómo eligen?

—¿Qué cosa?

—¿A quiénes van a matar?

El aire se atora en mi garganta, atrapado como un anzuelo en la boca de un pez.

—Probablemente de la misma manera en que elegían amantes cuando estaban vivas.

—Entonces, ¿aman a los muchachos que ahogan? —Pienso que tal vez lo pregunta con sarcasmo, pero cuando ladeo los ojos para mirarlo, sus ojos oscuros y sus labios gruesos están tensos.

—No. No lo sé. Lo dudo. No se trata de amor.

—¿Venganza, entonces? —pregunta, repitiendo mis palabras de anoche.

—Venganza.

—La perfecta justificación de un asesinato —agrega, su mirada se aparta de la mía para deslizarse por encima de la bruma difusa que se levanta del mar como si fuera humo.

—No es… —Pero me detengo. Un *asesinato*. Porque eso es precisamente lo que es. Llamarlo maldición no cambia la verdad de lo que ocurre aquí todos los años: asesinato. Premeditado. Violento. Cruel. Bestial. Hasta monstruoso. Doscientos años de matanza. Un pueblo que revive un pasado que no puede cambiar, que paga el precio año tras año. Ojo por ojo. Trago saliva al sentir un dolor en el pecho, en las entrañas.

Es tan predecible como la marea y como la luna. Sube y baja. La muerte viene y va.

Bo no me presiona para que termine la idea, y no lo hago. Ahora mi mente se retuerce como una serpiente en un pozo oscuro y profundo. Alzo los hombros y tiemblo, el frío bulle a través de mí.

Observamos el mar agitado y luego le pregunto:

—¿Por qué estás aquí realmente?

—Era la última parada del recorrido del autobús —repite—. Necesitaba trabajo.

—¿Y nunca antes oíste hablar de Sparrow?

Sus ojos se deslizan hacia los míos y la lluvia queda atrapada en sus pestañas, se demora en su barbilla y chorrea de su oscuro cabello.

—No.

Luego algo cambia en el viento.

Un abrupto silencio se extiende sobre la isla y un rápido escalofrío me atraviesa la nuca.

El canto se ha detenido.

Bo se acerca un poco más al borde del acantilado, como si estuviera aguzando el oído para oír lo que ya no está ahí.

—Desapareció —anuncia.

—Todas las hermanas encontraron cuerpos. —Las palabras parecen extraídas de mi garganta. La quietud se instala entre cada una de mis costillas, expande mis pulmones, me recuerda lo que está por venir—. Ya regresaron todas. —Cierro los ojos y me concentro en el silencio. Nunca había ocurrido con tanta rapidez.

Ahora comenzarán los ahogamientos.

UNA ADVERTENCIA

Esperamos la muerte. Contenemos la respiración.
Sabemos que viene, aun así nos estremecemos
cuando nos aferra la garganta
y nos empuja hacia el fondo.

Placa ubicada en el banco de piedra de Ocean Avenue,
frente al puerto (realizada en 1925).

6

El lodo se desliza por debajo de las botas de lluvia. Una constante e ininterrumpida llovizna se acumula en las mangas resistentes al agua de mi impermeable mientras recorro otra vez las hileras de árboles frutales del huerto.

Bo regresó a la cabaña. Nos separamos hace una hora. Y aun cuando pensaba irme a la cama, la cabeza todavía latiéndome, la piel repiqueteando contra los huesos, decidí que quería estar afuera, sola.

Encuentro el conocido roble que crece en el centro del huerto, por donde pasamos con Bo hace muy poco, pero no nos detuvimos.

Es mi lugar preferido de la isla, donde me siento protegida y oculta en medio de los viejos y podridos árboles frutales. Donde dejo que los recuerdos se deslicen sobre mí como una corriente fresca. Este roble se yergue solo entre los demás árboles, anciano y erosionado por el aire marino, atrofiado en su crecimiento. Pero ha estado aquí desde el principio, hace casi doscientos años, desde que las hermanas Swan pisaron estas tierras, cuando todavía vivían.

Resbalo los dedos por el rudimentario corazón grabado en la madera, tallado por amantes que murieron hace mucho tiempo. Pero el corazón perdura indeleble, aunque la corteza ya no esté.

Me deslizo por el tronco y me siento en la base, inclinando la cabeza hacia atrás para mirar el cielo salpicado de nubes oscuras, atrapadas en medio de los inconstantes vientos marinos.

La temporada Swan ha comenzado. Y este pueblito, recostado sobre la costa, no saldrá indemne.

Una tormenta sopla desde el mar. El reloj de mi mesilla dice que son las once de la noche. Luego las doce. No puedo dormir.

Voy hasta el baño, que está del otro lado del pasillo, y mis pensamientos vuelan hacia Bo. Él no está seguro, incluso en la isla.

Puedo oír el ventilador de mamá girando en su habitación, a dos puertas de distancia, mientras ella duerme. Le agrada sentir una brisa, aun en invierno; dice que, sin ella, tiene pesadillas. Enciendo la luz del baño y me miro en el espejo. Mis labios están pálidos, el cabello cae chato sobre los hombros. Parece que no hubiera dormido en varios días.

Y luego un rayito de luz parpadea a través de la ventana del baño y se refleja en el espejo. Levanto una mano para taparlo. No es el haz de luz del faro: es otra cosa.

Entorno los ojos y miro por la ventana chorreada de lluvia. Un bote se está acercando al muelle por la costa.

Hay alguien en la isla.

Me pongo el impermeable y las botas, y cruzo la puerta sigilosamente. El viento ulula sobre los riscos de la isla, sacudiendo las resistentes hierbas marinas de un lado a otro y arremolinándome el cabello sobre la cara.

Mientras me voy acercando, veo una luz que pasa por encima del muelle, un gran haz de luz de una linterna, del tipo que se usa para ver a través de la niebla cuando intentas encontrar el camino en medio de los restos de barcos hundidos de regreso al puerto. Hay un intercambio de voces a bajo volumen y pisadas fuertes en la pasarela de madera. Sean quienes sean, no están tratando de ser discretos ni silenciosos.

Me tapo el rostro con la mano para protegerme del viento. Y entonces escucho mi nombre.

—¿Penny?

En la oscuridad, distingo el cabello indómito de Rose en medio de una ráfaga de viento.

—Rose… ¿qué haces aquí?

—Trajimos vino —dice Heath Belzer, el chico que acompañó anoche a Rose a su casa después de la fiesta, y que se encuentra ahora junto a ella, levantando una botella para que yo la vea.

El bote que tiene detrás está amarrado al muelle de manera poco segura, los cabos colgando dentro del agua, e imagino que debe pertenecer a los padres de Heath.

—Los cantos se acabaron —señala Rose por lo bajo, como si no quisiera que la isla la oyera.

—Lo sé.

Camina hacia mí, balanceándose un poco, es obvio que ya está un poco ebria. Heath dirige la mirada hacia el puerto mientras el mar golpea contra el muelle. Allí, en la oscuridad, es donde terminará la vida de por lo menos tres chicos.

—¿Podemos subir al faro? —pregunta Rose, cambiando de tema—. Quiero mostrárselo a Heath. —Levanta las cejas y se muerde el costado de la mejilla: parece un ángel con esas mejillas rosadas y esos ojos tan grandes. No puedo dejar de quererla: la forma en que siempre ilumina el aire que la rodea, como si fuera una bombilla de luz. Como si fuera un día de verano y una brisa fresca todo junto.

—De acuerdo —acepto y ella esboza una sonrisa amplia y tonta, empujándome por la pasarela con Heath detrás de nosotras.

—Me parece recordar que anoche estabas con un chico —susurra a mi oído, la respiración caliente y pesada por el alcohol.

—Bo —respondo—. Le di trabajo en la isla. Está viviendo en la Cabaña del ancla.

—¿Que hiciste qué? —Abre grande la boca.

—Necesitaba un trabajo.

—Debías estar ebria si estuviste dispuesta a contratar a un forastero —responde—. Te diste cuenta de que probablemente sea un turista.

—No lo creo.

—¿Y entonces por qué está aquí?

—No estoy segura.

—Penny —dice, disminuyendo el paso—. Está viviendo en la isla contigo… Podría asesinarte mientras duermes.

—Creo que él tiene más que temer que yo.

—Es verdad —admite, bajándose las mangas del suéter blanco para cubrir sus dedos del viento frío—. No podría haberse presentado en peor momento. Veremos si logra llegar al solsticio de verano.

Un escalofrío desciende por mi espalda.

Una vez que llegamos al faro, Rose ríe nerviosamente mientras sube tambaleándose por la escalera caracol, y Heath no deja de sujetarla para impedir que caiga hacia atrás.

Al llegar arriba, empujo la puerta y entramos al cuarto de la linterna. Pero no está oscuro como yo esperaba. La lámpara que está apoyada en el escritorio blanco de la pared de la derecha está encendida y hay una silueta de pie al lado del vidrio, el hombro apoyado contra él.

—¿Bo? —pregunto.

—Hola. —Se da vuelta y noto que tiene un libro en la mano derecha—. Subí para ver la tormenta.

—Nosotros también —interviene Rose con un chillido y se adelanta para presentarse—. Soy Rose.

—Bo.

Rose sonríe francamente y me mira, articulando *es lindo* con los labios, para que nadie más lo vea.

Bo y Heath se estrechan la mano y luego Heath levanta la botella.

—Parece que tenemos una fiestita.

—Yo debería ir bajando —comenta Bo, metiendo el libro debajo del brazo.

—De ninguna manera —interviene Rose riendo—. Tú te quedas. Tres no es una fiesta, pero cuatro es perfecto.

Bo me mira, como pidiendo permiso, pero yo le devuelvo una mirada inexpresiva, sin saber qué pensar de que él esté aquí arriba, solo, leyendo o mirando la tormenta. Cualquiera sea la verdad.

—De acuerdo —dice, un dejo de recelo en los ojos.

Heath extrae un sacacorchos del bolsillo de la chaqueta y comienza a destapar la botella.

—Heath robó dos botellas de la hostería de sus padres —anuncia Rose—. Bebimos una por el camino. —Lo cual explica por qué ya está tan alegre.

Como no hay vasos, Heath bebe un sorbo, pero antes de pasar la botella, pregunta:

—¿Apostamos?

—¿Qué? —inquiere Rose.

—¿Cuánto tiempo pasará antes de que aparezca el primer cuerpo en el puerto?

—Eso es morboso —comenta Rose con una mueca.

—Tal vez. Pero va a suceder nos guste o no.

Bo y yo intercambiamos una mirada.

Rose larga aire por la nariz.

—Tres días —responde resignada, tomando la botella de la mano de Heath y bebiendo un trago.

—Tres días y medio —adivina Heath mientras la mira. Pero creo que solo lo dice para hacerse el gracioso, para competir con el número que propuso ella.

Rose le extiende la botella a Bo, que la toma y la observa como si la respuesta estuviera allí dentro.

—Espero que no aparezca ninguno —suelta finalmente.

—Eso no vale, hay que decir un número —señala Rose, alzando una ceja.

—Claro que vale —lo defiende Heath—. Él dice ningún día. Algo que nunca sucedió, pero supongo que es posible. Tal vez este verano no se ahogue nadie.

—Poco probable —insiste Rose, que parece un poco disgustada con el juego.

Bo da un rápido sorbo de vino tinto y luego me lo alcanza. Lo tomo con cuidado, resbalando el pulgar por el cuello de la botella y luego alzo la vista hacia el grupo.

—Esta noche —apuesto, inclinando el vino hacia los labios y bebiendo un buen trago.

Rose se estremece levemente y Heath la rodea con el brazo.

—Hablemos de otra cosa —sugiere.

—De lo que tú quieras —dice Heath, ladeando la cabeza hacia ella con una sonrisa.

—¡Quiero contar fantasmas! —exclama Rose alegremente, el ánimo recuperado.

Heath la suelta y frunce el ceño, confundido.

—¿Quieres hacer qué?

—Es un juego que Penny y yo solíamos jugar cuando éramos pequeñas, ¿te acuerdas, Penny? —Me mira y asiento—. Buscábamos fantasmas en el haz de luz del faro mientras giraba alrededor de la isla. Y recibes puntos por cada uno que ves. Un punto si lo ves en la isla y dos si ves uno en el agua.

—¿Y de verdad ven a esos fantasmas? —pregunta Heath, una ceja arrugándole la frente.

—Sí. Estaban por todos lados —responde Rose con una sonrisita maliciosa—. Solo tienes que saber dónde mirar.

—Muéstrame —dice Heath. Y a pesar de que es obviamente escéptico, sonríe mientras Rose lo arrastra hacia la ventana. Es un juego infantil, pero ellos apoyan las palmas de las manos contra el vidrio mientras ríen.

Le devuelvo la botella a Bo, que bebe otro trago.

—¿Qué estás leyendo? —pregunto.

—Un libro que encontré en la cabaña.

—¿Sobre qué?

Lo saca de debajo del brazo y lo apoya en el escritorio blanco. *La historia y la leyenda de Sparrow, Oregón.* La cubierta es una vieja foto del puerto tomada desde Ocean Avenue. Hay una acera de adoquines en primer plano y el puerto está lleno de viejos navíos pesqueros y enormes barcos de vapor. Es más bien una mezcla entre folleto y cuadernillo que un verdadero libro, y puedes encontrarlo prácticamente en todas las cafeterías y restaurantes, y en el vestíbulo de todas las hosterías del pueblo. Es una guía turística de todo lo que sucedió en Sparrow doscientos años atrás y de todo lo que ha sucedido desde entonces. Fue escrito por Anderson Fotts, un poeta y artista que vivió en Sparrow hasta que su hijo se ahogó siete años atrás y luego se marchó.

—Repasando la historia de nuestro pueblo, ¿no?

—No hay mucho más que hacer aquí cuando cae el sol —responde, y tiene razón.

Me quedo mirando el libro, cuyo contenido conozco muy bien. En la página treinta y siete hay un retrato de las hermanas Swan, dibujado por Thomas Renshaw, un hombre que afirma haber conocido a las hermanas antes de que las ahogaran. Marguerite se encuentra a la izquierda, la más alta de las tres, de largo cabello cobrizo, labios gruesos y una mandíbula afilada, los ojos mirando hacia el frente. Aurora está en el medio, de cabello suavemente ondeado y brillantes ojos de luna llena. Hazel, a la derecha, tiene rasgos pequeños y poco llamativos, y una trenza colgando por encima del hombro. Sus ojos están posados en algo que parece estar más distante. Las tres son hermosas, cautivantes, como si se desplazaran ligeramente en la hoja.

—¿Así que ahora crees en las hermanas? —pregunto.

—Todavía no lo he decidido.

El haz de luz se desliza a través de su rostro y lo sigo hasta el mar, donde rasga la tormenta y la lluvia inminente, advirtiendo a marineros y pescadores que hay una isla en su camino.

—A partir de ahora, no deberías ir al pueblo si no es necesario —señalo.

Alza las cejas.

—¿Por qué no?

—Es más seguro que te quedes aquí en la isla. No puedes confiar en nadie allí en el pueblo… Cualquier chica con la que te encuentres podría ser una de ellas.

Baja los párpados, ocultando en parte el oscuro tinte de sus ojos verdes. Verdes y apesadumbrados. Me resulta familiar de una manera que no logro determinar. Como ver a alguien que conociste hace mucho tiempo, pero que cambió en los últimos años, se volvió distinto y nuevo.

—¿También tú? —pregunta como si yo estuviera bromeando.

—También yo. —Quiero que comprenda que hablo muy en serio.

—Entonces, ¿no debo hablar con ninguna chica? —aclara.

—Exactamente.

El lado derecho de su boca se tuerce hacia arriba en una amplia sonrisa. Sus labios se abren parcialmente y parece que va a reír pero, en cambio, bebe un sorbo de la botella. Sé que suena absurdo, tal vez hasta un poquito irracional, advertirle que no hable con ninguna chica. Pero no lo diría si no fuera en serio. La mayoría de los muchachos de aquí, si realmente creen en la leyenda, se mantendrán lejos de todas las chicas hasta el solsticio de verano. Es mejor correr el menor riesgo posible. Pero Bo, como buen forastero, no se lo toma en serio. Está en peligro por el solo hecho de encontrarse en este pueblo.

—¡Con ese van tres! —grita Rose desde la ventana y Heath menea la cabeza. Aparentemente, Rose está ganando el juego de la búsqueda de fantasmas. Como siempre.

—¿De dónde eres? —le pregunto a Bo, después de que el haz de luz pasa alrededor del faro tres veces completas.

—Washington.

Alzo una ceja, esperando que lo acote a una ciudad, condado o al Starbucks más cercano. Pero no lo hace.

—Eso es extremadamente vago —señalo—. ¿Puedes ser más específico?

Sus pómulos se endurecen, marcados por un hilito de tensión.

—Cerca del centro. —Es todo lo que ofrece.

—Puedo ver que no será nada fácil. —Froto la lengua por el paladar.

—¿Qué?

—Averiguar quién eres realmente.

Tamborilea los dedos contra el costado de la botella, el ritmo de una canción, imagino.

—¿Qué quieres saber?

—¿Fuiste a la escuela secundaria en ese pueblo imaginario *cerca del centro*?

Otra vez pienso que sonreirá, pero contiene el gesto antes de que escape de sus labios.

—Sí. Me gradué este año.

—¿De modo que te graduaste y luego te escapaste de inmediato de tu pueblo de fantasía?

—Básicamente.

—¿Y por qué te marchaste?

Deja de tamborilear los dedos contra la botella.

—Murió mi hermano.

Una ráfaga de viento y la lluvia que cae de costado golpean contra la ventana, y me estremezco.

—Lo… siento. —Bo menea la cabeza de un lado a otro y se lleva la botella a los labios. Transcurren los minutos y la pregunta que descansa dentro de mi garganta comienza a estrangularme, cortando el aire de mis pulmones—. ¿Cómo murió?

—Fue un accidente. —Hace girar la botella y el vino carmín da vueltas y sube por los costados. Un mini ciclón.

Aparta la vista, como si estuviera contemplando la idea de dirigirse a la puerta y marcharse. Despedirse y desaparecer en la tormenta.

Y aunque siento curiosidad por saber qué tipo de accidente fue, no lo presiono más. Me doy cuenta de que no quiere hablar del tema y yo no quiero que se vaya, aun cuando nuestra conversación sea tensa, forzada, porque él se guarda muchas cosas para sí. Y también siento que no deseo que esta noche acabe aún. Hay cosas que me gustan de él… *no*, no es así. No es él exactamente. Soy yo. Me gusta cómo me siento cuando estoy junto a él. Relajada por su presencia. El zumbido constante de mis pensamientos, el dolor en mi pecho aplacado. Sosegado.

De modo que tomo la botella de su mano, me siento con las piernas cruzadas sobre el suelo frío y observo la tormenta. Yo sé lo que es perder a las personas que te rodean. Y bebo un trago largo y lento de vino, que me calienta el estómago y hace que mi cabeza flote, disipando la resaca. Bo está sentado a mi lado, los antebrazos apoyados en las rodillas flexionadas.

—¿Has participado antes de muchas peleas? —pregunto después de un rato de silencio.

—¿Qué?

—En la playa, anoche, con Lon, parecía que no te daba miedo pelear con él.

—No me gusta pelear, si es eso a lo que te refieres. Pero sí, he estado en varias. Aunque no porque yo quisiera. —Respira lentamente y pienso que cambiará de tema. Sus labios quedan medio abiertos—. Mi hermano siempre se metía en problemas —prosigue—. Le gustaba correr riesgos: meterse en el río en medio del invierno, subirse a los puentes para ver el amanecer, conducir su camioneta a mucha velocidad por la línea del medio solo por la adrenalina. Cosas así. Y a veces decía cosas que no debía, o coqueteaba con las chicas que no debía y terminaba a los puñetazos en medio de una pelea. —Bo sacude la cabeza—. Él pensaba que era divertido, pero era siempre yo el que tenía que intervenir y salvarlo, impedir que le dieran una paliza. Era mi hermano mayor, pero mis padres siempre me pedían que lo cuidara. Pero desde que murió… —Su mirada desciende hacia el suelo, la voz se apaga y los recuerdos se deslizan por él—, no tuve que defenderlo. —Le extiendo la botella y bebe un largo trago. Sosteniéndola entre las rodillas, pregunta—: ¿Algunas vez piensas en marcharte del pueblo?

Levanto el mentón.

—Por supuesto.

—¿Pero?

—Es complicado.

Golpetea el cuello de la botella con el pulgar.

—¿No es eso lo que las personas dicen cuando no quieren admitir la verdad?

—Es probable… pero la verdad es complicada. Mi vida es complicada.

—Así que cuando te gradúes, no te irás de Sparrow… ¿No irás a alguna universidad?

Me encojo de hombros.

—Tal vez. No es algo en lo que piense. —Me muevo incómoda en el suelo, deseando volver a hablar de él.

—¿Qué te retiene aquí?

Casi echo a reír, pero no lo hago, porque la respuesta no es graciosa. Ninguna de las razones por las que estoy estancada aquí lo es.

—Mi familia —respondo finalmente, porque tengo que decir algo—. Mi mamá.

—¿Ella no quiere que te marches?

—No es eso... es que ella no está bien. —Aparto la vista sacudiendo la cabeza. La verdad se filtra a través de los bordes de las mentiras.

—¿No quieres hablar del tema?

—De la misma manera que tú no quieres hablar del lugar de donde provienes —comento suavemente—. O de lo que le sucedió a... —Casi vuelvo a mencionar a su hermano, pero me detengo a tiempo.

Exhala ruidosamente y luego me extiende la botella. Intercambiamos sorbos de vino en vez de compartir la verdad. Como si fuera un juego de beber que acabáramos de inventar: si no quieres hablar de algo, bebe un trago.

—Siempre hay razones para quedarse —señala—. Solo tienes que encontrar una razón para marcharte. —Sus ojos se mantienen posados en los míos y algo familiar se agita dentro de mí, algo que prefiero ignorar. Un destello que ilumina las partes más oscuras de mi interior. Y lo absorbo como si fuera la luz del sol.

—Supongo que todavía no encontré esa razón —digo. Sé que mis mejillas se han sonrojado intensamente, y puedo sentir el calor en la piel, pero no aparto la mirada de la suya.

La tormenta sopla contra las ventanas haciendo repiquetear el vidrio en los marcos.

Bo desvía la vista hacia afuera, hacia la lluvia, y yo observo su mirada, deseando poder arrancar más pensamientos de su cabeza. La pena se oculta detrás de sus ojos y, de pronto, me descubro sintiendo que quiero tocar su rostro, su piel, las yemas de sus dedos.

Luego, como una máquina que se apaga, el viento deja de soplar, la lluvia se diluye y se convierte en neblina, y las inestables nubes negras comienzan a arrastrarse más hacia el sur, dejando ver un fondo de cielo negro con agujeritos que son estrellas.

Rose se levanta de un salto del suelo y da una vuelta en círculo.

—Tenemos que ir a pedir deseos —anuncia—. Esta noche.

—¿El naufragio? —pregunta Heath desde su lugar, aún despatarrado en el suelo.

—¡El naufragio! —repite Rose.

—¿Qué es el naufragio? —pregunta Bo, apartando la mirada de mí por primera vez.

—Ya verás —repone Rose.

A través de la oscuridad, caminamos hacia el muelle con paso decidido por el sendero de madera. Heath insiste en que vayamos en su embarcación, así que nos amontonamos en el pequeño y estrecho bote inflable. Bo me toma la mano para que no pierda el equilibrio al subir, aunque no necesito que lo haga —soy tan estable en el agua como en tierra firme— y no me suelta hasta que estoy sentada junto a él en una de las tablas. El interior es austero y ordenado, una pila de salvavidas anaranjados está atada a la borda. Heath jala una vez del cable y el motor ruge.

Tal vez no debería ir con ellos. Es tarde y mi cabeza se balancea suavemente con la flojera del vino que ronronea por mi sangre. Pero la relajación también es adictiva; suaviza los bordes ásperos de mi mente, la preocupación que siempre está ahí, que vive debajo de las uñas de mis manos y en la base del cuello.

Aferro el borde del asiento mientras avanzamos lentamente por el puerto, cuya calma resulta inquietante. Es como si el agua se hubiera muerto, como si se hubiera rendido después de la tormenta. Delante de nosotros, las ruinas de los barcos hundidos son como lápidas que emergen del agua, agujas serradas de metal, oxidadas, que se van convirtiendo en arena gracias a la implacable marea.

—Ojalá tuviéramos más vino —murmura Rose, pero su voz es suave y despreocupada, de modo que nadie responde.

El mástil verde, cubierto de una capa de algas y de musgo, se yergue sobre todos los otros naufragios del puerto, la bandera que alguna vez flameó en la punta hace mucho tiempo que se desintegró y voló.

Heath disminuye la velocidad mientras nos aproximamos, y luego apaga el motor por completo para que podamos deslizarnos muy cerca del mástil. Contornos oscuros y turbios del resto del barco yacen debajo de nosotros, lo suficientemente cerca como para triturar la hélice del bote de Heath si no hubiera apagado el motor cuando lo hizo. Es peligroso andar tan cerca de los naufragios, pero también es la razón por la cual los chicos vienen aquí, para poner a prueba su coraje. Si no fuera peligroso, no sería divertido.

—¿Alguien trajo monedas? —pregunta Rose.

Bo mira a Rose y después a mí.

—¿Para qué?

—Para pedir un deseo —respondo.

—Este era un barco pirata —explica Heath—. La leyenda dice que si arrojas una moneda a los piratas muertos que todavía rondan el barco, te concederán un deseo.

—Debe haber cientos… no, miles de dólares en monedas allí abajo —señala Rose, agitando una mano en el aire como si fuera maga.

—O solamente un montón de centavos —remarco.

Heath revisa sus bolsillos y extrae una moneda de diez centavos y otra de veinticinco. Bo tiene tres de veinticinco y varias de uno.

—Cuanto mayor sea el valor de la moneda, mayores serán las posibilidades de que se cumpla tu deseo. Los piratas son codiciosos, obviamente —aclara Rose mientras arrebata la moneda de veinticinco de la mano de Heath. Bo y yo tomamos monedas de un centavo cada uno y Heath la de diez. Al parecer, Bo y yo no confiamos demasiado en que nuestros deseos se hagan realidad.

Pero, aun así, yo sé cuál será mi deseo… el mismo de siempre.

Extendemos los brazos por el costado del bote, los puños apretados, y Rose cuenta hasta tres.

—Dos... tres —exclama y todos abrimos las manos y dejamos que las monedas caigan al agua. Se escurren deprisa. Brillantes al principio, mientras se hunden entre los restos dentados y huecos del naufragio, hasta que luego desaparecen.

Nos quedamos quietos unos segundos, conteniendo el aliento... esperando que algo suceda de inmediato. Pero como no pasa nada, Bo lanza una bocanada de aire y yo me cruzo de brazos sintiéndome helada. Incluso nerviosa.

No deberíamos estar aquí, pienso súbitamente. En el agua, tan pronto, después de que las brujas regresaron. Es peligroso, arriesgado para Heath y para Bo. Y siento que algo no está bien.

—Deberíamos regresar a la isla —sugiero, intentando no sonar asustada, y levanto la mirada hacia Heath, esperando que encienda el motor.

El mar parece demasiado quieto. Los cantos ya desaparecieron, la tormenta pasó. Solo unas ondas rozan el costado del bote.

Lo siento aun antes de verlo: cae la temperatura; el cielo se abre de tal manera que las estrellas podrían devorarnos como una ballena bebiéndose un cardumen completo. El mar vibra.

Mis ojos se clavan en algo oscuro que se mece con la corriente. A un par de metros del bote, un cuerpo flota a la deriva boca arriba, los ojos abiertos pero carentes de todo color. El primer chico muerto.

—Dios mío —chilla Rose, los ojos como globos a punto de explotar, el dedo señalando el cadáver.

Los brazos están extendidos, las piernas hundidas por la mitad dentro del agua, y una sudadera azul marino cuelga del torso como si fuera dos tallas más grande.

—Mierda —masculla Heath por lo bajo, como si temiera que hablar más alto pudiera despertar a los muertos.

La luna asoma entre las nubes y brilla sobre el agua. Pero no es un blanco lechoso, es un rojo pálido. Una luna con sangre: un mal presagio. No deberíamos haber salido al mar.

—¿Quién es? —pregunta Rose, la voz trémula mientras sus dedos buscan algo de qué aferrarse, como si intentara agarrar el cuerpo.

El rostro surge delante de nosotros: las mejillas huecas y cenicientas. El pelo corto y rubio ondeando hacia afuera de un pálido cuero cabelludo.

—Gregory Dunn —contesta Heath, pasándose la mano por la cara—. Se graduó este año. Iba a ir al este en otoño, a la universidad. A Boston, creo.

Bo y yo nos mantenemos en completo silencio. Él toca el costado del bote, parpadea, pero no habla.

—¡Tenemos que hacer algo! —exclama Rose, levantándose de golpe—. No podemos dejarlo en el agua. —Da un paso hacia adelante, hacia el lado derecho del bote, que se ha ido acercando lentamente al cuerpo. Pero sus movimientos desequilibran la embarcación, que se balancea hacia el agua.

—Rose —grito mientras me estiro hacia ella. Heath también intenta agarrarla, pero el impulso inclinó demasiado el bote y ella se tambalea, las piernas desequilibradas, agitando las manos para afirmarse en algo. Se arroja de cabeza en el agua helada.

Bo, por primera vez, reacciona. Ya se encuentra en el borde del bote antes de que yo haya tenido tiempo de procesar lo ocurrido. Pequeñas ondas se propagan hacia afuera en dirección al cadáver de Gregory Dunn. Afortunadamente, Rose no aterrizó *encima* de él al caer.

Bo se inclina por el lado derecho, sumerge los brazos en el agua helada, pasa las manos por debajo de los brazos de Rose y, en un rápido movimiento, la levanta y la mete en el bote. Ella se desploma de inmediato, las rodillas hacia arriba, y se sacude descontroladamente, como si tuviera convulsiones. Heath toma una manta de debajo de uno de los asientos y la envuelve.

—Tenemos que llevarla a la costa —advierte Bo atropelladamente y Heath vuelve a encender el motor. Me agacho junto a Rose, pongo el brazo alrededor de sus hombros mientras nos dirigimos velozmente al muelle, dejando atrás el cuerpo de Gregory Dunn.

Cuando llegamos a la costa, camino deprisa por el muelle hacia la campana de metal que cuelga de un arco de madera, frente al puerto. La Campana de la muerte, la llaman todos. Cada vez que aparece un cuerpo, alguien hace sonar la campana para alertar al pueblo de que se ha encontrado un cadáver. Se instaló veinte años atrás. Y durante el mes de junio, hasta el solsticio de verano, las campanadas se convierten en el tañido de la muerte.

Cada vez que suena, los lugareños hacen un gesto de dolor y los turistas toman sus cámaras.

Me extiendo hacia la gruesa fibra de la cuerda y la hago repiquetear dos veces contra el interior de la campana. Un tañido hueco resuena a través del pueblo, rebotando contra las paredes húmedas de tiendas y viviendas, despertando a todos del sueño.

Transcurre una hora antes de que la policía y los pescadores regresen al puerto, una vez que rescataron del agua el cuerpo de Gregory Dunn. Se tomaron su tiempo para recolectar indicios. Ni sangre ni marcas ni señales de lucha. Nunca las hay.

Rose está temblando a mi lado, atontada, sorbiendo chocolate caliente que Heath le trajo de La almeja, que abrió temprano —a las tres de la mañana— para atender a la gente del pueblo que se levantó para ver al primer cuerpo que sacaron del agua.

Todos esperamos en los muelles, observando el desfile de embarcaciones surcar el agua. La gente ha venido con pijamas, gorros de lana y botas de lluvia. Hasta sacaron a los niños de la cama, que se acercan tambaleantes con mantas encima de los hombros para ver este espantoso y truculento evento anual.

Pero la policía local ha aprendido a minimizar el espectáculo. Y cuando colocan el cuerpo en una camilla, se aseguran de que esté completamente tapado. Pero igual la gente toma fotografías, los niños igual echan a llorar y las personas lanzan gritos ahogados y luego se cubren la boca con manos enguantadas.

—Tuviste razón —susurra Bo a mi oído cuando la ambulancia se aleja con el cuerpo de Gregory Dunn agarrado a una fría camilla de metal en la parte de atrás—. Dijiste que sucedería esta noche, y así fue.

Meneo la cabeza. No era un concurso que deseara ganar.

La muchedumbre que nos rodea se disgrega rápidamente y la gente regresa despacio a la cama o se dirige a La almeja para conversar acerca del primer ahogamiento. Heath se aproxima con expresión seria, las cejas cortan abruptamente su frente arrugada.

—Llevaré a Rose a su casa —señala—. Está en completo estado de shock.

—De acuerdo. —Echo una mirada a Rose, que ya se escabulló de mi lado y camina por el muelle, la manta rayada gris y roja del bote de Heath colgándole de los hombros. Se ve aturdida y sé que probablemente debería ir con ella, pero en este momento parece querer solo a Heath, de modo que dejo que él la lleve.

—Volveré para llevarlos a la isla —avisa Heath antes de salir detrás de Rose.

Asiento. Luego Bo y yo seguimos a la somnolienta marea de gente hasta Shipley Pier, donde nos atiende una camarera de La almeja vestida con un pijama azul a lunares y botas Ugg con piel.

—¿Café? —nos pregunta. Examino su rostro y me detengo en los ojos, pero su aspecto es normal. Humano.

—Sí —responde Bo.

—Té negro, por favor —le pido.

Frunce brevemente el ceño y lanza un resoplido, como si preparar un té fuera a requerir más esfuerzo del que está dispuesta a hacer a esta hora, pero se aleja arrastrando las botas, y Bo y yo nos quedamos en el extremo del embarcadero, apoyados sobre la barandilla mirando el mar, esperando que amanezca.

Las voces murmuran a nuestro alrededor y las especulaciones comienzan a circular casi inmediatamente. Durante las dos próximas semanas, estaremos en medio de una despiadada caza de brujas.

Varias chicas de la escuela se han reunido en la terraza exterior, donde beben café y engullen trozos de pasteles de arándanos y bizcochos y charlan haciendo mucho lío aunque sea medianoche y sea imposible que estén completamente despiertas. Estudio sus rasgos, el color de sus ojos, la blanquecina porcelana de su piel. Busco algo que no sea natural, una criatura sutil suspendida detrás de la piel humana. Pero no la veo.

La camarera nos trae las bebidas sin una mísera sonrisa.

—¿Cómo puede ser que hayan atraído a Gregory Dunn dentro del agua sin que nadie lo haya visto? —pregunta Bo en voz baja, sosteniendo el café entre las manos pero sin beber todavía.

Alzo los hombros y me muerdo el labio inferior.

—Las hermanas Swan no *quieren* que las vean —aclaro—. Vienen haciendo esto desde hace doscientos años; y lo hacen bien. Son buenas en esto de no dejarse atrapar. —Deslizo un dedo alrededor del borde de la taza blanca.

—Lo dices como si no quisieras que las atraparan, como si el pueblo se lo mereciera.

—Tal vez sea así. —La rabia que siento por este pueblo, por esta gente, me quema por dentro, me taladra la cabeza. Tantas injusticias… tanta muerte. Siempre trataron con crueldad a los forasteros, los rechazaron por no pertenecer al pueblo—. Las hermanas fueron asesinadas por los habitantes de Sparrow —agrego, la voz agobiada por algo que suena raro en mí—. Ahogadas injustamente porque se enamoraron de los hombres equivocados. Tal vez tengan derecho a vengarse.

—¿A matar personas inocentes?

—¿Cómo sabes que Gregory Dunn no se lo merecía? —Me cuesta creer lo que estoy diciendo.

—No lo sé —responde cortante—. Pero dudo que todas las personas ahogadas se lo merecieran.

Sé que tiene razón, sin embargo me siento inclinada a rebatirle su afirmación. Solo quiero que comprenda *por qué* ocurre. Por qué las hermanas regresan año tras año. Existe una razón.

—Es su represalia —señalo.

Bo se endereza y bebe un sorbo de café.

—Mira, no estoy diciendo que esté bien —agrego—. Pero no puedes empezar a pensar que puedes impedirlo o cambiar lo que sucede aquí. Gregory Dunn fue solo el primero. Habrá más. Intentar detener todo esto no ha hecho más que empeorar las cosas.

—¿Qué quieres decir?

—El pueblo ha matado a chicas inocentes porque pensaba que estaban habitadas por una de las hermanas. Es mejor no meterse. No hay nada que puedas hacer.

El sol comienza a asomarse por el este, al principio tenue y rosado. En la marina, los pescadores recorren con paso enérgico los muelles hasta llegar a sus botes. Y entonces diviso a Heath caminando por Ocean Avenue, que viene a llevarnos de regreso a la isla.

Bo está en silencio, su mente da vueltas alrededor de cuestiones que no encajan, tratando de desentrañar lo que vio hoy. Un cadáver. Una maldición de dos siglos. Un pueblo que aceptó su destino.

Es mucho que asimilar y él acaba de llegar. Las cosas empeorarán.

Echamos a andar por el embarcadero, la luz va cambiando de color hacia un pálido anaranjado mientras se extiende con rapidez por el pueblo. Dos chicas caminan hacia nosotros, en dirección a La almeja. Mi mirada se desliza fugazmente sobre ellas.

Son Olivia y Lola: las mejores amigas que bailaban alrededor de la fogata en la fiesta Swan, poco después de que comenzaran los cantos. Las dos están muy bien vestidas, nada de pijamas ni cabello desgreñado, como si la muerte de Gregory Dunn fuera un evento social que no se les ocurriría perderse. Un evento que estaban esperando. El cabello teñido de negro de Lola está peinado en una trenza cosida. El de Olivia está suelto sobre los hombros, largo y ondeado. El piercing de la nariz brilla con los rayos invasores del sol.

Y cuando mis ojos se encuentran con los de ella, lo sé: Marguerite Swan está ocupando su cuerpo.

La imagen blanca y fantasmal de Marguerite se cierne debajo de la suave piel de Olivia. Es como mirar a través de un vidrio muy fino, o debajo de la superficie de un lago hasta el fondo de arena. No es un contorno claro y nítido de Marguerite, sino más bien como un recuerdo de ella, fluctuante e inestable, que se mueve vacilante dentro del cuerpo de esa pobre chica.

La encontré.

Una parte de mí tenía la vaga esperanza de que este año no las vería, que podría evitar a las hermanas, evitar el ritual de muerte que acaece en este pueblo. Pero parece que no tendré tanta suerte después de todo.

A través de la piel blanca como la nieve de Olivia, desearía no estar mirando a Marguerite escondida debajo. Pero es así. Y soy la única persona de todo Shipley Pier que puede hacerlo. Este es el secreto que no puedo contarle a Bo: la razón por la cual sé que las hermanas Swan son reales.

Su mirada espeluznante se posa sobre mí, no la de Olivia —Olivia ya no está—, sino la de Marguerite, y luego me sonríe ligeramente al pasar.

Me quedo paralizada por un instante y tuerzo el labio superior. Ellas continúan recorriendo el embarcadero, Lola charlando de algo que mis oídos no logran captar, ajena al hecho de que su mejor amiga ya no es su mejor amiga. Justo antes de que lleguen a La almeja, les echo una mirada por encima del hombro. El cabello de Olivia ondea naturalmente sobre sus hombros y por su espalda.

—¿Estás bien? —pregunta Bo y se gira para mirar a Olivia y a Lola.

—Tenemos que regresar a la isla —señalo dándome vuelta otra vez—. No estamos seguros aquí.

Marguerite encontró en Olivia Greene un cuerpo donde hospedarse. Y Marguerite siempre es la primera en matar. Gregory Dunn fue de ella. La temporada de ahogamientos ha comenzado.

LA PERFUMERÍA

Es probable que las hermanas Swan hayan incursionado en el arte de la brujería en los años anteriores a su llegada a Sparrow —un maleficio o una poción ocasionales para desviar a esposas celosas o malos espíritus—, pero ciertamente no se consideraban brujas, como las acusaron los habitantes de Sparrow.

Eran mujeres empresarias, dueñas de una tienda, y cuando arribaron a Sparrow dos siglos atrás, trajeron con ellas una variedad de aromas exóticos para elaborar delicados perfumes y bálsamos fragantes. Al principio, las mujeres del pueblo se reunían dentro de la Perfumería Swan, extasiadas ante las fragancias que les traían recuerdos del mundo civilizado. Compraban botellitas de vidrio de agua de rosas y miel, citronela y gardenia. Todas perfectamente combinadas, sutiles y elaboradas.

No fue hasta que atraparon a Marguerite, la mayor de las hermanas, de diecinueve años, en la cama con el capitán de un barco que todo comenzó a derrumbarse. No se podía culpar a las hermanas. No fue la brujería lo que sedujo a los hombres de Sparrow: fue algo mucho más simple. Las hermanas Swan tenían un encanto que había nacido en su sangre, como su madre: los hombres no podían resistir la suavidad de su piel ni el brillo de sus ojos color aguamarina.

A ellas, el amor se les daba fácil y a menudo. Mientras que a Marguerite le gustaban los hombres mayores, con dinero y poder,

Aurora se enamoraba de muchachos que parecían difíciles de seducir: le agradaban los desafíos y solía enamorarse de más de un muchacho a la vez. Hazel era más específica. Precisa. No encontraba placer en el afecto de muchos hombres, como sus hermanas, pero ellos igual la adoraban y solía dejar a su paso una estela de muchachos con el corazón destrozado.

Las hermanas encontraron su destino como alguien que se tropieza en la oscuridad con una hiedra venenosa, ignorando las consecuencias que les acaecerían a la mañana siguiente.

7

Durante tres horrendas semanas, turistas y lugareños acusarán a casi todas las muchachas de ser alguna de las hermanas Swan. Cualquier transgresión o alteración del comportamiento —un repentino interés en chicos que antes despreciaban, salir muchas noches hasta muy tarde, cualquier movimiento rápido e involuntario de los ojos que parezca fuera de lugar— te transforman en una sospechosa.

Pero yo sé quiénes son realmente las hermanas.

Heath nos conduce a través del puerto y, cuando llegamos a la isla, nos despedimos rápidamente y luego él regresa al pueblo.

Bo y yo subimos en silencio por el sendero hasta llegar al lugar donde el camino se divide en dos. Un montículo de viejas boyas y trampas para pescar cangrejos, que llegaron a la costa a través de los años, se encuentran a la izquierda del camino. Una montaña en descomposición. Un recordatorio de que este lugar tiene más muerte que vida.

—Lo siento —digo—, no deberíamos haber salido. —Estoy acostumbrada a la repugnante conmoción de la muerte, pero Bo no. Y estoy segura de que está comenzando a considerar la idea de marcharse de aquí lo antes posible. Y no lo culparía si lo hiciera.

—No fue tu culpa. —Baja las pestañas y patea un guijarro fuera del camino, que desaparece en una zona de hierba amarillenta.

—Deberías dormir un poco. —Ambos estuvimos despiertos toda la noche y la confusión causada por el agotamiento está comenzando a parecerse a un tren de carga rugiendo de un lado a otro entre mis oídos.

Asiente, saca las manos de los bolsillos de la chaqueta y enfila hacia la Cabaña del ancla. Ni siquiera se despide.

No me sorprendería que comenzara a empacar apenas entre en la cabaña.

Mamá ya está levantada, escuchando la radio en la cocina, cuando entro por la puerta de atrás. Es una estación local que alerta sobre tormentas y da los informes de las mareas, y hoy Buddy Kogens, el presentador, está hablando del cuerpo que las autoridades sacaron del agua en la madrugada.

«Este pueblo está negro de tantas muertes», comenta taciturna, frente al fregadero de la cocina, aferrando con las manos el borde de azulejos blancos. «Está saturado de muerte». No digo nada, estoy muy cansada. De modo que me escabullo por el pasillo y subo a mi habitación. Desde la ventana, veo a Bo andando por el sendero, muy cerca de la Cabaña del ancla, casi en el centro de la isla. Su paso es lento y pausado. Mira una vez hacia atrás, como si sintiera que lo estoy observando, y me aparto de la ventana.

Algo me inquieta. Y no puedo precisar qué es.

El cielo de la tarde se abre repentinamente, dejando a la vista una franja de color azul claro.

Anoche, encontramos el cuerpo de Gregory Dunn en el puerto.

Esta mañana, observamos el amanecer desde el embarcadero mientras transportaban su cuerpo hasta la costa.

Primer día de la temporada Swan: un chico muerto.

Me levanto de la cama frotándome los ojos, todavía adormilada aun cuando el sol hace horas que salió. Me pongo unos viejos jeans desteñidos y un jersey azul marino. Me tomo mi tiempo. Me paro frente a la cómoda, sin hacer contacto con mi propia mirada en el espejo de la pared, y deslizo los dedos por encima de una pequeña colección de objetos. Un viejo frasco de perfume —de mamá—, que acerco a la nariz. El aroma a vainilla se ha vuelto fuerte y rancio, ha tomado un resabio de alcohol. Hay un cuenco plateado lleno de piedras de la playa: aguamarina, coral y verde esmeralda. En un rincón, hay dos velas, las mechas apenas consumidas. Y colgando de un lazo amarillo desde arriba del espejo, hay un trozo de vidrio triangular con flores en el interior. No logro desenterrar la procedencia de ese recuerdo. ¿Un regalo de cumpleaños, tal vez? ¿Algo que Rose me dio? Lo observo con atención, las florcitas rosadas, secas y achatadas, preservadas eternamente. Me doy vuelta, me apoyo contra la cómoda y evalúo el dormitorio. Austero y ordenado. Paredes blancas. Todo blanco. Limpio. No hay colores brillantes por ningún lado. Mi habitación dice poco de mí. O tal vez lo dice todo. Una habitación fácil de abandonar. Casi sin indicios de que alguna vez allí vivió una chica.

Mamá no se encuentra en la casa. Las tablas de madera crujen mientras bajo por la escalera hasta la cocina. Un plato de pasteles de naranja recién hechos me espera sobre la mesa. Van dos días seguidos que prepara el desayuno. Las dos mañanas en que Bo se ha quedado en la isla. No puede evitarlo, nunca permitiría que un desconocido pasara hambre, aunque sí permitiría tranquilamente que ella y yo nos muriéramos de hambre. Viejas costumbres. Las convenciones sociales de un pueblo pequeño: hay que alimentar a las visitas.

Tomo dos pasteles y salgo al porche.

El aire está caluroso, calmo y aplacado. Las gaviotas dan vueltas vertiginosamente arriba de mi cabeza, descendiendo en picada a la costa escarpada y agarrando algún pez atrapado en los pozos de la marea. Distingo la silueta de mamá en el interior del invernadero, caminando entre las plantas podridas.

Echo una mirada a través de la isla hacia la Cabaña del ancla. ¿Estará Bo todavía en el interior? ¿O empacó y encontró una manera de salir de la isla mientras yo dormía? Se me hace un nudo en el estómago. Si encuentro la cabaña vacía, fría y oscura, ¿cómo me sentiré? ¿Desesperada? ¿Como si me hubieran desgarrado las entrañas?

Pero al menos sabré que está a salvo, que escapó de este pueblo antes de terminar como Gregory Dunn.

Un ruido aparta mi vista de la cabaña. El sonido lejano de una sierra: alguien está cortando madera. Resuena por toda la isla y proviene del huerto.

Camino por la pasarela de madera hacia el centro de la isla, pero antes de llegar a las hileras de árboles perfectamente separados, me doy cuenta de que las cosas han cambiado. La escalera de madera que por lo general está apoyada en la fila más lejana contra un árbol de peras Anjou medio muerto, protegida del viento, se encuentra ahora en el centro de los frutales y está colocada junto a un árbol de manzanas Braeburn. Y apoyado en el peldaño más alto e inclinado entre la maraña de ramas se encuentra Bo.

No se marchó después de todo. No actuó de manera sensata y huyó mientras tenía la posibilidad de hacerlo. El alivio se expande dentro de mi pecho.

—Hola —me saluda desde arriba, aferrándose a una de las ramas más bajas. El sol proyecta sombras largas entre los árboles—. ¿Está todo bien?

Baja varios peldaños de la escalera, la gorra echada hacia atrás.

—Sí —respondo—. Solo pensé que quizá tú… —Mi voz se desvanece.

—¿Qué?

—Nada. Es solo que estoy contenta de que todavía estés aquí.

Entorna los ojos y se seca la frente.

—¿Pensaste que me marcharía?

—Tal vez.

El sol le pega en los ojos haciendo que el verde oscuro parezca como trozos de vidrio verde esmeralda, un mundo entero contenido dentro de ellos. La camiseta gris se le pega a los brazos y al pecho. Tiene las mejillas encendidas. Me quedo mirándolo demasiado tiempo.

—¿Dormiste? —le pregunto.

—Todavía no. —Sonríe con un lado de la boca: su ánimo parece haberse animado un poco desde esta mañana. Mientras yo estaba acurrucada en la cama, las sábanas encima de la cabeza para protegerme del sol, él estaba aquí afuera trabajando. Es probable que dormir parezca algo imposible después de lo de anoche, después de lo que vio—. Quería comenzar a arreglar el huerto. —Engancha una ancha sierra de mano en una rama baja y torcida, y luego baja la escalera, limpiándose las manos en el pantalón.

Le alcanzo uno de los pasteles de naranja recién hechos.

—¿Qué estás haciendo exactamente?

Estira la cabeza hacia las ramas enredadas y entorna los ojos. La cicatriz del ojo izquierdo se estira.

—Cortando los brotes nuevos. Solo quiero que queden las ramas más viejas, porque esas son las que dan fruta. Y ¿ves cómo algunas de las ramas crecen derechas hacia arriba o hacia abajo? Esas también hay que cortarlas. —Parpadea y luego me mira.

—¿Puedo ayudar?

Apoya el pastel en un peldaño de la escalera, luego se quita la gorra y se restriega el pelo corto.

—Si quieres.

—Quiero.

Trae una segunda escalera del viejo cobertizo de la leña y busca otra sierra más pequeña. Apoya la escalera contra un árbol cercano que estaba podando, y yo trepo hasta arriba con cuidado, un poco inestable al principio, pues la escalera se bambolea debajo de mí. Una vez que me siento firme, descubro que estoy cubierta por un velo de hojas, escondida en un mundo de ramas, y luego Bo trepa detrás de mí y se detiene un escalón más abajo. Me extiende la sierra y después coloca los brazos alrededor de mi cintura, sujetando la escalera para impedir que me caiga.

—¿Qué ves? —pregunta, su voz en mi cuello, en mi oído, y me recorre un leve estremecimiento al sentir su aliento contra mi piel.

—No estoy segura —respondo honradamente.

—Los árboles todavía no florecieron —explica—. Pero pronto lo harán, de modo que tenemos que quitar todas las ramas que están tapando a las más viejas… la *vieja madera*, se llama.

—Esta ramita —digo mientras la golpeo con el dedo—, sale hacia arriba directamente de una rama más gruesa, y todavía parece un poco verde.

—Exacto —me felicita. Levanto la sierra y la sostengo junto a la rama. Al deslizarla por esa rama, se me resbala de las manos y me tambaleo hacia adelante para no dejarla caer. Bo me sujeta con más fuerza mientras la escalera se balancea debajo de nosotros. Los latidos de mi corazón se aceleran al máximo—. Toma un tiempo dominar la sierra —dice.

Asiento mientras aferro el extremo de la escalera. Y entonces siento el pinchazo agudo en el dedo índice izquierdo. Doy vuelta la mano para poder examinarlo y las gotas de sangre se deslizan por el borde externo del dedo. Cuando la sierra se resbaló, debió haberme cortado la piel en el lugar en donde mi mano sujetaba la rama. Bo lo ve al mismo tiempo que yo y se inclina más hacia mí, estirándose para agarrar el dedo.

—Te cortaste —señala. La sangre me chorrea por la yema del dedo y cae al suelo, dos metros más abajo. Diviso a Otis y a Olga sentados en la franja de sol entre los frutales, las cabezas blancas y anaranjadas ladeadas hacia arriba, observándonos.

—Estoy bien —murmuro. Pero él saca de inmediato un pañuelo del bolsillo trasero y lo apoya contra la herida, deteniendo el sangrado—. No es muy profundo —agrego, aun cuando me arde mucho. La tela blanca se tiñe de rojo casi instantáneamente.

—Deberíamos limpiarla —comenta.

—No. En serio, estoy bien.

Tan cerca, con su cara junto a la mía, puedo sentir cómo se levanta su pecho con cada respiración, puedo ver cómo se mueven sus labios cada vez que exhala. Su corazón late más deprisa de lo que debería. Como si estuviera preocupado de que podría haberme cortado toda la mano y hubiera sido su culpa por permitirme empuñar una sierra.

Inclinándose sobre mí, levanta el pañuelo para examinar el corte.

—¿Hay que amputar? —pregunto en tono de broma.

—Probablemente. —Sus ojos se deslizan hacia los míos y levanta la comisura de la boca. Luego arranca una tira de tela del pañuelo y, sosteniendo mi mano en la suya, ata el angosto trozo de tela alrededor de mi dedo como un improvisado torniquete—. Esto debería impedir que se te caiga el dedo hasta que operemos.

—Gracias —murmuro, sonriendo a pesar de que todavía me arde, mis labios tan cerca de los suyos que casi puedo saborear la sal de su piel.

Guarda lo que quedó del pañuelo en el bolsillo trasero y se endereza detrás de mí, de modo que su pecho ya no está contra mi espalda.

—Probablemente sea más seguro que haya una sola persona en la escalera —se rectifica.

Asiento y se baja, salteándose un par de peldaños y dejándome ligera arriba de la escalera, sin él.

Vuelve a trepar a su escalera y trabajamos uno al lado del otro, aserrando las ramas no deseadas de cada árbol. Me cuido de mantener los dedos lejos de la hoja y pronto me siento cómoda con la sierra. Es un proceso lento y tedioso, pero, de a poco, vamos avanzando por la primera hilera.

Y se transforma en una rutina.

Todas las mañanas nos encontramos en el huerto y trasladamos las escaleras a una nueva hilera, devolviéndoles la vida a los frutales. No me importa que sea mucho trabajo, pues siento que es algo significativo. Y antes de terminar la semana, mis manos tienen una rugosidad que nunca tuvieron antes. Mi piel está tostada y mis ojos se estrechan con el sol del mediodía. No ha llovido ni una vez en toda la semana, y el aire veraniego es ligero, etéreo y dulce.

El sábado, recogemos todas las ramas cortadas y las apilamos en el extremo norte del huerto. Y justo después del atardecer, las quemamos.

El tiznado cielo nocturno chispea y tiembla, la luz de las estrellas se ve atenuada por la hoguera que creamos en la tierra.

—Mañana cortaremos los árboles muertos —anuncia Bo, los brazos cruzados y la mirada clavada en el fuego.

—¿Cómo? —pregunto.

—Los aserraremos hasta dejarlos como tocones y luego los quemaremos por completo.

—¿Cuánto tiempo nos llevará?

—Un par de días.

Esta última semana, siento como si el tiempo se hubiera detenido, protegiéndome de una época que irrumpe todos los años como una violenta tempestad. Por momentos, hasta me olvidé por completo del mundo que está afuera de esta islita. Pero sé que encontrará la manera de llegar hasta aquí. Siempre lo hace.

Lleva tres días cortar los tres manzanos y un peral muertos, hasta que solo quedan tocones. Y hacia el final del tercer día, apenas puedo mover los brazos. Me duelen de solo levantarlos para ponerme la camiseta por la mañana.

Caminamos por el huerto examinando el duro trabajo realizado —hoy quemaremos los tres troncos que quedaron de los frutales— cuando Bo se detiene delante del roble, en el medio del bosquecillo, el que tiene el corazón grabado en el tronco. Parece un árbol fantasma, el musgo blanco chorreando por las ramas, doscientos años de historia escondida en el tronco.

—Quizá también deberíamos quemar este —comenta mientras examina las ramas—. Es muy viejo y no está muy saludable. Podríamos plantar un manzano en su lugar.

Apoyo la palma de la mano contra el tronco, sobre el corazón.

—No. Quiero conservarlo.

Levanta una mano para tapar el sol.

—Me parece que está mal talarlo —agrego—. Este árbol significó algo para alguien. —Una brisa suave empuja mi cola de caballo sobre mi hombro.

—Dudo que la persona que talló ese corazón aún esté viva como para que le importe —comenta.

—Tal vez no, pero igual quiero conservarlo.

Le da unas palmadas al tronco.

—De acuerdo. Es tu huerto.

Bo actúa con mucho cuidado y meticulosidad antes de prender fuego a los tres árboles muertos, asegurándose de que tengamos varias cubetas de agua y una pala en cada árbol en caso de que tengamos que apagar las llamas. Enciende un fósforo y, de inmediato, comienza a arder el primer tocón. Hace lo mismo con los dos árboles siguientes y observamos cómo las llamas avanzan lentamente por la madera.

El sol desaparece y las llamas se elevan desde los altos troncos como brazos que se extienden hacia las estrellas.

Preparo dos tazas de té negro caliente con cardamomo, y luego las llevo hasta el huerto, y nos quedamos despiertos para ver el fuego ardiendo durante la noche. El aire está ahumado y dulce por las manzanas que nunca crecerán porque esos árboles llegaron a su fin.

Nos sentamos sobre una pila de leños cortados y observamos el fuego durante aproximadamente una hora.

—Escuché que tu mamá solía leer las hojas de té —comenta Bo, soplando su té para enfriarlo.

—¿Dónde escuchaste eso?

—En el pueblo, cuando buscaba trabajo y encontré esa guía turística. Le había preguntado a alguien cómo ir a la isla, y pensaron que lo que yo quería era que me leyeran el futuro.

—Ya no lo hace más, desde que mi padre se fue. —Me inclino hacia delante y arranco una mata de gramíneas quebradizas y las enrollo entre las manos para aplastarlas, frotando las fibras deshechas antes de esparcir los restos en la tierra. Tengo un recuerdo de mi padre caminando por la isla, arrodillándose de vez en cuando para arrancar manojos de diente de león, tréboles o líquenes, y luego frotarlos entre sus manos ásperas. Le agradaba palpar la naturaleza. Verde y fértil. Esa tierra que entregaba cosas que a menudo ignorábamos. Aparto el recuerdo con un rápido parpadeo. Duele pensar en él. El dolor salta por mi pecho.

—¿Tú lees las hojas de té? —pregunta moviendo una ceja.

—En realidad, no. —Una risa corta escapa de mi garganta—. Así que no te ilusiones. No revelaré tu futuro por el momento.

—Pero ¿*puedes* hacerlo?

—Solía hacerlo, pero me falta práctica.

Me extiende la taza para que la tome.

—¿Tú no crees mucho en las hermanas Swan pero sí crees que se puede ver el futuro en las hojas de té? —pregunto y rechazo su taza.

—Soy impredecible.

Sonrío y arqueo las cejas.

—No puedo leer las hojas de té cuando todavía queda líquido en la taza. Tienes que terminarlo y entonces tu futuro estará en el dibujo de las hojas que quedan en el fondo.

Mira el interior de la taza como si pudiera leer su propio futuro.

—Has hablado como una verdadera bruja.

Niego con la cabeza y sonrío. No es brujería. No incluye hechizos ni pociones ni nada tan misterioso. Pero no lo corrijo.

Bebe un largo sorbo de té y se termina la taza de un solo trago, luego me la extiende.

Vacilo. Realmente no quiero hacerlo. Pero me mira con tanta ansiedad que tomo la taza y la sostengo entre las manos. La inclino hacia un lado, luego hacia el otro, examinando el remolino de las hebras en los costados.

—Hum —murmuro, como si estuviera considerando algo importante y luego le echo un vistazo por el rabillo del ojo. Parece que se hubiera deslizado hacia el borde del tronco y estuviera a punto de caerse si no le digo inmediatamente lo que veo. Levanto la cabeza y lo miro de forma directa a los ojos—. Larga vida, amor verdadero, montañas de oro —exclamo, y luego apoyo la taza en medio de los dos.

Alza una de las cejas. Echa una mirada a la taza y luego a mí. Intento mantenerme seria, pero mis labios se tuercen hacia arriba.

—Una lectura muy astuta —comenta sonriendo y luego se echa a reír—. Quizá sea mejor que no te dediques a leer las hojas de té —agrega—. Pero, de todas maneras, sí espero que tengas razón con respecto a mi futuro.

—Claro que tengo razón —remarco con una gran sonrisa—. Las hojas no mienten.

Ríe otra vez, y yo bebo un sorbo de té.

Las chispas danzan y suben retorciéndose hacia el cielo. Y me doy cuenta de que me siento muy cómoda sentada aquí, junto a Bo. Que su presencia me resulta muy normal. Como si fuera algo que hacemos todos los días: quemar árboles y reírnos en la oscuridad.

No siento esa molestia que me corroe el cerebro que me suele acosar todos los veranos: el *tic-tac* de un reloj que cuenta los días que faltan para la llegada del solsticio de verano y el final de la temporada Swan. Bo me distrajo de todas las cosas horribles que acechan en este pueblo, en este puerto y en mi mente.

—La gente solía decir que las manzanas y las peras que crecían en la isla tenían propiedades mágicas y curativas —le cuento, inclinando la cabeza hacia atrás para observar las nubes de humo que ascienden en remolinos como si fueran pequeños tornados—. Creían que podían curar dolencias como la picadura de una abeja, las alergias o hasta un corazón roto. En el pueblo, se vendían al doble del precio normal.

—¿Tu familia las vendía?

—No. Eso ocurría mucho tiempo antes de que mi familia viviera aquí. Pero si los árboles pudieran producir fruta comestible otra vez, tal vez podríamos venderla.

—El verano próximo, deberían poder cosechar entre cinco y diez kilos de cada árbol. Será mucho trabajo, de modo que es probable que tengan que contratar más ayuda.

Dice «tengan», como si él no fuera a estar aquí para verlo.

—Gracias por todo lo que has hecho —comento—, por devolverles la vida.

Asiente y me toco el dedo índice, ahora envuelto en una bandita. El ardor desapareció, el corte está casi curado, pero es probable que deje una diminuta cicatriz. Mi mirada se desplaza hacia Bo, a la cicatriz del ojo izquierdo, y tengo que preguntarle:

—¿Cómo te la hiciste? —señalo con el mentón la línea de piel suave y cérea.

Parpadea y la cicatriz se frunce, como si sintiera el dolor otra vez.

—Salté de un árbol cuando tenía nueve años. Una rama me cortó la piel.

—¿Te cosieron?

—Cinco puntos. Recuerdo que dolía terriblemente.

—Y ¿por qué se te ocurrió saltar de un árbol?

—Durante una semana, mi hermano había intentado convencerme de que podía volar si tenía la velocidad suficiente. —Sus ojos sonríen ante el recuerdo—. Y yo le creí. Y es probable que también haya querido impresionarlo, ya que era mayor que yo. Así que salté.

Ladea la cabeza hacia atrás para mirar el cielo, ribeteado de estrellas.

—Tal vez no tuviste la velocidad suficiente —sugiero, sonriendo y estirando la cabeza hacia atrás para mirar las mismas estrellas.

—Es probable. Pero no creo que vaya a probar la teoría otra vez. —su sonrisa se desvanece—. Mi hermano se sintió muy mal —prosigue—. Me llevó a la casa mientras yo lloraba. Y después de que me dieran los puntos, se sentó junto a mi cama y me leyó historietas durante una semana. Parecía que hubiera perdido una pierna por lo culpable que se sentía.

—Parece un buen hermano —digo.

—Sí... Lo fue.

Unos segundos de silencio se extienden entre nosotros.

Las chispas ascienden en remolinos desde el tronco chamuscado y se pierden en la oscuridad. Bo se aclara la garganta, mientras sus ojos continúan mirando fijamente al fuego.

—¿Hace cuánto tiempo que ese velero está anclado junto al muelle?

La pregunta me sorprende. No la esperaba.

—Unos pocos años, supongo.

—¿De quién es? —su tono es precavido, como si no estuviera seguro de si debería preguntar. El tema cambió rápidamente de él a mí. De una pérdida a otra.

Dejo que las palabras den vueltas por mi cabeza antes de responder, evocando un pasado que se encuentra dormido dentro de mi mente.

—De mi padre.

Espera antes de volver a hablar, presintiendo que se está aventurando en territorio delicado.

—¿Crees que todavía puede navegar?

—Supongo que sí.

Observo el fondo de la taza que tengo entre las manos y absorbo el calor.

—Me gustaría sacarlo alguna vez —comenta con cautela—, ver si todavía navega.

—¿Sabes navegar?

Entreabre los labios en una sonrisa amable y se mira los pies como si estuviera a punto de revelar un secreto.

—De chico, pasé casi todos los veranos navegando en el Lago Washington.

—¿Vivías en Seattle? —pregunto, esperando acotar la búsqueda de la ciudad en la que vive.

—Cerca de allí. —Su respuesta es tan vaga como la última vez que pregunté—. Pero en una ciudad mucho más pequeña.

—¿Te das cuenta de que tengo más preguntas que respuestas acerca de ti? —Parece diseñado para ocultar secretos, su rostro no revela ni un indicio de lo que está enterrado dentro de él. Es al mismo tiempo fascinante y exasperante.

—Puedo decir lo mismo de ti.

Tuerzo los labios hacia un lado y aprieto con más fuerza la taza entre las manos. Tiene razón. Estamos trabados en una extraña batalla de hermetismo. Ninguno de los dos está dispuesto a decir la verdad. Ninguno de los dos está dispuesto a compartir sus secretos.

—Puedes sacar a navegar el velero si quieres —le digo poniéndome de pie y colocando un mechón de pelo suelto detrás de la oreja—. Es tarde. Creo que me marcharé a casa. —Las llamas que ardían en cada tronco han quedado reducidas a brasa caliente, consumiendo lentamente lo que quedaba de la madera.

—Yo me quedaré despierto y me aseguraré de que el fuego se apague por completo.

—Buenas noches —murmuro y me detengo para echarle una última mirada.

—Buenas noches.

8

El huerto se ve diferente. Podado y pulcro, como un impecable jardín inglés. Me recuerda al aspecto que tenía en veranos anteriores, cuando las frutas maduras colgaban frescas y brillantes bajo el sol, y atraían a los pájaros para que picotearan las que habían caído al suelo. El aire siempre era dulce y salado. Fruta y mar.

A la mañana temprano, recorro las hileras de frutales. Los tres tocones quemados emiten finos hilos de humo a pesar de que ahora no son más que pilas de cenizas.

Me pregunto hasta qué hora se habrá quedado despierto Bo, observando las últimas brasas que se iban poniendo negras. Me pregunto si habrá dormido algo. Camino hasta la cabaña y me paro delante de la puerta. Levanto el puño, estoy a punto de golpear, cuando la puerta se abre súbitamente y contengo el aliento por la sorpresa.

—Hola —exclama Bo instintivamente.

—Hola… perdóname. Estaba a punto de golpear —tartamudeo—. Vine a decirte… buen día. —Una estúpida explicación. Ni siquiera estoy segura de por qué vine.

Sus cejas se retuercen en una expresión confundida, pero sus labios dibujan una relajada media sonrisa. Lleva una simple camiseta blanca y jeans de tiro bajo, y su pelo está aplastado hacia un costado, como si recién acabara de despertar.

—Iba a ver cómo estaban los árboles —comenta—. Para estar seguro de que no volvieron a encenderse en las últimas dos horas.

—Solo quedó un poco de brasa ardiendo lentamente —le aviso—. Vengo de allá.

Asiente y luego extiende el brazo para abrir más la puerta.

—¿Quieres entrar? Puedo preparar café.

Paso delante de él y siento que el calor de la cabaña me envuelve.

Otis y Olga ya están adentro, acurrucados sobre el sofá, como si este fuera su nuevo hogar; como si ahora le pertenecieran a Bo. No hay fuego, pero las ventanas están todas abiertas y una brisa cálida zumba a través de la cabaña. El tiempo ha cambiado, se ha vuelto templado y estimulante, el aire que sopla desde el mar agita las motas de polvo y ahuyenta a los fantasmas. Cada día que él sigue aquí, en la isla, en la cabaña, puedo sentir que el espacio va cambiando, volviéndose más brillante.

Bo está parado en la cocina, de espaldas a mí. Abre el grifo del fregadero y llena la cafetera con agua. Está bronceado, después de una semana trabajando al sol. Y los músculos de sus hombros se flexionan debajo del fino algodón de la camiseta.

—¿Cómo te gusta el café? —pregunta, girando hacia mí. Aparto los ojos con rapidez para que no me atrape observándolo.

—Negro.

—Mejor… porque no tengo nada más. —Me pregunto si compró café en el pueblo antes de que lo invitara a venir a la isla, ya que dudo de que hubiera café aquí cuando se instaló. ¿Lo habrá traído consigo en la mochila?

Hay varios libros en la mesa ratona frente al sofá y hay más apilados en el suelo, todos sacados de los estantes. Tomo uno que se encuentra en el brazo del sillón. *Enciclopedia: mitos y fábulas celtas, vol. 2.*

—¿Qué son todos estos libros? —pregunto.

Bo se seca las manos con un paño de cocina y luego viene a la sala. Otis se despierta y comienza a frotarse la oreja con la pata.

—Todos los libros que hay aquí son de leyendas y tradiciones del lugar.

Deslizo un dedo por una hilera de libros del estante que está al lado de la chimenea. Los lomos tienen títulos impresos como *Leyendas de indígenas del noroeste de Estados Unidos*, *¿Cómo romper una maldición no deseada?*, *Guía general para entender a brujas y hechiceras*. Son todos así: una biblioteca de libros sobre temas sobrenaturales, místicos, similares a lo que está ocurriendo en Sparrow. Reunidos por alguien y guardados en la cabaña… pero *¿por quién?*

—¿No lo sabías? —pregunta Bo. El café comienza a filtrarse por la jarra de vidrio que está a sus espaldas, el aroma caliente y tostado llena la habitación.

Niego con la cabeza. *No, no sabía que todos estos libros estaban aquí. No tenía idea.* Me hundo en el sillón y toco la página del libro que está abierto sobre uno de los almohadones.

—¿Por qué los estás leyendo? —pregunto mientras lo cierro con un golpe seco y lo coloco en la mesa ratona.

—No sé. Porque están aquí, supongo.

Olga baja de un salto del sillón, se enrosca alrededor de la pierna de Bo y le ronronea, y él se agacha para rascarle suavemente detrás de la oreja.

—Y ¿qué pasa con las hermanas Swan? ¿Ahora crees en ellas? —pregunto.

—No exactamente. Pero tampoco creo que la gente se ahogue porque sí.

—Entonces, ¿por qué se ahogan?

—No estoy seguro.

Mi pie golpea contra el piso mientras mi corazón se sacude dentro de la caja torácica, inquietando mis pensamientos. *Tantos libros. Todos estos libros. Ubicados aquí, escondidos aquí dentro.*

—Y los cánticos del puerto, ¿cómo explicas eso?

—No puedo —responde—. Pero eso no quiere decir que alguna vez no se encuentre una explicación. ¿Viste esas piedras en el Valle de la Muerte, en California, que se mueven solas por el desierto? Durante años, la gente no entendía el fenómeno. Algunas de las piedras pesaban más de trescientos kilos y dejaban huellas en la arena como si las empujaran. La gente pensaba que debían ser ovnis o algún otro extraño suceso cósmico. Pero los investigadores finalmente descubrieron que solo se trataba de hielo. El suelo del desierto se congela y luego los fuertes vientos arrastran esas inmensas piedras por la arena. Quizá con la leyenda de las hermanas Swan pase lo mismo. Todavía no se les encontró explicación a los cánticos y a los ahogamientos. Pero seguro hay una razón perfectamente lógica que explica por qué suceden.

El café ya ha dejado de chorrear por la jarra, pero Bo no hace ningún intento de regresar a la pequeña cocina.

—¿Hielo? —repito mirándolo, como si nunca hubiera escuchado algo tan absurdo en toda mi vida.

—Lo que quiero decir es que quizás algún día descubran que nada de esto tiene que ver con tres hermanas asesinadas hace doscientos años.

—Pero tú has visto con tus propios ojos lo que sucede aquí; viste el cuerpo de Gregory Dunn en el puerto.

—Vi un cuerpo. Un chico ahogado. Eso es todo.

Aprieto los labios mientras hundo las uñas en el borde de la tela del sillón.

—¿Realmente viniste a Sparrow por accidente? —murmuro… la pregunta rasga el aire que flota entre nosotros y lo divide en dos. Viene atormentándome desde que Bo apareció, como una aguja en el cuello, una pregunta que quería formular pero sentía que no debía hacer. Como si la respuesta no importara. Pero tal vez sí. Tal vez importa más que todo lo demás. Hay algo que no me está diciendo. Una parte de su pasado, o tal vez de su presente, algo que yace entre sus costillas, un objetivo… una razón por la cual está aquí. Lo presiento. Y aunque no quiero alejarlo, necesito saber.

Los rayos del sol entran por la ventana e iluminan la mitad de su rostro: luz y sombra.

—Ya te lo expliqué —responde, como si se sintiera un poco herido.

Pero meneo la cabeza, incrédula.

—No viniste aquí simplemente por accidente, porque era la última parada del autobús. Existe otra razón. Estás… escondiendo algo —intento ver a través de sus ojos, de sus pensamientos, pero está esculpido en piedra y ladrillo. Sólido como las rocas que rodean la isla.

Separa los labios, la mandíbula tensa.

—Tú también —lo dice rápido, como si hubiera estado en su mente desde hace un tiempo, y me muevo incómoda en el sillón.

No puedo enfrentar su mirada. Él ve lo mismo en mí: un abismo de secretos tan ancho, profundo e insondable que brota de mí como el sudor. Ambos lo llevamos dentro. Como una marca en nuestra piel, un hierro caliente grabado en la carne con el peso de nuestro pasado. Tal vez aquellos que tienen cicatrices similares pueden reconocerlas en otros. Nuestros ojos están circundados por el miedo.

Pero si él supiera cuál es la verdad: lo que yo veo cuando miro a través de Olivia Greene, la criatura escondida en su interior. Si supiera lo que atormenta mis sueños. Si viera lo que yo vi. Si *viera*. Abandonaría esta isla y no regresaría jamás. Abandonaría este pueblo. Y yo no quiero estar sola en la isla otra vez. Solo ha habido fantasmas aquí, sombras de personas que alguna vez existieron, hasta que él llegó. No puedo perderlo. De modo que no le cuento.

Me levanto antes de que nuestras palabras desgarren el aire frágil que se extiende entre nosotros. Antes de que me exija verdades que no puedo darle. No debería haberle preguntado por qué vino a Sparrow, a menos que estuviera dispuesta a revelar alguno de mis secretos. Otis me mira y parpadea desde su almohadón gris, sacudido por mi movimiento. Paso delante de Bo en dirección a la puerta y, por un instante, creo que extenderá la mano hacia mí para detenerme, pero no me toca y el corazón se me oprime violentamente. Se desparrama por el piso y se escurre por las grietas del piso de madera.

Un fogonazo del brillante sol matinal inunda la cabaña cuando abro la puerta. Otis y Olga ni siquiera intentan seguirme. Pero antes de que llegue a cerrar la puerta, escucho algo a lo lejos, más allá de los límites de la isla. No hay viento que lo transporte por encima del agua, pero la quietud lo vuelve audible.

Está sonando la campana de la marina de Sparrow.

Encontraron un segundo cuerpo.

LA TABERNA

Las hermanas Swan nunca fueron personas comunes, incluso al nacer.

Las tres llegaron al mundo el primero de junio, con un año de diferencia. Primero Marguerite, luego Aurora y por último Hazel. No compartieron el mismo padre, sin embargo el destino las trajo a este mundo exactamente el mismo día. Su madre había dicho que estaban destinadas a estar juntas, designadas por las estrellas a ser hermanas.

Entonces, el día de su cumpleaños, durante su primer año en Sparrow, cerraron la tienda temprano y marcharon hacia la Taberna y posada del caballo blanco. Pidieron cervezas y una botella de brandy. El líquido era oscuro, rojo y agridulce, y lo pasaron entre ellas, bebiendo directamente de la botella. Los hombres que estaban en la taberna menearon la cabeza y susurraron acerca del descaro de las hermanas. Las mujeres muy rara vez entraban a la taberna, pero las Swan no eran como las demás mujeres del pueblo. Rieron y derramaron vino en el húmedo suelo de madera. Entonaron las canciones que les habían escuchado a los pescadores en la calle cuando se dirigían al mar, para persuadir a los vientos de que se mantuvieran calmos y amables. Inclinaron las sillas, brindaron por su madre, que apenas recordaban, por traerlas a este mundo con un año de separación entre cada una, pero exactamente el mismo día.

La luna brillaba intensamente sobre el puerto y las lámparas de aceite de ballena titilaban arriba de todas las mesas de la taberna. Marguerite se levantó de su silla y echó una mirada por el salón mohoso lleno de pescadores, granjeros y hombres de mar, que estarían allí solo una semana o dos antes de volver a zarpar. Sonrió ampliamente y los observó con las mejillas enrojecidas por el calor del alcohol.

—Todos creen que somos brujas —susurró a sus hermanas, agitando la botella de brandy alrededor del salón. Los rumores habían bullido durante meses por el pueblo, la sospecha se había instalado en las estructuras de los hogares a lo largo del puerto, pasando de los labios a los oídos hasta que cada cuento se volvió más vil que el anterior. La gente de Sparrow había comenzado a odiar a las hermanas.

—Sí, brujas —rio Aurora. Inclinó la cabeza hacia atrás y casi se cayó de la silla.

—No, no lo creen —protestó Hazel, el ceño fruncido.

Pero Aurora y Marguerite rieron aún más fuerte, porque sabían lo que su hermana menor no quería creer: que todo el pueblo ya había decidido que eran brujas. Un aquelarre de tres hermanas, llegadas a Sparrow para desatar la traición y las malas acciones.

—Ustedes piensan que somos brujas, ¿verdad? —gritó Marguerite.

Los hombres que estaban sentados en el bar voltearon para mirar y el cantinero apoyó la botella de whisky que tenía en la mano. Pero nadie le respondió.

—Entonces, los embrujaré a todos —anunció, todavía sonriendo, los labios enrojecidos por el vino. Trazó un círculo en el aire con el dedo y luego lo apuntó hacia un hombre sentado en una mesa cercana—. Te crecerá una barba de serpientes marinas —rio a carcajadas y luego agitó el dedo hacia a un hombre apoyado contra la pared—. Tú te tropezarás y caerás al suelo esta noche al regresar a tu casa, te golpearás la cabeza y verás tu futura muerte. —Los ojos de Marguerite, se diría más tarde, parecían iluminados por el fuego, como si estuviera lanzando hechizos desde un infierno que quemaría vivo a cualquiera que quedara atrapado en su mirada—. Tú te casarás con una sirena —le dijo a otro hombre—. Comas lo que comas, tendrás olor a pescado por el resto de tu vida —le gritó a un hombre encorvado sobre el bar. Y mientras el dedo de Marguerite se agitaba alrededor del salón lanzando maleficios imaginarios, los hombres comenzaron a huir, seguros de que sus embrujos se convertirían en realidad. Aurora echó a reír con una risa profunda que le brotaba del estómago al observar a su hermana, asustando incluso a los hombres más rudos de Sparrow. Pero Hazel, horrorizada por la expresión de los rostros de los hombres, tomó a sus hermanas y las arrastró fuera de la taberna, mientras Marguerite continuaba gritando tonterías al salobre aire nocturno.

Una vez afuera, las tres hermanas se tomaron del brazo y hasta Hazel rio mientras subían tambaleándose por Ocean Avenue, pasaban los muelles y llegaban al pequeño espacio que compartían detrás de la perfumería.

—No puedes hacer eso —dijo Hazel en medio de la risa—. Pensarán que somos brujas de verdad.

—Ya lo piensan, dulce hermana mía —repuso Aurora.

—Es que no nos entienden —agregó Hazel y Marguerite la besó en la mejilla.

—Puedes creer lo que quieras —murmuró Marguerite, ladeando la cabeza hacia el cielo estrellado, hacia la luna, que parecía esperar sus órdenes—. Pero un día vendrán por nosotras. —Las tres se quedaron en silencio, el viento acariciaba su cabello, volviéndolo ligero—. Pero hasta ese momento, beberemos. —Todavía tenía la botella de vino y la pasaron entre ellas, dejando que las constelaciones las guiaran a casa.

Más tarde, cuando Arthur Helm se golpeó la cabeza, juró que vio su propia muerte como Marguerite predijo. Aun cuando no se cayó realmente camino a su casa desde la taberna —recibió un golpe en la mandíbula de su caballo de tiro una semana después—, el pueblo igual creyó que Marguerite había causado la caída. Y cuando Murray Coats se casó con una mujer de largo cabello del color del trigo, la gente dijo que antes había sido una sirena y que él la había pescado con su propia red: prueba de que el maleficio de Marguerite se había hecho realidad.

Cuatro semanas después, en el solsticio de verano de 1823, una fecha elegida por los habitantes de Sparrow porque se decía que un solsticio aseguraba la muerte de una bruja, ahogaron a las tres hermanas por haber sido acusadas de brujería. Marguerite era la más grande y tenía diecinueve años el día de su muerte, Aurora dieciocho y Hazel diecisiete.

Nacieron el mismo día. Murieron el mismo día.

9

Bo aparece detrás de mí en la puerta justo cuando los tañidos de la campana del puerto comienzan a apagarse.

—¿Otro? —pregunta, la mano levantada como si su vista pudiera pasar por encima del agua y llegar hasta los muelles del puerto.

—Sí, otro.

Me esquiva, su hombro roza el mío, y comienza a caminar por el sendero.

—¿A dónde vas?

—Al pueblo —responde.

—Aquí estás más seguro —le grito, pero no se detiene. No me queda otra opción que seguirlo... no puedo dejar que vaya solo. Marguerite está en el cuerpo de Olivia Greene y la última muerte es más propia de Aurora. Pero aún no la he visto: aún no sé qué cuerpo ha robado. De modo que cuando Bo llega al bote, subo detrás de él y enciendo el motor.

Un grupo de embarcaciones se ha congregado en el puerto, frente a la costa de Coppers Beach.

No puedo ver el cuerpo desde esta distancia, pero sé que tiene que haber uno, recién descubierto, flotando y a punto de que lo suban a bordo de alguno de los barcos. Por lo tanto navegamos hacia la marina, el rostro de Bo endurecido contra el viento tempestuoso.

Atracamos el bote y vemos que una muchedumbre ya se ha reunido en Ocean Avenue esperando el regreso de los barcos de la policía portuaria, las cámaras preparadas. Hay letreros arriba de la marina que dicen: SOLO PARA PERSONAL DE PUERTO Y DUEÑOS DE EMBARCACIONES, PROHIBIDO PARA TURISTAS. Pero siempre hay gente que ignora los letreros e invade los muelles, especialmente después de que alguien ha hecho sonar la campana. Me abro camino entre la masa de turistas y paso delante del banco de piedra que mira hacia el puerto cuando alguien me toma del brazo. Es Rose. Heath se encuentra a su lado.

—Son dos —anuncia con respiración trémula, los ojos azules muy abiertos. Aún se la ve pálida y débil, como si todavía no se hubiera quitado del todo el frío y la conmoción de caerse al agua hace más de una semana, a centímetros del cadáver de Gregory Dunn.

—¿Dos cuerpos? —pregunta Bo ubicándose a mi lado de modo tal que los cuatro formamos un círculo cerrado en la acera, exhalando bocanadas de aire en forma de ráfagas de humo blanco.

Rose asiente con la cabeza.

Aurora, pienso. Ella es ávida e impulsiva, nunca puede decidirse, así que es probable que haya atrapado a dos chicos al mismo tiempo.

—Eso no es todo —interviene Heath—. Vieron a una de las hermanas Swan.

—¿Quiénes?

Heath y Rose intercambian una mirada.

—Lon Whittamer salió esta mañana en el barco de su padre a patrullar el puerto. Davis y él decidieron turnarse para vigilar como si fueran policías; creyeron que podrían atrapar a alguna de las hermanas in fraganti. Aparentemente, Lon fue el primero en divisar los dos cuerpos cerca del muelle. Luego vio algo más: una chica en el agua, la cabeza justo encima de la superficie, que regresaba nadando frenéticamente hacia Coppers Beach. —Heath hace una pausa y parece que el tiempo se ha detenido, todos contenemos el aliento.

—¿A quién vio Lon? —insisto, el corazón en la garganta, a punto de explotar.

—A Gigi Kline —responde en una rauda exhalación.

Parpadeo, una fría aguja de hielo desciende por mi espalda.

—¿Quién es Gigi Kline? —pregunta Bo.

—Una chica de mi escuela —respondo, mi voz apenas un murmullo—. Estaba en la fiesta de la playa.

—¿Se metió en el agua?

—No estoy segura.

Echo un vistazo por Ocean Avenue, donde la masa de gente ha crecido, los turistas apiñados, intentando obtener una mejor vista del muelle adonde llevarán los cuerpos. A *esto* vinieron: a captar un vistazo fugaz de la muerte, la prueba de que la leyenda de las hermanas Swan es real.

—¿Y quién sabe dónde está Gigi? —pregunto desviando la mirada hacia Heath.

—No lo sé. Hablé con Lon cuando llegó al muelle y me contó lo que vio. Ahora Davis y él la están buscando.

—Mierda —masculle. Si la encuentran, quién sabe qué harán.

—¿Crees que sea cierto? —pregunta Rose—. ¿Gigi puede ser una de ellas? —Su expresión parece tensa y ansiosa. Ella nunca creyó del todo en las hermanas Swan, todo el tema la asusta, creo, la idea de que puedan ser reales, que podrían tomar su cuerpo sin que ella lo supiera. Para Rose es un mecanismo de defensa, y yo entiendo por qué lo hace. Pero ahora, la vacilación en su voz me hace pensar que ya no sabe bien qué pensar.

—No lo sé —contesto. *No lo sabré con seguridad hasta que la vea.*

—Ya la encontraron —interrumpe Heath, el teléfono celular en la mano, la pantalla irradia un azul vibrante.

—¿Qué?

—Davis y Lon, ellos la tienen. —Se le hace un nudo en la garganta—. Y la llevarán al viejo depósito de botes, pasando Coppers Beach. Todos se dirigen hacia allí. —Las noticias se propagan rápidamente, al menos dentro del círculo íntimo de los alumnos de la secundaria de Sparrow—. Voy para allá —agrega Heath, apagando el teléfono.

Bo asiente y Rose entrelaza sus dedos con los de Heath. Nadie se quiere perder el evento. Todos querrán ver si Gigi Kline —princesa del baile de la escuela del año pasado y porrista estrella— está habitada por una de las hermanas Swan. Pero yo soy la única que lo sabrá con seguridad.

Los barcos de la policía portuaria están comenzando a ingresar al puerto transportando dos cuerpos cuyas identidades aún no conocemos, cuando los cuatro nos abrimos paso entre la multitud hacia el extremo del pueblo. Pasamos por Coppers Beach y luego doblamos por una calle de tierra casi completamente invadida por arbustos de moras y una maraña de matorrales azotados por el viento.

A pesar de que brilla el sol, el aire huele a humedad, a plantas y a tierra empapada. No pasan autos por esta zona; las propiedades están abandonadas. Y cuando emergemos de la frondosa vegetación, aparece el depósito de botes delante de nosotros, muy cerca de la costa. Las viejas piedras de la estructura van tornándose verde amarronadas con el paso del tiempo debido a las algas que trepan por los costados, y el techo de tejas de madera está cubierto por una viscosa capa de musgo. Hay un acantilado muy empinado a la derecha y un terraplén de piedra a la izquierda. Desde aquí, no se pueden ver el pueblo ni la playa; es un sitio completamente apartado. Y ese es el motivo por el cual los chicos escogen este sitio para venir a fumar, a besarse o cuando faltan a clase. Pero no es precisamente un lugar agradable para pasar más de una tarde.

Al ir acercándonos, noto que la puertita de entrada está entreabierta y unas voces brotan desde adentro.

Heath es el primero en ingresar al oscuro interior y varios rostros voltean para mirarnos mientras nos arrastramos detrás de él. Adentro, el olor es peor. El recinto tiene un rectángulo cavado en el suelo, cerca de las puertas que están del lado opuesto, donde alguna vez se guardó algún barco para protegerlo del clima, y el agua del mar llega hasta el interior reflejando dibujos en las paredes. El hedor a combustible, vísceras de pescado y algas impregna todo el espacio.

Davis McArthurs y Lon Whittamer están apoyados contra la pared de la derecha, en el angosto pasillo de noventa centímetros que se extiende a ambos lados del cobertizo. Otras tres chicas, que reconozco de la escuela, pero cuyos nombres no puedo recordar, están apiñadas justo al lado de la puerta, como si temieran acercarse demasiado al agua que salpica desde el suelo, con cada ola que entra. Y sentada en una silla de plástico de jardín, entre Davis y Lon, precintos de plástico alrededor de las muñecas y una bandana a cuadros rojos y blancos atada sobre la boca, se encuentra Gigi Kline.

Tengo la impresión de que llegamos justo en el medio de una discusión que ya se estaba llevando a cabo, porque una de las chicas, que lleva una parka color rosa intenso, dice:

—No lo sabes con seguridad. Para mí no tiene nada raro.

—Esa es la idea —señala Davis apuntando con su mandíbula cuadrada. Davis me recuerda a un trozo de carne, ancho y grueso. Tiene una nariz de toro. No hay nada delicado en él. O especialmente amable, para el caso. Es un matón y siempre se sale con la suya gracias a su tamaño—. Tienen el mismo aspecto que cualquier chica —continúa, clavando su mirada asesina en la chica de la parka rosada—. Ella mató a esos dos tipos del puerto. Lon la vio.

—No pueden tenerla atada —interrumpe otra chica, el cabello suave y oscuro atado en una cola de caballo, y señala a Gigi con un dedo largo y delgado.

—Claro que podemos, carajo —repone Lon bruscamente mientras Davis la mira con el ceño fruncido. Lon lleva una de sus clásicas camisas hawaianas: celeste con loros y anclas de color amarillo brillante. Siento que Bo se acerca más a mí, como si quisiera protegerme de lo que se está llevando a cabo delante de nosotros. Y me pregunto si reconoce a Lon de la noche de la fiesta Swan, en que estaba ebrio y él lo empujó al agua.

—No hay forma de probar que ella haya hecho algo —señala la chica de la cola de caballo.

—Mira su maldita ropa y su maldito pelo —exclama Lon abruptamente—. Está empapada.

—Tal vez ella… —Pero la voz de la chica de la cola de caballo se apaga.

—Tal vez se cayó al agua —sugiere la chica de la parka rosada. Pero todo el mundo sabe que esa es una excusa muy débil y poco probable, considerando las circunstancias. Mientras hablamos, están sacando a dos chicos del agua, y encontraron a Gigi Kline totalmente mojada: no es difícil sumar dos más dos.

Davis se descruza de brazos y camina hacia el grupo.

—Es una de ellas —afirma fríamente, los ojos hundidos e imperturbables—. Y todas ustedes saben que es cierto. —Lo dice de manera tan terminante que todos se quedan en silencio.

Mis ojos se posan en Gigi Kline, su cabello corto y rubio chorrea sobre los tablones de madera del piso. Tiene los ojos inyectados en sangre como si hubiera estado llorando, los labios separados por el pañuelo, que está atado detrás de la cabeza. Se la ve afligida, aterrada y muerta de frío. Pero mientras todos especulan acerca de si podría haber dejado de ser Gigi Kline, yo sé cuál es la verdad. Puedo ver su interior a través de los delicados rasgos de su rostro, a través de su piel mojada por las lágrimas.

Una criatura iridiscente y filiforme reside debajo de su piel: aterciopelada, misteriosa, desplazándose detrás de sus ojos humanos. El fantasma de una joven muerta hace mucho tiempo.

Gigi Kline es ahora Aurora Swan.

Su mirada gira alrededor del recinto, como si estuviera buscando a alguien que la ayude, que la desate, que la defienda, pero cuando sus ojos se posan en los míos, aparto la mirada con rapidez.

—Y ahora —exclama Davis, pasando la lengua por el interior de su labio inferior—, encontraremos a las otras dos. —Pienso en Olivia Greene, poseída ahora por Marguerite Swan. Pero ella será más difícil de atrapar: Marguerite es cuidadosa, precisa, y no permitirá que estos chicos descubran en quién está habitando.

Y ni bien evoqué su nombre, Olivia y Lola entran en el depósito por la puertita que está detrás de nosotros y casi nadie registra su llegada.

—Y ¿cómo vamos a encontrarlas? —pregunta la tercera chica, jugando con un trozo de goma de mascar y hablando por primera vez. Si ella tan solo supiera, si todos ellos tan solo supieran, cuán cerca están.

—Les tenderemos una trampa —propone Lon, sonriendo como si estuviera a punto de aplastar un insecto con la suela de su zapato—. Ya tenemos a una. Las otras dos vendrán en su ayuda. Gigi es nuestra carnada.

Una breve risa en la parte de atrás del grupo quiebra las palabras de Lon.

—¿Crees que las hermanas Swan serían tan estúpidas como para caer en esa trampa? —Es Marguerite la que habló, y pone los ojos en blanco cuando todos se dan vuelta para mirarla.

—No la abandonarán aquí —señala Davis.

—Tal vez pensarán que se merece estar atada por ser tan tonta como para dejarse atrapar. Tal vez querrán que aprenda la lección. —Marguerite clava los ojos en Gigi cuando habla, su mirada penetra profundamente para que Aurora sepa que se está dirigiendo a ella: de una hermana Swan a otra. Es una amenaza. Marguerite está molesta por que Aurora se haya dejado atrapar.

—Supongo que lo averiguaremos —dice Davis—. Y, hasta ese momento, no dejaremos que ninguna chica se acerque al depósito.

—Eso no es justo —afirma la chica de la parka rosada—. Gigi es mi amiga y...

—Y quizá tú eres una de ellas —la interrumpe Lon bruscamente.

—Eso es una locura —comenta con un resoplido—. Yo ni siquiera me metí en el agua durante la fiesta.

—Entonces, deberíamos preguntarles a todas las que se metieron.

La chica de la cola de caballo perfecta baja la vista.

—Casi todas nadaron esa noche.

—No todas —interviene Lon—, pero tú sí. —Sus ojos se clavan en ella como un arpón—. Y también Rose. —Apunta con el mentón a Rose, que está medio paso detrás de mí, junto a Heath.

—Esto es ridículo —opina Heath—. Ustedes son unos idiotas si creen que pueden comenzar a culpar a todas las chicas que estuvieron esa noche en la fiesta. Hasta puede no haber pasado en la misma fiesta, las hermanas pueden haber robado los cuerpos después, una vez que todos estaban demasiado ebrios como para recordar algo. O incluso a la mañana siguiente.

Lon y Davis intercambian una mirada, pero es obvio que no los ha disuadido, porque Davis acota:

—Todo el mundo es sospechoso. Y Gigi se quedará aquí dentro hasta que encontremos a las otras dos.

—No puede permanecer aquí hasta el solsticio de verano; falta más de una semana —añade la chica de la parka, la voz aguda.

—Bueno, estamos muy seguros de que no podemos dejarla ir. Mierda —la increpa Davis—. Matará a alguien más. Probablemente a *nosotros*, por atarla. —Davis le da una palmada a Lon en el hombro, que se estremece levemente, como si no hubiera considerado algo así: que él y Davis podrían ser los siguientes en la lista de ahogamientos por capturar a una de las hermanas Swan.

Gigi intenta sacudir la cabeza, emitir un sonido, pero solo brotan ruidos ahogados e incoherentes. La bandana está amarrada con mucha fuerza.

No cabe duda de que los padres de Gigi sospecharán que algo ocurre cuando ella no regrese a su casa; llamarán a la policía, que enviará un equipo de búsqueda. Pero los chicos sí entendieron algo bien: Gigi Kline *es* una de las hermanas Swan, el único problema es que no pueden probarlo. Y yo no tengo pensado contarles la verdad.

Aun así, esto es malo. Han capturado a Aurora, Marguerite lo sabe y el solsticio de verano llegará pronto: las cosas se están complicando. La captura de Aurora las ha complicado. Y yo solo quiero mantenerme lo más lejos que pueda de ellas y de todo este lío.

Heath ya está harto y veo que toma la mano de Rose.

—Vamos —le susurra y la conduce afuera del depósito de barcos.

Un nuevo grupo de tres chicos —uno es Thor Grantson, cuyo padre es dueño del periódico *Pesca*— y una chica cruzan la puerta. Han venido a ver a Gigi Kline y a determinar por sí mismos si creen que ella ha sido poseída por una hermana Swan.

De repente, el depósito resulta claustrofóbico.

—¡Ni lo sueñes! —exclama Davis en voz muy alta, apuntando a Thor con el dedo—. Más te conviene no escribir nada de esto en tu periódico de mierda, Thor, ni contarle a tu padre.

El chico levanta las dos manos en un gesto de inocencia.

—Solo vine a verla a ella —comenta amablemente—. Eso es todo.

—Eres un soplón de mierda y todo el mundo lo sabe —interviene Lon.

La chica de la parka rosada sale en defensa de Thor y comienza a discutir con Davis, y pronto el recinto es un barullo de voces discordantes, y Gigi, mientras tanto, continúa amarrada a una silla y Olivia Greene permanece con mucha calma en el fondo, apoyada contra la pared.

No puedo quedarme un minuto más ahí dentro, de modo que me escabullo a través del nuevo grupo de chicos y salgo tambaleándome a la luz del día, abriendo la boca para respirar el aire caliente y salado.

Rose y Heath se encuentran a unos pocos metros, pero Rose tiene los brazos cruzados.

—Son matones —la escucho decir—. No pueden hacer esto. No está bien.

—No podemos hacer nada —comenta Heath—. Será una caza de brujas. Y podrían encerrarte allí dentro con toda facilidad.

—Tiene razón —intervengo y ambos alzan la vista—. Ninguna de nosotras está segura.

—Entonces, ¿dejamos que la tengan encerrada y que acusen a quienes ellos quieran?

—Por ahora —respondo—, sí, eso haremos.

La puerta del depósito se abre de golpe y Bo sale parpadeando para protegerse del sol.

—Quizá tienen razón —comenta Heath, estirándose para tocar el brazo de Rose—. Quizá Gigi sí ahogó a esos dos chicos. Quizás es una de ellas. Es mejor que esté allí dentro, así no puede matar a nadie más.

—¿Tú no crees de verdad que esa chica puede ser peligrosa? —pregunta Bo, cruzándose de brazos. Le echo una mirada por encima del hombro y la calma se instala entre los cuatro: cada uno está evaluando cuán peligrosa podría ser Gigi realmente, imaginando sus manos alrededor de la garganta de un muchacho, sus ojos malvados teñidos de venganza mientras lo empuja debajo del agua, esperando a que las burbujas escapen de su nariz y suban a la superficie.

Luego Rose dice:

—¿Penny? —Como si esperara que yo pudiera tener una respuesta. Como si yo pudiera saber cómo arreglar todo. Y de pronto siento el deseo de contarle la verdad: que Gigi está realmente habitada por Aurora Swan y que el pueblo está más seguro con ella atrapada en el interior del viejo depósito de barcos. Que colocar una trampa para capturar a las dos hermanas restantes sea probablemente una decisión inteligente.

Pero, en su lugar, contesto:

—Debemos tener cuidado. Actuar con naturalidad. No darles ninguna razón para que sospechen que podríamos ser una de ellas.

—¡Pero no somos una de ellas! —exclama Rose con tono terminante.

Siento los ojos resecos y no puedo parpadear. Rose suena tan convencida, está tan segura de que entiende el mundo que la rodea, que sería capaz de ver algo tan malvado como una hermana Swan si estuviera atrapada adentro de Gigi Kline. Ella confía en que sus ojos le dirán la verdad. Pero no puede ver nada.

—Ellos no lo saben —señalo—. Ni siquiera deberíamos estar aquí; no deberíamos estar cerca de Gigi.

Me asalta un recuerdo fugaz, de Rose hablando con Gigi el año pasado en el hall C. Se reían de algo, no puedo recordar exactamente de qué. No importa. Pero me recuerda que alguna vez fueron amigas, en la escuela primaria, y tal vez Rose está más molesta por lo sucedido porque se trata de Gigi. Alguien que fue muy cercana a ella en otra época. Y si puede sucederle a Gigi, puede sucederle a ella, o incluso a mí.

La puerta del depósito se abre otra vez y emergen muchos chicos, charlando en voz baja. Lola sale sola, la mirada fija en el teléfono celular, probablemente enviando más mensajes de texto acerca de la actual encarcelación de Gigi en el depósito de botes.

—Quiero marcharme de aquí —murmura Rose y Heath entrelaza sus dedos con los de ella, y ambos se dirigen hacia el camino.

—¿Te parece bien dejar allí dentro a esa chica amordazada y amarrada a una silla? —me pregunta Bo.

—En este momento no tenemos otra opción.

—Es secuestro y privación ilegítima de la libertad. Podríamos llamar a la policía.

—Pero ¿y si tienen razón? —planteo—. ¿Y si ella es una de las hermanas Swan y acaba de matar a esos dos chicos?

—Entonces, la policía la arrestará.

Por el rabillo del ojo, veo que Olivia Greene sale finalmente del depósito, su cabello color ónix resplandeciendo bajo la luz, la piel seca y transparente de modo que puedo ver la criatura que se encuentra en su interior. Una imagen acuosa de color gris blanquecino, que se mueve y parpadea como una vieja película en blanco y negro. Nunca se solidifica ni adopta una forma definida, siempre líquida, flotando elegante pero cruelmente bajo los rasgos del rostro de Olivia. Los ojos de Marguerite, negros como la tinta, destellan desde atrás de la cabeza de Olivia y se posan en mí.

—Vámonos —le digo a Bo, tocándole el brazo para instarlo a seguirme. Tomamos el camino por el que vinimos, Rose y Heath ya se hallan bastante adelante de nosotros, abriéndose paso entre los arbustos de moras y la frondosa maleza.

—¿Qué pasa? —pregunta Bo, siente mi incomodidad.

Pero antes de que pueda responder, oigo la voz de Olivia rasgando el rugido de las olas y el graznido de las gaviotas que giran alrededor de los pozos de la marea, en la costa rocosa.

—¡Penny Talbot! —me grita.

Intento continuar la marcha, pero Bo se detiene y se da vuelta.

Olivia ya se ha separado del grupo reunido afuera del depósito y se dirige hacia nosotros.

—No te detengas —le susurro a Bo, pero él me mira como si no entendiera. No se da cuenta de que se encuentra en peligro con solo estar cerca de ella.

—¿Ya se van? —pregunta Olivia, deteniéndose delante de nosotros con una mano apoyada en la cadera con actitud engreída, las uñas aún pintadas y brillantes de un negro macabro. Marguerite ha adoptado ese cuerpo por completo. Le sienta bien, se adecua a su personalidad de por sí vanidosa e irritante.

—Ya vimos suficiente —respondo, deseando que Bo no hable, no haga contacto visual con Olivia ni le permita tocarlo.

—Pero no me presentaste a tu nuevo amigo —exclama con una sonrisa de vampiresa, sus ojos azul pálido se deslizan sobre Bo como si pudiera devorarlo—. Soy Olivia Greene —miente, extendiendo la mano. Huele a caramelos de anís.

Bo levanta el brazo para estrecharle la mano, pero le sujeto la muñeca justo antes de que se toquen y jalo hacia abajo. Me mira con el ceño fruncido, pero lo ignoro.

—Tenemos que irnos ya —señalo, más a él que a Olivia, y doy un par de pasos hacia adelante, esperando que me siga.

—Ah, Penny —exclama Olivia despreocupadamente, moviéndose hacia adelante hasta quedar a pocos centímetros de Bo, derrama la mirada sobre él—. No puedes quedártelo todo para ti en esa isla. —Antes de que yo pueda detenerla, desliza los dedos por la clavícula de Bo, sosteniendo con firmeza la mirada de él sobre ella. Y yo sé que no puede hacer nada, no puede apartar la vista. Está atrapado en su mirada. Olivia se acerca más, de modo que su rostro queda junto al de él y sus labios revolotean alrededor de su oído. No puedo captar lo que le está diciendo, pero le susurra algo, palabras sinuosas que no pueden deshacerse. Promesas y juramentos, su voz enroscándose alrededor de su corazón, desenterrándolo de su pecho, haciendo que él la quiera, la desee. Una *necesidad* que sepultará en lo profundo de su ser, que no se saciará hasta que él la vuelva a ver, hasta que pueda sentir la piel de ella contra la suya. Las yemas de los dedos de Olivia suben por el cuello de Bo hasta los pómulos y una furia de emociones chisporrotea dentro de mis tripas. No solo miedo, sino algo más: celos.

—Bo —exclamo con tono cortante, tomándolo nuevamente del brazo, y entonces Olivia lo libera de su encantamiento. Bo parpadea y continúa mirándola como si fuera una diosa hecha de oro, seda y atardeceres. Como si no hubiera visto nada tan perfecto ni fascinante en toda su vida—. Bo —repito, aferrándolo con fuerza y tratando de sacarlo de su ensoñación.

—Cuando te aburras de esa isla —murmura Olivia, guiñándole un ojo—, cuando te aburras de ella... ven a buscarme. —Y luego da media vuelta y camina lentamente hacia el grupo.

Ella lo tocó. Enroscó palabras a su oído, lo sedujo. Quiere hacerlo suyo eternamente, llevarlo hacia el mar y ahogarlo. Está recolectando chicos y ahora clavó sus garras delicadas y cautivadoras en Bo.

10

Enciendo el fuego en la cabaña de Bo.

Sé que no debo confiar en este sentimiento, en todo lo que se está desencadenando dentro de mi corazón, pues terminará en un complicado enredo. Pero tengo que protegerlo. Al observar a Olivia deslizando sus dedos hasta la garganta de Bo, tocando la línea dura de su mandíbula, un nudo nauseabundo de terror subió desde mi estómago. *No permitas que te afecte*, recito dentro de mi mente. Los chicos mueren muy a menudo en este pueblo. Pero tal vez las palabras de Marguerite no funcionaron, no quedaron grabadas. Tal vez él se resistió. Solo tengo que evitar que abandone la isla hasta el solsticio de verano, evitar que salga al mar a buscarla. Después se marchará de la isla y de este pueblo y nunca nos volveremos a ver. Simple. Sin complicaciones.

Me levanto una vez que los leños comenzaron a arder, enviando chispas en un ciclón por la chimenea. Bo está sentado en el sofá, los codos sobre las rodillas, la frente apoyada en las palmas de las manos.

—¿Qué te susurró Olivia al oído? —pregunto sentándome junto a él.

Baja las manos, la frente arrugada por la confusión.

—No lo sé.

—¿Recuerdas algo?

Golpetea el pulgar contra el costado de la rodilla.

—La recuerdo a ella. —Levanta los ojos y mira el fuego. No creo que quiera escuchar lo que recuerda acerca de ella, pero me lo dice de todas maneras—. Estaba tan cerca, era como si su voz estuviera dentro de mi cabeza. Y era… hermosa. —Traga saliva apenas lo dice, como si no pudiera creer sus propias palabras.

Me levanto del sofá y cruzo los brazos al lado del fuego.

—No puedo dejar de pensar en ella —agrega, meneando la cabeza, apretando los ojos como si pudiera eliminarla de su mente. Pero no es tan fácil.

—Es así como funciona —señalo, inclinándome para colocar otro leño entre las llamas que van creciendo.

Levanta la mirada hacia mí.

—¿Tú piensas que es una de las hermanas Swan?

—Sé que tú no crees en nada de esto, pero ¿cómo explicas que no puedas recordar lo que te dijo? ¿Y que no puedas dejar de pensar en ella; que repentinamente estés tan cautivado por ella?

—No lo estoy. —Pero sus palabras se interrumpen. Sabe que tengo razón: sabe que su mente vuelve una y otra vez a Olivia Greene. Los dedos de ella contra su piel, los ojos de Olivia hundiéndose profundamente en los suyos, fue como si la mirada de ella hubiera penetrado hasta el centro de su alma. Una parte de él la desea ahora, la quiere tanto como ella lo quiere a él. Y eso lo atormenta. No podrá dejar de pensar en ella hasta que estén juntos otra vez—. Ya no lo sé. No confío ni en mis propios pensamientos.

Camino de un lado a otro de la sala. ¿Cómo deshago esto? ¿Cómo elimino a Olivia de su mente? No creo que se haya hecho antes… ni siquiera creo que sea posible. Marguerite se ha adueñado de él.

Deslizo la lengua por la parte de atrás de los dientes.

—Tienes que marcharte de aquí. Tienes que abandonar el pueblo.

Bo se levanta del sofá y el movimiento me produce un estreme-cimiento. Camina hasta la chimenea, se para frente a mí deseando que alce la vista hacia él, pero no puedo. Él me perturba, me desga-rra las entrañas, pero me trago ese sentimiento y ansío que desapa-rezca.

Por debajo de mis pestañas, veo que junta los labios y nuestra respiración parece adoptar el mismo ritmo. Quiero que hable, que rasgue el silencio y, de golpe, me siento mareada, como si fuera a aferrarme de él para no perder el equilibrio. Pero después abre los labios y dice, casi como en una confesión:

—Mi hermano se ahogó en Sparrow. —Sus ojos dejan de parpa-dear, su cuerpo es una silueta de piedra delante de mí.

—¿Qué? —Alzo los ojos.

—Es por eso que estoy aquí. El motivo por el cual no puedo marcharme… no todavía. Te conté que murió, pero no te dije cómo. Se ahogó aquí, en el puerto.

—¿Cuándo? —Siento un cosquilleo en las yemas de los dedos; los vellos de la nuca se me erizan como si una brisa fresca resbalara por mi piel.

—El verano pasado.

—¿Es por eso que viniste a Sparrow?

—No sabía lo de las hermanas Swan. No sabía nada de esto. La policía nos dijo que se había suicidado. Pero nunca le creí.

Meneo la cabeza un milímetro, intentando comprender.

—Se llamaba Kyle —comienza a relatar. Es la primera vez que dice su nombre en voz alta—. El año pasado, después de que ter-minó la secundaria, se fue de viaje por la costa en auto, con dos amigos. Se suponía que sería para hacer surf; planeaban conducir hasta el sur de California, pero nunca llegaron hasta allí. —Se atra-ganta, la emoción amenaza desbordar su hermética fachada—. Se detuvieron en Sparrow para pasar la noche. No creo que supieran nada acerca del pueblo, acerca de los ahogamientos. Se quedaron en la Posada del ballenero. Kyle abandonó la habitación justo después del atardecer... y nunca regresó. Encontraron su cuerpo a la mañana siguiente, enredado en una red de pesca, no muy lejos de la costa.

—Lo... siento —consigo expresar en poco más que un susurro. Un temblor se agita dentro de mí. Un dolor que aplasto hacia adentro.

—Tenía una beca para ingresar a la Universidad de Montana en el otoño. Tenía una novia con quien quería casarse. Es completamente ilógico. Yo sé que no se suicidó. Y nadaba muy bien. Practicaba surf todos los veranos; no podría haberse ahogado por accidente.

Da un paso hacia atrás, dejándome a la deriva, y exhalo una ligera bocanada de aire que ni siquiera me había dado cuenta de que estaba conteniendo.

—Ninguno de ellos se suicidó —murmuro, pensando en todos los chicos que se metieron en el agua, atraídos hacia su muerte.

Nos miramos mutuamente, los segundos se extienden entre nosotros.

—Quizás estás equivocada acerca de las hermanas Swan —dice, extendiendo el brazo para tocar la repisa de la chimenea, el dedo índice rasguña un raspón de la madera. Por el calor del fuego, sus mejillas están rojas y sus labios, rosados—. Quizás sea solo una historia que cuentan los lugareños para explicar por qué tanta gente se ahogó. Quizás alguien realmente los esté matando; quizás esa chica del depósito de botes, Gigi Kline, sí lo hizo. No porque tenga en su interior una antigua bruja que busca venganza, sino porque es simplemente una asesina. Y quizá no sea la única; quizás haya otras chicas que también estén matando... que mataron a mi hermano.

—Pero eso no explica por qué los chicos vienen ahogándose en Sparrow durante los últimos dos siglos. —Necesito que crea, que sepa que las hermanas Swan existen.

—Quizás sea una especie de culto —comenta, negándose a aceptar la verdad—, y los miembros de cada generación ahogan gente por algún sacrificio inexplicable o algo por el estilo.

—¿Un culto?

—Mira, yo no sé cómo funcionan los cultos. Estoy intentando desentrañar todo esto sobre la marcha.

—Y si crees que realmente se trata de un culto, ¿qué harás después?

—Entonces, tendré que evitar que sigan matando gente.

—Pensé que querías ir a la policía, contarle que Gigi Kline está encerrada en el depósito y dejar que ellos se encarguen de todo.

—Quizás eso no sea suficiente. Quizás eso no sea justicia… para mi hermano, para todos aquellos a los que ahogaron.

—¿Y después qué? ¿Qué sería lo justo?

—Ponerle fin a lo que está sucediendo en este pueblo.

—¿Matar a una hermana Swan, quieres decir? ¿Matar a Gigi?

—Quizá no exista otra salida.

Niego con la cabeza.

—Sí hay otra salida… puedes marcharte de Sparrow —señalo—. Puedes irte y no volver jamás. Y tal vez un día hasta empieces a olvidarte de este lugar, como si nunca hubieras estado aquí. —No digo lo que realmente siento. No quiero que se vaya. De verdad no quiero. Pero necesito que se marche para que no salga lastimado, para que no termine como su hermano.

Se desata una tormenta en los rasgos de su rostro, una frialdad en sus ojos que nunca antes vi.

—Tú no sabes lo que se siente… este dolor que nunca desaparece —murmura—. Yo sé que mi hermano lo haría por mí; no se detendría hasta descubrir al responsable de mi muerte. Y se vengaría.

—Este pueblo se construyó sobre la venganza —señalo—. Y eso no mejoró ni corrigió nada.

—No me marcharé —afirma con tanta determinación que siento que se me tensa la garganta.

Levanto la vista hacia él y es como si lo viera por primera vez, la resolución en los ojos, la ira en la mandíbula. Está buscando la forma de liberarse del dolor de perder a su hermano y está dispuesto a sacrificar todo, hacer lo que sea, pagar cualquier precio. Hasta quitarle la vida a otra persona.

—No fueron esas chicas —le digo, rogando que comprenda—. Fue lo que llevan dentro.

—Quizá —repone, alzando los ojos—. Pero quizá no exista ninguna diferencia entre las chicas y la maldad que las hace asesinar gente.

El fuego chisporrotea y lanza chispas al suelo de madera, que se oscurecen y se convierten en ceniza. Camino hasta la estantería que está junto a la chimenea y examino los lomos de los libros, buscando una manera de hacerlo comprender sin contarle lo que sé... lo que puedo ver.

—¿Por qué estás tan segura de que todo esto es real? —pregunta, leyendo mis pensamientos, y aparto la mano de uno de los libros. Doy media vuelta y quedo frente a él. Se acercó más a mí, tanto que podría extender la mano y tocarle el pecho con las yemas de los dedos. Podría dar un rápido paso hacia adelante y contarle todo, contarle mis secretos, o podría apretar mis labios contra los suyos y aquietar la agitación que gira y repiquetea dentro de mi cabeza. Pero, en cambio, elijo ignorar todas las ansias que corren abruptamente por mis venas.

Retraigo los labios antes de hablar, para controlar cada palabra que pronuncio.

—Quiero decírtelo —murmuro, mil toneladas de piedras se hunden en mi estómago—. Pero no puedo.

Posa sus ojos entornados sobre los míos al mismo tiempo que se enciende un leño seco e inunda la habitación con una repentina ráfaga de resplandeciente luz anaranjada. Tenía razón acerca de Bo, y también estaba equivocada: no terminó en Sparrow por accidente. Pero tampoco es un turista. Vino por su hermano... para descubrir qué le ocurrió. Y lo que encontró aquí es mucho peor que cualquier cosa que podría haber imaginado.

Se expande la presión que hay dentro de mi cabeza, las paredes de la cabaña comienzan a rotar fuera de su eje como un carrusel fuera de control, y siento náuseas. No puedo quedarme aquí dentro con él. No confío en mí. No confío en mi corazón, que late frenéticamente como si fuera a hacer algo insensato, de lo que no podría retractarme. No sé lo que se supone que deba sentir, lo que deba decir. *No debería permitirme sentir nada.* Estas emociones son peligrosas, el miedo bombea dentro de mi pecho, se resquebraja en cada costilla. Mi cabeza no está pensando correctamente; está enredada con mi corazón y no puedo confiar en él.

De modo que me dirijo hacia la puerta y toco la manija, deslizo los dedos por el liso metal. Cierro los ojos por medio segundo y escucho los ruidos de la chimenea, que está detrás de mí —calientes y furiosos, el mismo conflicto explosivo que se lleva a cabo dentro de mi cabeza—, luego abro la puerta y salgo sigilosamente a la luz del atardecer.

Bo no intenta detenerme.

EL FORASTERO

Un año antes, a cinco días de comenzada la temporada Swan, Kyle Carter abandonó la Posada del ballenero justo cuando la lluvia se disipó. Las aceras estaban mojadas y oscuras; el cielo, apagado por un manto de suaves nubes blancas. No tenía destino alguno, pero la fascinación de la marina lo llevó hacia el puerto. Llegó a la pasarela de metal que conduce al muelle, hileras de barcos alineados como sardinas, y divisó a una chica que caminaba por uno de los muelles, el cabello color ébano suelto y flotando sobre su espalda. Ella lo miró por encima del hombro, posó sus profundos ojos oceánicos sobre los suyos, y luego se encontró caminando como un zombi detrás de ella.

Era la criatura más deslumbrante que había visto en toda su vida: elegante y seductora. Una rara especie de chica. Y cuando la alcanzó, ella acarició su pelo oscuro y lo atrajo con un beso. Ella lo quería, lo deseaba. Y él no pudo resistirse. De modo que dejó que ella enrollara sus dedos entre los suyos y lo condujera hacia el mar, sus cuerpos enredados, lánguidos e insaciables. Él ni siquiera sintió el agua que entraba en sus pulmones. Solo podía pensar en ella: los dedos calientes contra su piel, labios tan suaves que derretían su piel, ojos que veían sus pensamientos, que desentrañaban lo que había dentro de su mente.

Y luego el mar lo atrajo hacia las profundidades y nunca lo dejó ir.

II

Mi mente se agita y repiquetea con todos los secretos que están cautivos dentro de ella. No podré dormir. No ahora que conozco la verdad acerca de Bo, acerca de la muerte de su hermano.

Y tengo que mantenerlo a salvo.

Me hago un té de lavanda, enciendo la radio y me siento a la mesa de la cocina. El locutor repite la misma información cada veinte minutos: todavía no se conoce la identidad de los dos chicos ahogados, pero la policía no cree que sean lugareños, sino turistas. Después de un rato, el tono monótono de la voz del locutor se diluye en una música lenta y somnolienta: una melodía para piano. La culpa se escurre dentro de mí, miles de reproches, y deseo cosas que no puedo tener: una forma de deshacer todas las muertes, de recuperar las vidas que se perdieron. Los chicos mueren a mi alrededor y yo no hago nada.

No me doy cuenta de que me quedé dormida hasta que escucho el tintineo del teléfono que está colgado de la pared.

Me enderezo de golpe en la rígida silla de madera y miro por la ventana que está encima del fregadero. El sol está apenas arriba del horizonte —es de mañana—, el cielo todavía es de un tenue gris pastel. Me pongo de pie y busco a tientas el teléfono.

—¿Hola?

—¿Te desperté? —Es la voz de Rose del otro lado de la línea.

—No —miento.

—Me quedé despierta toda la noche —dice—. Mamá no dejaba de darme pasteles con la esperanza de que olvidara todo lo ocurrido en la última semana, pero yo estaba tan nerviosa por toda la azúcar ingerida que eso no hizo más que empeorar la situación.

Estoy distraída, y las palabras de Rose se deslizan inútilmente por mi cabeza. No puedo dejar de pensar en Bo y su hermano.

—Bueno —continúa Rose al ver que yo no respondo—, quería advertirte que no vinieras hoy al pueblo.

—¿Por qué?

—Davis y Lon andan en algún tipo de misión. Están interrogando a todo el mundo; hasta arrinconaron a Ella García en el baño de mujeres de La almeja, y no la dejaron marcharse hasta que probó que no era una de las hermanas Swan.

—¿Y cómo lo hizo?

—Quién sabe. Pero Heath escuchó que se puso a berrear, y Davis pensó que una hermana Swan no se pondría a llorar de manera tan histérica.

—¿Nadie los detiene?

—Ya sabes cómo son las cosas —comenta, su voz se aleja brevemente del teléfono como si estuviera buscando algo—. Mientras no transgredan ninguna ley, todos se sentirán aliviados si Davis y Lon averiguaran quiénes son realmente las hermanas… y entonces tal vez pondrían ponerle fin a todo esto.

—Esto no terminará nunca, Rose —digo recordando la conversación que tuve con Bo anoche en la cabaña. Él también quiere terminar con esto: ojo por ojo. Una muerte por otra. Pero él nunca le quitó la vida a nadie. No va con su forma de ser. Eso lo cambiará. Escucho que suena un tintineo en el teléfono de Rose.

—Heath me envió un mensaje de texto —señala—. Se supone que iré a su casa para encontrarme con él.

—Tal vez tú tampoco deberías salir de tu casa.

—Mi madre todavía no sabe lo de Heath, así que no puedo invitarlo a mi casa. Ella piensa que me encontraré contigo para tomar un café.

—Ten cuidado.

—Lo tendré.

—Quiero decir que tengas cuidado con Heath.

—¿Por qué?

—Nunca se sabe lo que puede pasar. Todavía falta una semana.

—¿Quieres decir que podría ahogarse?

—No quiero que pierdas a alguien que es importante para ti.

—¿Y qué pasa con Bo? ¿No te preocupa perderlo?

—No —respondo demasiado rápido—. No es mi novio, así que no… —Pero siento la mentira agitándose en mi pecho, que le quita relevancia a mis palabras. Estoy preocupada… y desearía no estarlo.

Otro mensaje suena en su celular.

—Tengo que cortar —dice—. Pero va en serio lo de que hoy no vengas al pueblo.

—Rose, espera —insisto, como si hubiera algo más que quisiera decirle: alguna advertencia, algún consejo para que Heath y ella estén a salvo de las hermanas Swan. Pero corta antes de que pueda hacerlo.

Tomo mi taza de té frío de la mesa y la llevo al fregadero. Estoy a punto de arrojar el líquido cuando escucho el crujido de las tablas del suelo.

—¿Estabas practicando leer las hojas de té? —pregunta desde la puerta.

Abro el grifo.

—No.

—Deberías practicar todos los días. —Se muerde la comisura del labio, lleva la bata negra que le cae holgada sobre el cuerpo. Pronto será tan diminuta que el viento se la llevará cuando se pare en el borde del acantilado. Tal vez sea eso lo que quiere.

Cuando mis ojos hacen contacto con los de ella, me está mirando como si yo fuera una extraña, una chica a la que ya no reconoce. Como si ya no fuera su hija, sino un mero recuerdo.

—¿Por qué no lees más las hojas de té? —pregunto, enjuagando la taza y observando el té ambarino escurrirse en un remolino por la rejilla. Sé que es probable que esta pregunta suscite en ella malos recuerdos... pero también me pregunto si hablar del pasado no pueda traerla al presente, liberarla del sufrimiento.

—El destino me ha abandonado —responde. Un estremecimiento recorre su cuerpo y su cabeza se ladea hacia un costado como si estuviera escuchando voces que no están realmente ahí—. Ya no confío en las hebras de té. No me lo advirtieron.

La vieja radio plateada, que está apoyada en la encimera, continúa encendida —no la apagué anoche antes de quedarme dormida en la mesa— y una música débil cruje a través de los parlantes. Pero luego la canción termina y el locutor regresa de inmediato.

—*Ha sido identificada como Gigi Kline* —relata—. *Dejó su casa en la calle Woodlawn el martes por la mañana y no se la ha visto desde entonces. Hay especulaciones que afirman que su desaparición podría estar relacionada con la temporada Swan, pero la policía local está pidiendo que cualquiera que la haya visto se contacte con el Departamento de Policía de Sparrow.*

—¿Conoces a Gigi? —Su voz tiembla mientras formula la pregunta, los ojos clavados en la radio. El locutor repite la misma información otra vez y luego viene una publicidad.

—No mucho —repongo y pienso en Gigi pasando la noche en el depósito de barcos, probablemente con hambre y frío. Pero no es Gigi quien recordará haber estado atada a una silla; solo Aurora, la criatura que está dentro de ella, se acordará durante muchos años de esas noches gélidas y agitadas. Y es probable que busque vengarse de Davis y Lon. Si no es en el cuerpo de Gigi Kline, será el año próximo dentro del cuerpo de otra joven, suponiendo que tarde o temprano liberen a Gigi y Aurora pueda retornar al mar antes de que concluya la temporada Swan.

—Cuando tu padre desapareció, también lo anunciaron por la radio —agrega mientras se dirige al fregadero y mira por la ventana, hundiendo las manos en los profundos bolsillos de la bata—. Pidieron voluntarios para recorrer el puerto y la costa para buscar algún indicio de él. Pero nadie ofreció su ayuda. Los habitantes de este pueblo nunca lo aceptaron: tienen el corazón frío como el mar. —Su voz flaquea y luego vuelve a cobrar fuerza—. De todas maneras, no importaba; yo sabía que no estaba en la zona del puerto. Estaba más adentro del mar. Se había ido y nunca lo encontrarían. —Es la primera vez que la oigo hablar de él como si estuviera muerto, como si nunca más fuera a regresar.

Me aclaro la garganta, intentando no perderme en una oleada de emoción.

—Déjame prepararte algo para desayunar —propongo pasando por delante de ella. Los rayos del sol caen sobre su rostro, volviéndola de un color blanco ceniciento y fantasmal. Abro un armario y coloco uno de los tazones blancos sobre la encimera—. ¿Quieres avena? —pregunto, pensando que necesita algo caliente para quitarse el frío de la casa.

Pero sus ojos se deslizan sobre mí y me sujeta la muñeca con la mano derecha, los dedos se enroscan alrededor de mi piel.

—Yo sabía —profiere con frialdad—. Yo sabía lo que realmente había ocurrido. Siempre lo supe. —Quiero apartar la mirada pero no puedo. Ella mira a través de mí, hacia el pasado, hacia una época que ambas querríamos olvidar.

—¿Qué verdad? —pregunto.

Su cabello oscuro está desgreñado y anudado, y tiene aspecto de no haber dormido. Luego sus ojos se apartan de los míos, como un paciente que vuelve a caer en estado de coma, incapaz de recordar qué lo sacó de la inconsciencia.

Suavemente, libero mi brazo de su mano y puedo ver que ya ha olvidado lo que dijo.

—Tal vez deberías regresar a la cama —sugiero. Asiente y, sin protestar, da media vuelta y arrastra los pies por el suelo de mosaicos blancos de la cocina. Puedo oír sus pisadas lentas, casi ingrávidas, mientras sube por la escalera y se dirige a su habitación, donde probablemente duerma el resto del día.

Me apoyo contra el borde de la encimera, cierro los ojos con fuerza y luego los abro. En la pared opuesta de la cocina, contra el empapelado color manteca, hay una sombra estirada y distorsionada de mí, formada por los rayos del sol matinal que entran por la ventana que está arriba del fregadero. La observo durante un momento, intentando relacionar los codos, las piernas y los pies con los míos. Pero cuanto más miro, la silueta gris perfilada contra el empapelado de narcisos desteñido por el sol menos natural me parece. Como un boceto abstracto hecho por un artista.

Me alejo de la mesada y me encamino hacia la puerta. Salgo de la casa lo más rápido que puedo.

El bote flota inmóvil contra el muelle. No hay ni una onda en el agua ni sopla la menor ráfaga de viento. El sol está alto y caliente, un pez salta por encima del agua y luego vuelve a sumergirse en el mar con un chapoteo.

Acabo de comenzar a desatar el bote y arrojar los cabos sobre el costado cuando siento que alguien me está observando. Giro rápidamente y veo a Bo en el lado de estribor del velero —el *Windsong*—, un brazo levantado aferrando al mástil.

—¿Hace cuánto tiempo que estás aquí afuera? —pregunto, sorprendida.

—Desde el amanecer. No podía dormir, mi mente seguía dando vueltas. Necesitaba hacer algo.

Lo imagino aquí afuera, trepando al velero en medio del amanecer, revisando las velas, los aparejos y el casco para ver qué está aún intacto después de todos estos años y qué necesita reparación. Su mente trabajando en la solución de los problemas, cualquier cosa que lo aparte de lo sucedido ayer en el depósito de botes, de lo sucedido anoche en la cabaña. «Tengo que evitar que sigan matando gente», me había dicho. Una promesa —una amenaza— de que encontraría al asesino de su hermano.

—¿Vas al pueblo? —pregunta, sus ojos color jade se estremecen con los rayos del sol matutinos.

—Sí. Tengo algo que hacer.

—Voy contigo.

Digo que no con la cabeza mientras arrojo la última cuerda dentro del bote.

—Es algo que tengo que hacer sola.

Suelta el mástil, pasa por encima de la barandilla del costado del barco y luego salta al muelle con un movimiento ligero.

—Tengo que hablar con la chica del depósito de botes... Gigi —explica—. Tengo que preguntarle acerca de mi hermano, ver si se acuerda de él.

—No es una buena idea.

—¿Por qué no?

—Es probable que Olivia te esté esperando.

—No estoy preocupado por Olivia.

—Deberías.

—Pienso que puedo resistir el poder de seducción que tú crees que tiene sobre mí.

Lanzo una breve risita.

—¿Has podido dejar de pensar en ella desde que te tocó ayer?

Su silencio es la única respuesta que necesito. Pero también siento una aguda puñalada en el centro del corazón al saber que estuvo pensando en Olivia toda la noche, toda la mañana, incapaz de apartar la imagen de ella. Solo de ella.

—Aquí estás más seguro —remarco subiéndome al bote mientras comienza a alejarse del muelle.

—No vine aquí para quedarme atrapado en una isla.

—Lo siento. —Enciendo el motor con un ligero tirón.

—Espera —me grita pero cambio de velocidad y me alejo del muelle, fuera de su alcance.

No puedo arriesgarme a llevarlo conmigo. Tengo que hacer esto sola. Y si Marguerite llegara a verlo en el pueblo, podría intentar atraerlo hacia el puerto, y no sé si podré detenerla.

Hoy se realiza en el pueblo el Festival Anual de las Hermanas Swan.

Los globos rebotan y dan vueltas sobre los edificios. Los niños piden a gritos hielo granizado y dulces masticables de agua salada. Un cartel amarillo y rojo se extiende a través de Ocean Avenue anunciando el festival, con dibujos de telarañas, lunas llenas y lechuzas impresas en las esquinas.

Es el día más atareado del año, cuando la gente llega desde los pueblos costeros vecinos o toma autobuses que los transportan a Sparrow temprano en la mañana y los lleva de vuelta después del atardecer. Cada año, la concurrencia crece y este año parece que el pueblo está a punto de explotar.

Ocean Avenue está cerrada al tránsito y rodeada de cabinas y puestos que venden todo tipo de cosas relacionadas con la brujería y, al mismo tiempo, cosas que nada tienen que ver con ella: llamadores de ángeles, mangas de viento y dulce casero de mora de Boysen. Hay un patio cervecero, que vende cerveza artesanal en grandes jarras, una mujer vestida como una hermana Swan lee las manos, e incluso hay un puesto que vende perfumes, que afirman que son algunas de las fragancias originales que las hermanas vendieron alguna vez en su perfumería... Aunque todos en Sparrow saben que no son auténticas. Muchas de las personas llevan trajes de la época, vestidos de cintura alta con volados en las mangas y escotes profundos. Más tarde, en el escenario montado cerca del embarcadero, habrá una reconstrucción del día en que las hermanas fueron declaradas culpables y ahogadas: un evento que evito todos los años. No soporto mirarlo. No aguanto el espectáculo en que se ha convertido.

Me abro paso entre la muchedumbre, serpenteando a través de Ocean Avenue. Mantengo la cabeza baja. No quiero que me vean Davis o Lon: en este momento, lo último que necesito es que me interroguen. Dejo atrás el pueblo y el bullicio del festival, y arribo al camino que zigzaguea a través de los matorrales hasta llegar al depósito de botes. Este sendero es el único acceso al lugar; no me queda otra opción que marchar derecho por este camino.

Las gaviotas dan vueltas sobre mi cabeza como buitres esperando la muerte, presintiéndola.

Cuando el sendero se ensancha y aparece el mar, liso y resplandeciente, el depósito parece pequeño y chato, más hundido en la tierra de lo que parecía ayer. Lon está sentado sobre un tronco a la derecha de la entrada. Al principio, pienso que está mirando hacia arriba, disfrutando del sol, pero al acercarme lentamente, me doy cuenta de que está dormido, la cabeza inclinada hacia atrás contra la pared exterior. Es probable que haya estado aquí toda la noche vigilando a Gigi, una pierna extendida delante de él, los brazos colgando flojos a los costados, la mandíbula ligeramente abierta. Lleva una de sus estúpidas camisas floreadas, verde azulada con flores violetas, y si no fuera por el fondo deprimente, casi parecería estar en alguna playa tropical, concentrado en mejorar su inexistente bronceado.

Me muevo con sigilo, cuidando de no pisar una ramita o una hoja seca que delate mi presencia y, cuando llego al depósito, me detengo a mirar a Lon. Por un breve instante, pienso que tal vez no respira, pero después veo que su pecho sube y su garganta traga.

La puerta de madera no está cerrada y la empujo fácilmente hacia adentro.

Gigi continúa sentada en la silla blanca de plástico, los brazos amarrados, el mentón contra el pecho como si estuviera dormida. Pero tiene los ojos abiertos y los desliza hacia arriba para encontrarse con los míos apenas pongo un pie adentro.

Camino hacia ella, le bajo la mordaza y retrocedo con rapidez.

—¿Qué haces aquí? —pregunta levantando el mentón, su cabello corto y rubio cae hacia atrás, dejando el rostro libre. Me observa a través de las pestañas y su tono no es dulce sino grave, casi gutural. El contorno blanco, delgado y centellante de Aurora se desplaza perezosamente bajo su piel. Pero sus ojos verde esmeralda, el mismo color heredado por las tres hermanas Swan, me miran y parpadean como una serpiente.

—No vine aquí para salvarte, si eso es lo que piensas —señalo, manteniéndome a cierta distancia de la silla blanca, que se ha convertido en su jaula.

—Entonces, ¿qué quieres?

—Tú mataste a esos dos chicos que sacaron del agua, ¿verdad? —Me observa como si estuviera intentando entender la verdadera motivación detrás de mi pregunta, qué intención tengo al formularla.

—Tal vez. —Sus labios se estiran hacia los costados. Está conteniendo una sonrisa: todo esto le resulta divertido.

—Dudo de que haya sido Marguerite. —Ante mis palabras, sus ojos se agrandan como dos órbitas perfectas—. Solo tú ahogarías a dos chicos al mismo tiempo.

Sacude la mandíbula de un lado a otro y luego retuerce los dedos como si tratara de estirarlos, las muñecas encerradas con precintos de plástico. El esmalte color verde lima de sus uñas está comenzando a levantarse y sus manos se ven empapadas y pálidas.

—¿Solo viniste a acusarme de haber matado a esos dos muchachos?

Observo con detenimiento a través de su transparente exterior, más allá de Gigi, buscando al monstruo que hay dentro de ella y me encuentro con la mirada de Aurora. Y ella lo sabe. Sabe que estoy viendo a su verdadero ser.

Su expresión cambia. Esboza una amplia sonrisa, dejando a la vista los dientes blancos y perfectamente alineados de Gigi.

—Tú quieres algo —exclama con énfasis.

Respiro profundamente. ¿Qué quiero yo? Quiero que deje de hacerlo. Que deje de matar. Que deje de buscar venganza. Que deje ese juego despiadado que viene jugando hace demasiado tiempo. Soy una tonta al creer que ella me escucharía. Que oiría mis palabras. Pero igual lo intento. Por Bo. Por mí.

—Deja de hacerlo —respondo finalmente.

—¿Dejar de hacer qué? —Empuja la lengua contra el interior de la mejilla y me examina a través de sus pestañas caídas.

—Deja de ahogar chicos.

—No puedo ahogar muchos chicos atrapada aquí dentro, ¿no crees? —Inhala una larga bocanada de aire a través de la nariz y me sorprende que no haga ninguna mueca: el olor del depósito es más repugnante de lo que recordaba. Entrecierra los ojos—. Si me sueltas, entonces tal vez podamos discutir esa pequeña idea que tienes.

Observo los precintos de plástico que tiene alrededor de las muñecas y de los tobillos. Un rápido tirón y probablemente podría liberarla. Si tuviera un cuchillo, podría cortar el plástico con facilidad. Pero no lo haré. No dejaré que ande suelta por Sparrow otra vez.

Meneo la cabeza.

—No puedo.

—¿No confías en mí? —Ni siquiera intenta ocultar el gesto de desprecio del labio superior ni la forma juguetona de arquear la ceja izquierda. Sabe que no confío en ella. ¿Por qué habría de hacerlo?—. De todas maneras, *confiar* es una palabra irrelevante. —Emite una sonrisa burlona al ver que no respondo—. Es meramente una mentira que nos decimos los unos a los otros. Aprendí a no confiar en

161

nadie... un síntoma de dos siglos de existencia. Tienes tiempo para reflexionar sobre esas cuestiones. —Ladea la cabeza y me mira de costado—. Me pregunto en quién confías... ¿A quién le confiarías tu vida?

Observo fijamente a la criatura que está debajo con la piel de Gigi, los ojos de un blanco lechoso, que me miran.

—¿A quién le confiarías la tuya? —contraataco.

Esto le provoca una carcajada que brota desde la profundidad de sus entrañas y se le humedecen los ojos. Doy un paso hacia atrás. Luego su risa concluye, el cabello rubio se desliza hacia adelante para cubrir parte de su rostro. Sus brazos se ponen rígidos contra los precintos, sus verdaderos ojos me atraviesan y su boca se retuerce en un gruñido.

—A nadie.

De pronto, la puerta que está a mis espaldas se abre de un golpe y Lon irrumpe en el recinto.

—¿Qué carajo estás haciendo aquí? —pregunta, los ojos desorbitados.

Paseo la mirada de Gigi hacia él.

—Solo le estaba haciendo un par de preguntas.

—Nadie tiene permiso de estar aquí. Ella te convencerá de que la dejes ir.

—Eso solo funciona en los especímenes masculinos de mente débil —señalo.

Aprieta los labios y da un paso rápido hacia mí.

—Vete de aquí de una maldita vez. A menos que quieras confesar que eres una de ellas, entonces también te encerraré con mucho gusto.

Le echo una mirada a Gigi, que me mira y parpadea en actitud desafiante, la comisura del labio curvada hacia arriba. Hasta parece que podría atreverse a reír —la amenaza de Lon le resulta graciosa—, pero contiene la risa. Luego retrocedo, cruzo la puerta y salgo a la luz del día.

—Te das cuenta de que la policía está buscando a Gigi, ¿no? —le digo a Lon, que cierra la puerta con gran estrépito y me sigue hasta afuera.

—Los policías de este pueblo son unos idiotas.

—Puede ser. Pero que vengan a revisar el depósito es solo cuestión de tiempo.

Agita una mano en el aire despectivamente, la manga de su camisa floreada flamea con el movimiento, y regresa a su puesto en el tronco, reclinándose contra la pared y cerrando los ojos, en obvia demostración de que no le preocupa la idea de que Gigi pueda escapar.

—Y dile a tu amiga Rose que tampoco vuelva.

Detengo el paso abruptamente.

—¿Qué?

—Rose… tu amiga —responde burlonamente, como si yo no supiera de quién se trata—. Estuvo aquí hace veinte minutos, la pesqué husmeando entre los matorrales.

—¿Habló con Gigi?

—Mi trabajo es no dejar entrar a nadie, así que no, no le permití que hablara con Gigi.

—¿Qué quería? —pregunto, aunque estoy segura de que cualquier cosa que le haya dicho era mentira.

—Qué diablos puedo saber. Dijo que se sentía mal por Gigi o alguna estupidez así, que era cruel tenerla encerrada. Pero a ustedes dos les conviene mantenerse lejos a menos que quieran convertirse en sospechosas —baja un poco la voz, como si estuviera diciéndome un secreto, como si tratara de ayudarme—. Vamos a encontrar a todas las hermanas Swan, de una manera u otra.

Me doy vuelta y me alejo deprisa.

Cuando cruzo la puerta, la tienda de Alba huele a glaseado de vainilla y a pastel de limón. Una decena de personas se agolpan en la pequeña tienda —algunas con ropa de época, niños con las caras pintadas con purpurina— eligiendo pasteles diminutos del exhibidor de vidrio, que les entregarán en una caja adornada con lazos color rosa. La señora Alba se encuentra detrás de uno de los exhibidores atendiendo a un cliente, colocando *petit fours* con mucho cuidado dentro de cajas blancas. Otras dos empleadas también se mueven raudamente alrededor de la tienda cobrándole a la gente y contestando preguntas acerca de la efectividad de los pasteles para borrar recuerdos viejos y anquilosados.

Pero Rose no se encuentra en la tienda y espero varios minutos hasta que su madre queda libre.

Apoyo los dedos contra uno de los exhibidores de vidrio, esperando llamar su atención.

—Penny —exclama con un gorjeo al verme, su sonrisa se extiende a través de los suaves rasgos de su rostro—. ¿Cómo estás?

—Estoy buscando a Rose —comento rápidamente.

Su expresión decae un poco y aprieta los ojos.

—Pensé que estaba contigo —por teléfono, Rose me contó que le había mentido a su madre y le había dicho que se encontraba conmigo a tomar un café, cuando en realidad iba a reunirse con Heath. Pero dado que obviamente tampoco se iba a encontrar con Heath, a menos que hayan ido juntos a ver a Gigi, pensé que su madre podría haberla visto.

—Creo que entendí mal la hora o el lugar donde nos encontraríamos —señalo con una sonrisa amable: no quiero meter a Rose en problemas—. Pensé que tal vez estaría aquí.

—Puedes fijarte en el apartamento —comenta mientras se da vuelta al notar que entran más personas a la tienda.

—Gracias —digo, pero ella ya se ha alejado a atender a los nuevos clientes.

Una vez afuera, doblo a la derecha y subo la escalera techada hasta el primer piso. Las paredes de piedra gris del edificio están protegidas de la lluvia por un techo angosto y, al final de la escalera, hay una puerta roja bajo una arcada blanca. Apoyo el dedo en el timbre y el sonido reverbera por el espacioso apartamento. Marco, el perro, comienza a aullar furiosamente y puedo oír el repiqueteo de sus patas mientras corretea hasta la puerta y ladra del otro lado. Espero, pero no viene nadie. Y es imposible que Rose esté adentro y no sepa que hay alguien en la puerta.

Bajo la escalera y me abro camino a través de la multitud de Ocean Avenue. Comienzo a recorrer Shipley Pier hacia La almeja, cuando diviso a Davis McArthurs. Se encuentra en la mitad del embarcadero, en medio del gentío, hablando con una chica que reconozco del depósito de barcos cuando atraparon a Gigi. Habían discutido acerca de mantener encerrada a Gigi. Él tiene los brazos cruzados, sus ojos inspeccionan las mesas exteriores como si estuviera buscando a alguna chica que se le pasó, a quien todavía no haya interrogado para ver si es una de las hermanas Swan.

Al ver a Davis, una furia se eleva dentro de mí, pero no hay nada que pueda hacer.

De todas maneras, Rose no estaría en el embarcadero, no con Davis pavoneándose por aquí. Es probable que esté en la casa de Heath, pero no sé dónde vive, y no pienso preguntar y llamar la atención. De modo que regreso rápidamente a la marina antes de que Davis me vea y conduzco el bote por la bahía hacia la isla.

PRESAGIOS

Un jueves temprano en la mañana, una mujer cruzó la puerta de la Perfumería Swan, una semana después de la famosa noche de las hermanas en la taberna. Aurora estaba barriendo el suelo; Marguerite, apoyada contra el mostrador soñando despierta con un muchacho que había visto en el muelle el día anterior, trabajando en los aparejos de un barco, y Hazel, garabateando en un trozo de papel los detalles de una nueva fragancia que había estado imaginando: mirra, tanaceto y rosa mosqueta. Una fragancia para aliviar la tristeza y eliminar la desconfianza en los demás.

Cuando la mujer entró, Marguerite se enderezó y sonrió amablemente, como hacía cada vez que una nueva clienta ingresaba en la tienda.

—Buen día. —La mayor de las hermanas Swan hablaba con elegancia, como si hubiera sido criada entre la realeza, cuando, en realidad, las tres hermanas habían sido criadas por una mujer que se colocaba lascivamente una pizca de perfume entre los muslos para seducir a sus amantes.

La mujer no respondió, sino que se dirigió hasta una pared donde había envases de perfume que contenían diferentes aromas cítricos y de otras frutas, para llevar de día, que solían prometer tardíos vientos veraniegos y cálidos atardeceres.

—Una perfumería resulta algo un poco pretencioso para este pueblo —comentó finalmente—. Hasta ilícito.

—Las mujeres de cualquier pueblo merecen la fascinación de una buena fragancia —remarcó Marguerite alzando una ceja. Aunque no lo demostró, ella reconoció a la mujer: era la esposa de un hombre con el cual ella había coqueteado tres días atrás, frente a la tienda de ramos generales Collins & Gray.

—*Fascinación* —repitió la mujer—. Qué palabra tan interesante. Y esa fascinación… —Hizo una pausa—. ¿Viene de los encantamientos que colocan en sus fragancias?

Marguerite levantó bruscamente un costado de la boca.

—No hay encantamientos, señora. Solo se trata de fragancias perfectamente combinadas, se lo aseguro.

La mujer le echó una mirada asesina y luego se dirigió precipitadamente hacia la puerta.

—Su trabajo deshonesto no pasará desapercibido durante mucho tiempo más. Nosotros sabemos qué son en verdad ustedes. —Y con un zumbido de aire marino, abrió la puerta y salió raudamente hacia la calle, dejando a las tres hermanas mirándola con mucha atención.

—Piensan de verdad que somos brujas, ¿cierto? —comentó Hazel en voz alta.

—Deja que lo piensen. Eso nos da poder sobre ellos —respondió Marguerite.

—O les da una razón para colgarnos —agregó Aurora.

Marguerite caminó lentamente hasta el centro de la tienda guiñándoles el ojo a sus hermanas.

—A todos los chicos parece agradarles —exclamó sacudiendo la cadera.

Hazel y Aurora rieron. Marguerite siempre había sido descarada, y ellas admiraban esa cualidad de su hermana, a pesar de que, por momentos, le traía problemas. Las tres eran muy unidas, consagradas unas a otras. Sus vidas estaban entrelazadas tan fuertemente como un nudo de marinero.

Todavía no sabían qué cosas habrían de separarlas.

Porque, en un lugar como Sparrow, los rumores se propagaban rápidamente, como la viruela o el cólera, confundiendo la mente, arraigándose en el entramado de un pueblo hasta que ya era imposible distinguir la verdad de la especulación.

12

Al llegar a casa, llamo al celular de Rose, pero no responde, de modo que le dejo un mensaje: «Llámame cuando recibas este mensaje».

No sé por qué fue a ver a Gigi al depósito de botes, pero cualquiera sea la razón, tengo que advertirle que se mantenga alejada de allí.

A través de la ventana de la cocina, veo a mamá arriba del acantilado, la bata negra inflándose alrededor de sus piernas con una corriente de aire ascendente. Después de todo, no permaneció todo el día en cama.

Espero junto al teléfono la mayor parte del día, pero Rose nunca llama. Marco su número tres veces más, pero no responde. ¿Dónde está?

Cuando el sol comienza a ponerse sobre el mar, me acurruco en la cama, las rodillas contra el pecho. Me quedo dormida mientras el viento azota los vidrios de las ventanas y el aire marino arremete contra la casa.

Justo antes del amanecer, la lluvia comienza a repiquetear suavemente contra el techo. El cielo está cubierto de pinceladas de violeta y rosa coral. Permanezco en mi habitación, pero sigo sin tener novedades de Rose. La lluvia mantiene a todo el mundo en el interior de sus hogares. Mamá está encerrada en su dormitorio y no veo salir a Bo de la cabaña en todo el día. Hay cosas que debería decirle, confesiones sepultadas dentro de mí. La forma en que mi corazón se siente a la deriva cuando estoy con él; la cabeza perdida en pensamientos que no puedo explicar. Debería decirle que lo siento. Debería caminar bajo la lluvia y descargar mi puño contra su puerta. Debería tocar su piel con las yemas de los dedos y decirle que hay cosas que quiero, que ansío. Pero ¿cómo te permites desnudarte delante de alguien, sabiendo que tu armadura es lo único que te mantiene a salvo?

Entonces, no digo nada. Mantengo mi corazón oculto en la profundidad y oscuridad de mi pecho. Cuando la noche finalmente cae, me desplomo en la silla junto a la ventana de mi dormitorio y observo el cielo que se abre y las nubes de lluvia que se desvanecen. Las estrellas iluminan la oscuridad. Pero me siento angustiada, deseo que Rose me llame y me explique por qué fue al depósito de botes. Está actuando de manera sospechosa… como si fuera una de ellas. ¿Por qué?

Y luego veo algo por la ventana.

Hay movimiento abajo en el sendero, una silueta pasa por debajo de la cascada de luz azul de la luna. Es Bo, y se dirige al muelle.

Y en mis entrañas, siento que algo no está bien.

Me pongo un largo jersey negro sobre la camiseta y los shorts de algodón, y me dirijo deprisa hacia la puerta. El aire me golpea apenas salgo, una ráfaga de frío que me congela hasta la médula.

Lo pierdo de vista durante un instante, la oscuridad lo devora, pero cuando llego a la parte del camino donde hay una cuesta que baja hacia el agua, lo diviso otra vez. Está muy cerca del muelle.

El viento de la noche se ha levantado desde el oeste y empuja las olas contra la orilla a intervalos regulares, que se extienden por encima de las rocas y dejan una capa de espuma cuando se retiran. Todo huele a humedad por la lluvia. Mis pies desnudos golpean contra la pasarela de madera, pero igual logro alcanzarlo cuando se detiene en el extremo más alejado del muelle.

«¿Bo?», exclamo. Pero no se mueve, no gira para mirarme. Como si no pudiera oírme. Y ya sé lo que ocurre. Bajo el cielo oscuro y la luna pálida y redonda, me doy cuenta de que ya no es él.

Me acerco con cuidado.

«Bo», repito, intentando captar su atención. Pero en un rápido movimiento, avanza hasta el borde del muelle y cae al agua. «¡No!», aúllo mientras corro desesperada.

El muelle palpita y se sacude. Ya se metió bajo el agua, ya se hundió debajo de las olas. Contengo la respiración y cuento los segundos: ¿cuánto tiempo le queda hasta que ya no tenga más aire en los pulmones? Observo el agua sin atreverme a parpadear. Luego, a diez metros, aparece, atraviesa la superficie del agua y toma aire. Pero no regresa a la costa. Ni siquiera mira por encima del hombro. Continúa nadando, alejándose mar adentro.

No, no, no. Eso no es bueno.

Me quito el jersey negro y lo arrojo al muelle. Inhalo profundamente, extiendo los brazos por encima de la cabeza y me sumerjo tras él.

El agua fría me atraviesa la piel como si fueran agujas, y cuando trago, el aire nocturno me lastima las paredes internas de los pulmones. Pero comienzo a nadar.

Ya se encuentra a una buena distancia de mí, decidido, atraído hacia la zona más profunda de la bahía. Pero mis brazos y mis piernas entran en un ritmo fluido que es más rápido que el de Bo. Sus pies, todavía con calzado, levantan poca agua detrás de él. Cuando finalmente lo tengo al alcance de la mano, sujeto su camiseta y jalo con fuerza. Sus brazos dejan de dar vueltas y sus piernas ya no patean. Levanta la cabeza, el pelo mojado de costado sobre la frente, los labios abiertos, y me mira.

«¡Bo!», exclamo enfrentando su mirada pétrea. Sus pestañas gotean agua de mar, el rostro inexpresivo, no sabe dónde está ni qué está haciendo. «Tenemos que regresar», grito por encima del viento.

No menea la cabeza, no protesta, pero tampoco parece registrar nada de lo que dije, porque baja la mirada, se aleja bruscamente y continúa nadando por la bahía. Tomo varias rápidas bocanadas de aire. El haz de luz del faro da vueltas alrededor de nosotros, barriendo la bahía e iluminando los mástiles de los barcos hundidos. *Ella* lo está atrayendo hacia la zona de los naufragios.

«Mierda», mi piel está helada y la ropa me resulta pesada. Pero estiro las piernas detrás de mí y nado hacia él, a través de la oscuridad, sabiendo que si pasa un barco sería difícil que nos divisara a tiempo. La proa nos impulsaría hacia abajo y la hélice nos sacudiría, y seguramente, no volveríamos a salir a la superficie. Pero si lo dejo ir, sé lo que sucederá. Lo perderé para siempre.

Pateo con fuerza mientras mis brazos rasgan el agua y el frío reduce el ritmo tanto de los latidos de mi corazón como del bombeo de la sangre hacia las extremidades. Pero después de varias rotaciones del faro —lo único que marca el paso del tiempo—, consigo alcanzarlo otra vez. Engancho el puño en el borde su camiseta y lo atraigo hacia mí. Se da vuelta para mirarme, la misma expresión grabada permanentemente en su rostro.

«Tienes que despertarte», le grito. «¡No puedes hacer esto!».

Frunce las cejas durante una fracción de segundo. Me escucha, pero también está dominado por Marguerite: la voz de ella da vueltas dentro de su mente, llamándolo, rogándole que la busque en el mar.

—Bo —exclamo, esta vez con más dureza, envolviendo el otro puño en su camiseta y atrayéndolo más cerca de mí. Mis piernas patean frenéticamente para no hundirme—. ¡Despiértate!

Parpadea. Sus labios son fantasmales, han perdido todo el color. Abre la boca, entorna apenas los ojos y, lentamente, se forma una palabra en sus labios.

—¿Qué?

—Ella está dentro de tu cabeza y te obliga a hacer esto. Tienes que eliminarla, ignorar lo que te dice. No es real.

Varios metros más adelante, hacia la entrada del puerto, suena la campana de la boya en medio del embate de las olas. Un escalofriante repiqueteo que se extiende a través del agua.

—Tengo que encontrarla —exclama arrastrando las palabras. Conozco la imagen que Marguerite colocó en su mente: ella nadando con un vestido color blanco, la tela fina y transparente arremolinándose alrededor de su cuerpo, el cabello largo y sedoso, su voz seductora deslizándose en sus oídos. Sus palabras prometen calor, la suavidad de sus besos y su cuerpo apretado contra el de él. Está atrapado dentro de su hechizo.

Lo ahogará como a todos los demás.

—Por favor —le ruego, la mirada clavada en sus ojos, que no pueden fijar la mirada, que solo la ven a ella—. Regresa conmigo.

Sacude la cabeza despacio de un lado a otro.

—No… puedo.

Contraigo la mandíbula y coloco las manos alrededor de su nuca, obligándolo a mantenerse tan cerca de mí que nuestros cuerpos se deslizan juntos y ligeros. Lo hago sin pensar, sin respirar: aprieto mis labios contra los suyos. El agua se derrama entre los dos y saboreo el mar en su piel. Hundo las uñas en su cuello, tratando de incitarlo a salir de su ensoñación. Los latidos de mi corazón golpeando contra mi pecho, presiono los labios con más fuerza. Abro la boca para sentir el calor de su respiración, pero no se mueve, no reacciona. Tal vez esto no funcione... tal vez fue un error.

Pero luego desliza un brazo alrededor de mi cuerpo y me aferra los omóplatos. Entreabre la boca y el calor de su cuerpo se escurre súbitamente dentro de mí. Su otra mano encuentra mi pómulo y luego se entrelaza en mi cabello. Me atrae más hacia él, envolviéndome en el círculo de sus brazos. Y con mis labios, borro de su memoria el recuerdo de Marguerite Swan. Se lo quito a Marguerite y él me deja hacerlo. Me besa como si nunca hubiera querido a alguien de esta manera. Y, por un segundo, nada de esto parece real. No estoy nadando en la bahía, los brazos de Bo rodeando mi cuerpo, su boca resbalando sobre la mía, mi corazón latiendo violentamente contra el pecho que lo contiene. Estamos en otro lugar, muy lejos de aquí, los cuerpos enroscados bajo un sol caliente, la arena caliente debajo de nosotros, el aliento caliente en los labios. Dos cuerpos unidos que no le temen a nada.

Y luego aparta la boca, despacio, el agua chorrea entre nosotros y mi visión es borrosa. Imagino que me soltará, que continuará nadando lejos del muelle, pero una de sus manos sigue enredada en mi nuca y la otra en mi espalda, mientras nuestras piernas patean rítmicamente debajo de nosotros.

—¿Por qué hiciste eso? —pregunta, la voz áspera, casi quebrada.

—Para salvarte.

Sus ojos echan una mirada al mar oscuro y amenazador, como si despertara de una pesadilla demasiado real.

—Tenemos que regresar a la costa —murmuro, y él entiende y asiente, sus ojos todavía nublados y desenfocados, como si aún no estuviera completamente seguro de dónde está ni por qué llegó hasta aquí.

Nadamos hasta la isla uno junto al otro. Nos alejamos más de lo que imaginé, la corriente nos llevó mar adentro y después de varios minutos de nadar con esfuerzo, arribamos finalmente al muelle. Coloca las manos alrededor de mi cintura y me levanta hasta el borde del muelle y sube a continuación. Demasiado congelados como para hablar, nos desplomamos de espaldas, jadeando en medio del frío aire nocturno. Sé que tenemos que ir a un sitio caliente antes de que nos agarre hipotermia: una posibilidad real en esta situación. De modo que le toco la mano y nos levantamos, y corremos por el camino de madera hasta su cabaña.

Nos quitamos los zapatos y Bo se arrodilla al lado de la chimenea —todavía queda un poco de brasa encendida entre los leños carbonizados—, mientras yo me acurruco en el sofá, con dos mantas de lana envolviéndome los hombros. Otis y Olga llegan desde la habitación, estirándose con aspecto somnoliento. Han pasado todo este tiempo aquí dentro con Bo; él les agrada. Tal vez más de lo que les agrado yo.

Bo agrega más leños al fuego y yo bajo del sillón y me deslizo en el suelo junto a él, estirando los brazos para calentar las palmas de mis manos con las escasas llamas. Me castañetean los dientes y tengo las yemas de los dedos arrugadas.

—Estás helada —señala, mirando mi tembloroso cuerpo debajo de las mantas—. Tienes que quitarte esa ropa. —Se pone de pie, va a la habitación y regresa con una camiseta blanca y unos calzoncillos bóxer de color verde—. Aquí tienes —dice—. Puedes ponerte esto.

Estoy por decirle que estoy bien, pero no es cierto. Mis shorts y mi top están tan empapados que han comenzado a mojar las mantas. De modo que me levanto, le doy las gracias y me llevo la ropa al baño.

El piso de mosaicos blancos está frío y, por un instante, examino el minúsculo baño. Hay una maquinita de afeitar y un cepillo de dientes junto al lavamanos, una toalla cuelga del toallero. Indicios de que alguien ha estado viviendo en esta cabaña después de tantos años de estar desocupada. Me quito la ropa con dificultad y luego la coloco en el piso formando una pesada pila. Ni siquiera me molesto en doblarla.

La camiseta y los calzoncillos de Bo tienen su olor, dulce y mentolado, pero también huelen a bosque. Respiro hondo y cierro los ojos antes de regresar a la sala. Ahora el fuego chisporrotea y las llamas suben por la chimenea, llenando la cabaña de calor.

Me siento en el piso junto a él y estiro las mantas a mi alrededor. No se da vuelta para mirarme; está observando fijamente las llamas, mordiéndose el labio inferior. Mientras estuve en el baño, se puso unos jeans y una camiseta azul oscuro. Ambos nos quitamos la ropa empapada.

—¿Qué sucedió allá afuera? —pregunta.

Aprieto las mantas contra el pecho. La lluvia azota el techo; el viento ruge.

—Te estaban llevando hacia el puerto.

—¿Cómo?

—Tú sabes cómo.

—Olivia —murmura, como si el nombre hubiera estado atrapado entre sus labios durante días—. Podía verla… en el agua.

—Te llamaba. Su voz se infiltró dentro de tu mente.

—¿Cómo? —pregunta otra vez.

—En el depósito de botes, te susurró algo al oído. Te reclamó como suyo, haciendo que te resultara imposible pensar en otra cosa o en otra persona que no fuera ella. Era solo cuestión de tiempo hasta que te llamara. Como permaneciste en la isla, escondido, no podía atraerte físicamente dentro del agua, de modo que tuvo que deslizar su voz dentro de tu mente y hacer que fueras a buscarla.

Menea la cabeza, incapaz de enmendar lo que acababa de sucederle.

—Olivia Greene —le explico sin rodeos—, es Marguerite Swan. Te estaba esperando en el puerto; te habría atraído hacia ella, sus labios sobre los tuyos, y luego te habría ahogado.

Se inclina hacia adelante sobre las rodillas, los dientes apretados. Observo la cicatriz del ojo izquierdo, sus pómulos han comenzado a resplandecer por el calor del fuego. Mi mirada se desliza hacia sus labios, a la manera en que se apretaron contra los míos.

—Pero ¿cómo lo sabes? —pregunta—. ¿Cómo puedes estar tan segura de que es Marguerite Swan quien tomó el cuerpo de Olivia, y no otra de las hermanas? —Entrecierra los ojos, como si no pudiera creer su propia pregunta, y que la está formulando.

—Tienes que confiar en mí —respondo—. Marguerite quiere matarte y no se detendrá hasta que encuentre la manera de hacerlo.

—¿Por qué a mí? —pregunta.

—Porque te vio conmigo en el depósito.

—¿Y eso qué tiene que ver?

Mis dedos tiemblan ligeramente; el corazón empuja contra las costillas, advirtiéndome que no le cuente la verdad. Pero la verdad parece pedir que la libere, como la fuerza de los rayos del sol en un día de primavera, y mi cabeza comienza a palpitar con cada latido de mi corazón.

—Yo puedo verlas —confieso, las palabras brotan atropelladamente antes de que pueda atraparlas.

—¿Verlas?

—A las hermanas. Puedo ver a Aurora dentro de Gigi Kline y a Marguerite dentro de Olivia Greene. Sé qué cuerpos tomaron.

Bo se endereza, aparta los codos de las rodillas y un escalofrío se extiende rápidamente por todo mi cuerpo.

—¿Puedes verlas y no dijiste nada?

—Nadie lo sabe.

—Pero… —Abre la boca hacia abajo, los ojos clavados en mí—. ¿Puedes ver quiénes son realmente?

—Sí.

Me pongo de pie y cruzo los brazos. Me doy cuenta de que está intentando encontrarle sentido a los hechos, que todo encaje. Pero su mente se opone. No quiere creer que lo que le estoy diciendo podría ser verdad.

—¿Hace cuánto tiempo que puedes hacerlo?

—Desde siempre.

—Pero ¿cómo?

Me encojo de hombros.

—No lo sé. Digo… es algo que siempre pude hacer… yo… —Estoy divagando, perdiéndome en la explicación, en el engaño que se esconde detrás de la verdad.

—¿Tu mamá también puede verlas?

Niego con la cabeza.

Frunce el ceño y baja la vista hacia el fuego, frotándose la nuca con la mano derecha.

—¿Y ellas saben… las hermanas saben que puedes verlas?

—Sí.

Su boca se abre otra vez, buscando las palabras, la pregunta correcta que le dé sentido a todo esto.

—¿Y qué sabes de la tercera… de la tercera hermana?

—Hazel —respondo por él.

—¿Dónde se encuentra? ¿Qué cuerpo robó?

—No lo sé.

—¿Todavía no la viste?

—No.

—Pero ¿está aquí?

—Sí.

—¿Y todavía no mató a nadie?

Sacudo la cabeza.

—Todavía no.

—Entonces, aún hay tiempo de encontrarla y detenerla.

—No hay forma de detenerlas.

—¿Lo has intentado?

No puedo mirarlo a los ojos.

—No. Es inútil intentarlo. —Recuerdo mi encuentro con Gigi en el depósito. Había pensado, estúpidamente, que tal vez podría hablar con ella, con la *verdadera*. Con Aurora. Tal vez alguna parte de ella todavía era humana, todavía tenía un corazón que estaría cansado de matar. Pero Lon nos interrumpió. De todas maneras, sentí que ella estaba demasiado fuera de sí. Mis palabras nunca resultarían suficientes.

Bo quita la mano de la nuca y puedo ver en sus ojos que está empezando a creerme.

—Mierda, Penny —exclama levantándose y acercándose a mí—. Entonces, ¿Lon y Davis tenían razón? ¿Tienen a una de las hermanas Swan encerrada en ese depósito?

Asiento.

—¿Y Olivia… o Marguerite, como se llame, está tratando de matarme?

—Ya se infiltró en tu mente. Puede hacer que veas cosas que no existen, sentir cosas que no son reales.

—Cuando la vi —comenta—, en el agua… esperándome. Sentí como si la necesitara, como si fuera a morir si no conseguía llegar a ella. Como si… —Se traga las palabras, ahogándose en ellas.

—¿Como si la amaras? —termino la frase por él.

—Sí. —Sus ojos se posan en los míos.

—Puede convencerte de que nunca amaste tanto a alguien y de que no volverás a amar así jamás.

Aprieta los puños a los costados del cuerpo y lo observo mientras flexiona los antebrazos y le laten las sienes.

—Y luego apareciste tú —agrega, relatando el momento en que salté al mar detrás de él—. Podía escucharte, pero no podía distinguirte claramente. Parecías estar muy lejos. Pero después sentí tus manos, estabas justo delante de mí. —Alza la vista, las oscuras pupilas de sus ojos como las oscuras profundidades del océano—. Y luego me besaste.

—Yo… —Siento que la voz se me estrangula en la garganta—. Tenía que detenerte.

Unos segundos de silencio. Mi corazón se detiene, se recupera y vuelve a latir.

—Después de eso —prosigue—, ya no volví a sentir que me llamaba. Y sigo sin sentirlo.

—Tal vez anulamos el control que ella tenía sobre ti —señalo, y siento que mi voz es muy débil.

—*Tú* quebraste el control que ella tenía sobre mí.

Las palabras se enredan en mi lengua. Hay tantas cosas que quiero decir.

—Necesitaba que regresaras. No podía dejar que te fueras; no podía perderte. No podía dejar... —El peso de mi sinceridad repiquetea en el centro de mis costillas, en mi estómago, detrás de mis ojos—. No podía dejar que ella se adueñara de ti.

Me obligo a mantener su mirada, necesito que hable, que inunde mis palabras con las suyas. En sus ojos, acecha una tormenta. Levanta la mano y sus dedos se deslizan por mi pómulo y por detrás de mi oreja. Al sentir las yemas de sus dedos sobre mi piel se deshace la piedra que estaba soldada en mi corazón. Cierro los ojos por un instante y luego los vuelvo a abrir, un deseo despierta dentro de mí, puro, íntegro. Me atrae hacia él y me detengo a milímetros de su boca. Lo miro a los ojos tratando de quedar arraigada en este momento. Y él me besa como si también necesitara quedar arraigado por mí.

Sus labios están calientes y sus dedos, fríos. De golpe, estoy envuelta dentro de él: su corazón late debajo de su pecho, sus manos en mi pelo, su boca busca mi labio inferior. Está en todos lados, llenándome los pulmones y el espacio entre cada respiración. Y me siento caer, como una estrella que se desploma del cielo y baja dando vueltas hacia la tierra. Mi corazón se estira hacia afuera, se vuelve ligero y nervioso.

Este momento —este chico— podría desgarrarme y cambiar todo drásticamente. Pero en el calor de la cabaña, el viento sacudiendo los vidrios de las ventanas, la lluvia martillando el techo, nuestra piel salpicada de agua salada, no me importa. Dejo que sus manos vaguen por mi piel helada y mis dedos zigzagueen por su nuca. No quiero estar en otro lado. Solo lo quiero a él. A él.

El amor es como un hechicero, ladino y salvaje.

Se acerca sigilosamente por detrás de ti, suave, dulce y callado, justo antes de cortarte la garganta.

Me despierto sobre el piso de madera, junto a la chimenea, Bo dormido a mi lado, el brazo doblado sobre el hueso de mi cadera. Respira suavemente contra mi cabello. Echo un vistazo alrededor de la sala y recuerdo dónde me encuentro: en su cabaña. El fuego se ha convertido en brasa, todos los leños se han consumido, de modo que, con un contoneo de la cadera, salgo de debajo de su brazo —sus dedos se retuercen— y coloco un leño nuevo en la chimenea, empujándolo entre la brasa. En unos pocos segundos, las llamas arden otra vez.

Cruzo las piernas y me paso los dedos por el pelo. Tengo su olor, su camiseta aún contra mi piel. Sé que no puedo dejarlo solo ahora, Marguerite lo intentará de nuevo y no permitiré que sea suyo. Esto que siento por él se está infiltrando en mis huesos como el agua a través de las grietas de mi piel. Cuando se congele, me destrozará en mil pedazos o me hará más fuerte.

Levanto uno de los libros que tengo cerca y lo hojeo. Hay notas en los márgenes, párrafos marcados con resaltador, esquinas de las hojas dobladas. La tinta está descolorida y manchada en algunos lugares.

—Creo que esos libros eran de tu padre —comenta Bo, los ojos abiertos, tumbado en el suelo, observándome. Debe haber escuchado cuando me enderecé.

—¿Por qué lo crees?

—Los compraron en una librería del pueblo. Y ese tiene un nombre adelante. —Paso las páginas y vuelvo a la cubierta, donde hay un papel doblado en la solapa. Escrito a mano con tinta negra dice JOHN TALBOT. Era un libro que había encargado especialmente, o tal vez reservado. Y un empleado debió escribir su nombre en un trozo de papel hasta que fuera a pagarlo—. Tu padre se llamaba John Talbot, ¿verdad?

—Sí. —Debajo del papel, hay un recibo doblado de la Casa de té y libros de la calle Olive. La fecha es del cinco de junio, tres años atrás. Apenas una semana antes de que desapareciera.

—Debió haber estado investigando a las hermanas Swan —señala Bo—. Quizás buscaba alguna forma de detenerlas.

Una infinidad de recuerdos desperdigados se abren paso a través de mí, de la noche en que lo vi dirigirse hacia el muelle en la oscuridad. La noche en que desapareció. La lluvia caía de costado y el viento arrancaba tejas del techo de la casa. Pero él nunca regresaría para repararlas.

Todo ese tiempo, había estado coleccionando estos libros, en secreto, buscando una manera de terminar con la temporada Swan.

—¿Te encuentras bien? —Bo se sienta, unas arrugas se forman entre sus cejas.

—Sí. —Cierro el libro y lo vuelvo a apoyar en el suelo—. ¿Y leíste casi todos?

Asiente, enderezándose.

—¿Y qué encontraste?

—Más que nada especulaciones sobre brujas y maldiciones… nada categórico.

—¿Algo acerca de la manera de ponerle fin a una maldición?

Desvía la mirada hacia mí y lanza una bocanada de aire.

—Solo lo obvio.

—¿Que sería?

—Destruir a quienes las provocan.

—A las hermanas.

—La única manera de ponerle fin sería matándolas.

—Pero entonces morirían no solo las hermanas Swan, sino también las chicas cuyos cuerpos robaron.

Asiente.

—¿Y aún quieres matar a Gigi Kline?

—Yo quiero que quien haya matado a mi hermano pague por lo que hizo. Y si la única forma de hacer eso es destruir a la chica y al monstruo, entonces eso es lo que haré.

Me paso las dos manos por el cabello, enganchándome en nudos que mis dedos deben deshacer antes de poder retorcer mi mata de pelo y colocarla por encima del hombro.

—¿Esto significa que ahora crees en las hermanas Swan?

—No creo que me quede otra opción —responde—. Una de ellas está intentando matarme. —Sus labios parecen todavía más gruesos cuando los junta, una leve tensión atraviesa su expresión. No debe ser fácil saber que alguien (algo) te quiere ver muerto.

Pero lo que es aún más duro es saber que es por tu culpa. Marguerite no querría a Bo tan desesperadamente si fuera un simple turista. Es por mí que está tan fascinada por él. Ama los desafíos. Y Bo es la presa perfecta.

Me levanto del suelo. Otis y Olga han estado durmiendo en el sofá, acurrucados en un extremo. Pero ahora Olga está despierta, los oídos alerta, la cabeza girada hacia la puerta.

—Lamento que estés aquí —digo, frotándome las palmas de las manos por los brazos—. Lamento que te hayas visto arrastrado en todo esto.

—No es tu culpa. —Su voz es profunda, las cejas torcidas hacia abajo, suavizando los bordes duros de su rostro—. Vine aquí por mi hermano. Yo hice esto, no tú.

—Si no estuvieras conmigo en esta isla —agrego, conteniendo las lágrimas para que no broten hacia afuera—. Entonces, ella no te querría. Estaba equivocada cuando pensé que permaneciendo aquí estarías a salvo. Ella te encontrará dondequiera que estés.

—No. —Él también se pone de pie, pero no me toca, no desliza sus manos por mis brazos para consolarme… no todavía—. Ella ya no está en mi cabeza —murmura—. No escucho su voz ni siento sus pensamientos. Tú rompiste el control que tenía sobre mí.

—Por ahora. Pero lo intentará otra vez. Vendrá a buscarte aquí, a la isla, si es necesario. Te arrastrará físicamente dentro del agua. No se dará por vencida.

—Si yo no estoy seguro, entonces tú tampoco estás segura.

—No funciona de esa manera —le explico—. Es a ti a quien ahogará. No a mí. —Se me retuerce el estómago.

—Si puedes verlas, y ellas lo saben, entonces tú también estás en peligro.

Pienso en Marguerite en el puerto, esperando a Bo, atrayéndolo con la promesa de sus labios deslizándose delicadamente sobre los suyos. Ella es una aparición dragada del fondo del mar. Es vengativa e inteligente. Está obsesionada por el odio inquebrantable que le profesa a este pueblo. Y nada la detendrá.

—Tú no puedes protegerme —le digo—. Así como yo no puedo protegerte a ti.

Olga baja de un salto del sofá, corre entre nosotros dos camino a la puerta y se estira sobre sus patas traseras para arañar la madera. Comienza a maullar y despierta a Otis.

—Puedo intentarlo —afirma acercándose a mí, y en sus ojos veo el mar. Me atrae hacia él como la marea sobre la arena.

A la luz del fuego, sus manos me encuentran, rozan mis muñecas, mis brazos, luego las palmas de sus manos se deslizan por mi mandíbula, a través de mi pelo, como huellas dactilares sobre mi piel, y, por un instante, le creo. Tal vez pueda protegerme; tal vez esto que se está entretejiendo entre nosotros sea suficiente para mantener alejados todos los miedos. Respiro profundamente intentado aquietar las dos partes de mi corazón, pero cuando sus labios rozan los míos, pierdo todo lo que me afirma a la tierra. Mi corazón enloquece. Sus dedos me atraen aún más y me aprieto contra él, anhelando la constancia de los latidos de su corazón y el equilibrio de sus brazos. Mis dedos se deslizan por debajo de su camiseta: siento la firmeza de su pecho, el aire llenándole los pulmones. Es fuerte, más fuerte que la mayoría. Tal vez pueda sobrevivir a este pueblo, sobrevivir a Marguerite. Sobrevivirme a mí. Hundo los dedos en su piel, en sus hombros, y me pierdo en él. Siento que él es todo... todo lo que queda. El mundo se ha destrozado a mi alrededor. Pero esto, *esto*, podría ser suficiente para suavizar los bordes duros pero quebradizos de mi corazón, ese corazón que alguna vez palpitó.

El fuego vuelve insoportable el calor que hay entre nosotros. Pero nos abrazamos entre las páginas de los libros y las mantas extendidas sobre el suelo. El viento ruge en el exterior. Sus dedos recorren las curvas de mi cadera, mis muslos, los trémulos latidos de mi corazón. Me besa debajo de la garganta, el lugar donde guardo mis secretos. Me besa la clavícula, donde la piel es fina y delicada, los dibujos de las pecas como el mapa de un marinero. Besa tan suavemente que parecen alas o susurros. Él me besa y yo me resbalo despacito, despacito, bajo su contacto. Desintegrándome. Sus labios se mueven poco a poco debajo de mi camiseta, por las curvas de mi cuerpo. Valles y colinas. Susurrando promesas contra mi piel que habrá de mantener. La ropa me resulta molesta y pesada —prendas que son de él, un bóxer y una camiseta—, de modo que me la arranco.

La mente me da vueltas, se me corta la respiración y luego vuelve a comenzar. Mi piel chisporrotea, se enciende, y su contacto me parece infinito, insondable, una ola que rueda eternamente hacia la costa. Es dulce y delicado, y quiero que sus manos, sus labios, no estén en ningún lado que no sea sobre mí. Los rayos del sol están comenzando a quebrar el horizonte, rosados suaves se cuelan por las ventanas, pero yo me estoy quebrando aquí en el suelo, haciéndome añicos mientras él susurra mi nombre y solo veo manchitas de luz temblando frente a mis ojos. Y después, mantiene sus labios sobre los míos, respirando el mismo aire, mi piel resplandeciendo por el calor. El sudor chorrea por las curvas de mi cuerpo. Me besa la nariz, la frente, los lóbulos de las orejas.

Yo lo condené, lo mantuve aquí, lo convertí en la presa de Marguerite Swan. Está atrapado en la tempestad de una temporada que podría matarlo. Tiene que abandonar Sparrow, escapar de este miserable lugar. Sin embargo, necesito que se quede. Lo *necesito*.

John Talbot

El cinco de junio, una semana antes de que desapareciera, John Talbot entró en la Casa de té y libros de la calle Olive. La semana anterior, había hecho un encargo especial de cuatro libros, títulos que había buscado online, que contenían relatos verdaderos de embrujos y maleficios que habían sido documentados en otros pueblos desafortunados.

No era inusual que los habitantes de Sparrow se interesaran en las hermanas Swan. A menudo coleccionaban recortes de periódicos y viejas fotografías del pueblo de cuando las hermanas todavía estaban con vida. Compartían historias en el Pub del dólar de plata mientras bebían demasiadas cervezas, y luego caminaban dificultosamente hasta el muelle en medio de la noche gritando los nombres de los hijos y hermanos que habían perdido. Y, a veces, hasta se volvían obsesivos con el tema. La tristeza y la desesperación pueden provocar grietas dentro de la mente.

Pero John Talbot nunca compartió sus teorías. Nunca se embriagó ni lamentó la tragedia de Sparrow bebiendo cerveza. Nunca le contó a nadie acerca de la colección de libros que guardaba en la Cabaña del ancla. Ni siquiera a su esposa.

Y en esa tarde cálida y brillante, mientras se alejaba de la librería, había una suerte de exaltación en sus ojos sombríos, marcas de preocupación grabadas en su frente. Su mirada se movía frenéticamente de un lado a otro, como si la luz del sol le resultara insoportable, y se abrió paso a través de la horda de turistas hacia el bote que lo esperaba en el muelle.

Aquellos que lo vieron ese día dirían más tarde que tenía el aspecto de alguien dominado por la locura del mar. Se decía que la isla volvía loca a la gente. El aire marino, el aislamiento, finalmente lo habían afectado.

John Talbot había enloquecido.

13

Transcurren dos días de manera casi imperceptible.

Los dedos de Bo se enroscan en mi cabello, me observa dormir y me da calor cuando el viento se cuela con fuerza por las ventanas de la cabaña en las primeras horas del día. Se coloca a mi lado debajo de la manta de lana y desliza los dedos por mi brazo. Me olvidé de todo lo que no sea esta pequeña habitación, esta chimenea, este lugar en mi corazón, que duele como si estallara.

Al tercer día, nos despertamos y caminamos por las hileras de los recientemente renovados árboles del huerto, bajo el tibio cielo de la tarde; las hojas están comenzando a desenrollarse y las flores empiezan a abrirse.

Las manzanas y las peras de esta temporada es probable que sean raquíticas, duras e incomibles. Pero el año próximo, con suerte, nuestro esforzado trabajo producirá frutas grandes y dulces gracias al sol.

—¿Cómo eras en la escuela? —pregunto, estirando la cabeza hacia arriba para tomar sol, puntitos blancos danzan por mis párpados cerrados.

—¿A qué te refieres?

—¿Eras popular?

Estira la mano y toca el extremo arrugado de una rama, hojitas verdes resbalan por la palma de su mano.

—No.

—Pero ¿tenías amigos?

—Algunos. —Me mira, sus ojos verde jade me atraviesan como una lanza.

—¿Hacías deportes? —Estoy intentando descubrir quién fue, quién es, y me resulta difícil imaginármelo en otro lugar que no sea aquí, en Sparrow, en esta isla, conmigo.

Sacude la cabeza, sonriendo levemente, como si encontrara gracioso que le haga una pregunta semejante.

—Trabajaba para mis padres todos los días después de la escuela, de modo que no tenía mucho tiempo para amigos o deportes.

—¿En la granja de tus padres?

—En realidad, es un viñedo.

Me detengo cerca del final de una hilera de árboles.

—¿Un viñedo? —repito—. ¿Uvas?

—Sí. Es solo una pequeña bodega familiar, pero funciona muy bien. —No es exactamente la granja donde lo veía con las manos en la tierra, cubierto de grasa y estiércol de vaca, pero estoy segura de que igual era un trabajo duro.

—No es lo que imaginaba.

—¿Por qué no?

—No lo sé. —Lo observo atentamente, examinando su sudadera gris y sus jeans desteñidos —. ¿Tus padres saben dónde estás?

—No. Ellos no querían que viniera. Dijeron que tenía que olvidarme de lo que le ocurrió a Kyle. Así es cómo ellos enfrentan su muerte, ignorándola. Pero yo sabía que tenía que venir. De modo que este año cuando me gradué, recorrí la costa pidiendo aventón. No les avisé que me marchaba.

—¿Hablaste con ellos desde que te fuiste?

Dice que no con la cabeza, hundiendo las manos en los bolsillos del jean.

—Es probable que estén preocupados por ti.

—No puedo llamarlos. No sabría qué decirles. —Me mira—. ¿Cómo les explico lo que está sucediendo aquí? ¿Que Kyle no se suicidó, sino que lo ahogó una de las hermanas que murieron dos siglos atrás?

—Tal vez no debas contarles eso —propongo—. Pero probablemente deberías hacerles saber que te encuentras bien… decirles algo. Hasta una mentira.

—Sí. —Su voz se vuelve más grave—. Tal vez.

Llegamos al final del huerto, donde ya ha desaparecido uno de los manzanos muertos, quemado hasta la raíz.

—Cuando todo esto acabe —digo—, después del solsticio de verano, ¿regresarás a tu casa?

—No. —Hace una pausa para recorrer con la mirada las hileras de árboles frutales espaciados a intervalos parejos. Un pajarito gris sale volando abruptamente de un árbol y se posa en la rama de otro—. No tengo pensado volver allí. Ahora no. Antes de que Kyle muriera, siempre pensé que me quedaría y trabajaría para mis padres después de la secundaria, que continuaría el negocio familiar. Era lo que ellos esperaban de mí. Mi hermano sería el que se mudaría a otra parte y llevaría una vida diferente, el que escaparía. Y a mí me parecía bien. Pero después de que murió… —Mete los labios hacia adentro y alza la vista a través de las ramas de un manzano, los brotes comienzan a salir de los tallos verdes—. Supe que quería algo distinto. Algo que fuera mío. Yo siempre había sido el que permanecería en casa mientras Kyle se iba a ver el mundo. Pero ya no.

—¿Y ahora qué quieres? —pregunto, la voz suave, para no quebrar sus pensamientos.

—Quiero estar allá —señala con la cabeza el extremo occidental de la isla—. En el agua. —Desvía la mirada hacia mí como temiendo que no haya entendido—. Cuando mi padre me enseñó a navegar, supe que me encantaba, pero no pensé que alguna vez tendría la oportunidad de hacerlo realmente. Quizás ahora pueda. Podría comprar un velero, marcharme... y quizás no regresaría jamás.

—Suena a plan de fuga. Como si quisieras comenzar una vida nueva.

Sus ojos brillan y endereza los hombros para quedar frente a mí.

—Así es. Tengo dinero; estuve ahorrando casi toda mi vida. —Su mirada se vuelve fría y seria—. Podrías venir conmigo.

Meto los labios hacia adentro, reprimiendo una sonrisa delatora.

—No tienes que quedarte aquí... también podrías escapar, abandonar este pueblo, si eso es lo que deseas.

—Tengo que terminar la escuela.

—Te esperaré —repone, como si realmente hablara en serio.

—Pero mi mamá —agrego... Otra excusa más.

Su boca se endurece.

—No es tan fácil para mí —explico, me siento dividida en dos, desgarrada entre lo que *quiero* y la prisión que es para mí esta isla—. No te digo que no. Pero tampoco puedo decirte que sí.

Puedo ver en sus ojos que se siente herido, que no entiende aun cuando quisiera hacerlo. Pero desliza los dedos alrededor de mi cintura, con dulzura, como si temiera espantarme como a un pájaro de la isla, y me atrae hacia él.

—Algún día encontrarás una razón suficientemente válida para marcharte de aquí.

Una vez leí un poema sobre lo frágil que es el amor, tan fino como el vidrio y que se rompe con facilidad.

Pero esa no es la clase de amor que sobrevive en un lugar como este. Debe ser resistente y duradero. Debe tener coraje.

Él es fuerte, me digo a mí misma, lo mismo que pensé la otra noche. Alzo la vista hacia él y parpadeo, los rayos del sol se desparraman entre los árboles, haciendo que sus rasgos se tornen más suaves. *Más fuerte que la mayoría de los chicos*. Podría sobrevivir en este lugar. Está hecho de algo diferente, su corazón está golpeado y desgastado igual que el mío, forjado con metales duros y con tierra. Ambos perdimos cosas, perdimos gente. Estamos rotos pero luchamos para mantenernos vivos. Tal vez por eso lo necesito: él *siente* como yo siento, *quiere* como yo quiero. Removió algo adentro de mi pecho, un centro frío donde ahora bombea la sangre, un indicio de vida, de verde, que se extiende hacia la luz del sol.

Podría amarlo.

Mi universo perdió su centro, los bordes desgastados de mi vida comenzaron a desmoronarse. Amar a alguien es peligroso. Tienes algo que puedes perder.

Me pongo en puntas de pie, sus labios rondan sobre los míos. Sé que está buscando respuestas en la estable tranquilidad de mi mirada. Pero no las encontrará allí, de modo que aprieta su boca contra la mía, como si así pudiera extraerme alguna verdad. Pero solo puedo darle este momento, y subo mis dedos por su pecho, respirando su olor, saboreando la sal de sus labios.

De pronto, desearía poder prometerle un para siempre, prometerle que me tendrá. Pero sería una mentira.

Intento llamar a Rose; le dejo mensajes en el teléfono; le pido a su madre que le diga que me llame, pero no lo hace.

¿Dónde está? ¿Por qué no me llama? Pero no puedo abandonar la isla. No puedo arriesgarme a dejar solo a Bo... temo que Olivia use sus encantos para llevarlo otra vez hacia el mar.

Pero después de varios días, ya no aguanto más. No saber me ha puesto inquieta y nerviosa.

Me levanto temprano, esperando escabullirme de la cabaña antes de que Bo me vea. Olga me sigue hasta el muelle; tiene los ojos llorosos del frío y parpadea, como si le generara curiosidad saber qué estoy haciendo despierta a estas horas.

Tomo mi impermeable, que cuelga de un gancho de metal junto a la puerta, y luego giro la manija; una brisa fuerte ingresa abruptamente en la cabaña, salpicándome la cara de lluvia. Olga pasa rápidamente entre mis pies y se dirige a la pasarela, pero luego se detiene de golpe, los oídos alerta, la cola sacudiéndose de un lado a otro. Algo ha captado su atención.

Todavía falta una hora o dos para que amanezca, pero el cielo se ha vuelto claro y acuoso, ya se va imponiendo la mañana, quebrando las nubes nocturnas y tiñendo el terreno de la isla de un resplandor rosado. Y, a lo lejos, veo lo que Olga ve: una luz titila en el agua mientras se escuchan las explosiones de un motor que se dirige hacia el muelle de la isla.

—¿Qué pasa? —pregunta Bo, su voz es una conmoción para mis oídos: no esperaba que estuviera despierto. La puerta está entreabierta y echo una mirada hacia adentro. Él está de pie, frotándose la cara.

—Llegó alguien —anuncio.

14

Una embarcación golpea con fuerza contra el muelle, pues venía andando a mucha velocidad. Es el bote de Heath; el mismo que nos llevó por el puerto hasta el barco pirata para pedir deseos, el día que encontramos el primer cuerpo.

Pero no conduce Heath, sino Rose.

Y hay alguien más con ella: una chica.

Bo me toma del brazo, impidiendo que me acerque más al bote mientras Rose amarra con dificultad una de las cuerdas alrededor de una cornamusa del muelle. Él reconoce a la chica antes que yo. Es Gigi Kline.

—¿Rose? —la llamo. Y ella nota nuestra presencia por primera vez.

—No tenía otro lugar a dónde ir —exclama frenéticamente cuando sus ojos se encuentran con los míos. Se la ve asustada, en estado de shock, y su cabello rojo y ondulado está totalmente despeinado, como una persona que acaba de escapar de un manicomio.

—¿Qué hiciste? —pregunto.

—Tenía que ayudarla. Y no podía esconderla en el pueblo, la encontrarían. De modo que la traje aquí. Pensé que estaría segura. Podrías ocultarla en el faro o en la otra cabaña. No sé... entré en pánico. No sabía qué hacer. —Habla muy rápido y sus ojos no dejan de moverse entre Gigi y yo.

—¿Liberaste a Gigi del depósito? —pregunta Bo.

Gigi está sentada en el bote, silenciosa, sumisa, inocentemente. Su fachada está muy bien estudiada y realiza movimientos lentos y medidos. Cada parpadeo parece ensayado.

—Yo… tenía que hacerlo.

—No, no tenías que hacerlo —exclamo abruptamente—. Fue una muy mala idea.

—No podía permitir que ellos la tuvieran encerrada de esa manera. ¡Era una crueldad! Y podrían hacerle lo mismo a cualquier otra con la misma facilidad. A mí… a nosotras.

—Y es lo que probablemente harán cuando descubran que te la llevaste.

—Penny, por favor —suplica, bajando del bote, las manos levantadas en el aire—. Tienes que ayudarla.

No me había dado cuenta de que el encarcelamiento de Gigi molestara tan profundamente a Rose, lo suficiente como para que la liberara y la trajera hasta aquí. Sé que fueron amigas alguna vez, hace años, pero nunca imaginé que haría algo así. No pudo soportar ver a alguien que antes había sido su amiga, atada y sufriendo. Convertida en un espectáculo cruel. Desde el comienzo, a Rose no le pareció bien. Y no puedo criticarla por eso.

—Esto es peligroso, Rose. No deberías haberla liberado. —Hago contacto visual con Gigi y con Aurora, que está escondida dentro de ella: mirando como un animal que espera hasta que ya está seguro de que puede salir de su escondite. No tuvo que hechizar a Davis ni a Lon para que la salvaran, Rose lo hizo de bondadosa que es. Pero liberó a un monstruo y ni siquiera se da cuenta.

—Tal vez sea mejor que esté aquí —me susurra Bo para que Rose y Gigi no puedan escuchar.

Siento que mis cejas se fruncen por el desconcierto.

—¿A qué te refieres?

—Podemos vigilarla, encerrarla, asegurarnos de que no mate a nadie más.

Yo sé por qué quiere hacer esto: quiere preguntarle a Gigi acerca de su hermano. Y si decide que fue Aurora —escondida dentro de Gigi— quien mató a su hermano, ¿después qué? ¿Intentará matarla? Esto es un error, puedo sentirlo, pero Bo y Rose me están mirando fijamente, esperando que decida qué debemos hacer.

No puedo creer que estemos en esta situación.

—Muy bien. Sáquenla del bote. La llevaremos a la Cabaña del viejo pescador y luego decidiremos qué hacer a continuación.

A veces, pienso que esta isla es un imán para las cosas malas, el centro de todas ellas. Como un agujero negro que nos atrae hacia un destino que no podemos evitar. Y otras veces pienso que es lo único que me mantiene cuerda, lo único que me resulta familiar.

O tal vez sea yo el agujero negro. Y todos los que me rodean no pueden impedir que los devore, los ahogue y los atrape en mi órbita. Pero también sé que no hay nada que pueda hacer para cambiarlo. La isla y yo somos la misma cosa.

Los guío hacia la Cabaña del viejo pescador, Rose va detrás de mí, luego Gigi, y Bo cierra la marcha. Quiere asegurarse de que Gigi no escape.

La puerta no tiene cerrojo y el interior es más oscuro, más húmedo y más frío que la cabaña de Bo. Enciendo un interruptor de luz, pero no sucede nada. Cruzo la sala, amueblada con una sola mecedora de madera y un puf con un tapizado color borgoña que no va con nada de lo que hay en la habitación. Encuentro una lámpara de piso, me arrodillo para enchufarla y se enciende de inmediato.

Pero la luz no ayuda mucho para embellecer el aspecto de la cabaña.

—Es algo temporario —le asegura Rose a Gigi. Pero no sé bien qué piensa Rose que sucederá para cambiar las circunstancias actuales. Secuestrar a Gigi del depósito de botes solo logrará que Davis y Lon se vuelvan más desconfiados. Supondrán que una de las hermanas Swan la ayudó a escapar y ahora la estarán buscando. Y es probable que Rose y yo seamos las primeras sospechosas, ya que nos encontraron a ambas fisgoneando por el depósito… y ahora sé por qué Rose estuvo ahí. Venía planeando esto desde el principio.

—Te traeremos leña para la chimenea —le digo a Gigi, pero sus ojos no se levantan del suelo. Mira fijamente una esquina de la alfombra de la sala, los bordes raídos: es probable que estén masticados por ratones.

—Y te conseguiré ropa limpia —ofrece Rose examinando la camisa y los jeans manchados de Gigi.

Jalo de las dos únicas ventanas de la cabaña, para ver si se deslizan hacia arriba, pero ni siquiera se mueven: ambas están atascadas por el óxido. Esta cabaña es mucho más vieja que la de Bo. Y es probable que estas ventanas no se hayan abierto en veinte años. Me dirijo a la puerta, pues no quiero estar en la misma habitación con Gigi más tiempo del necesario.

—Aquí estás más segura. —Oigo que la tranquiliza Rose, y Bo cruza la puerta echándome una mirada de soslayo. Ambos sabemos quién es ella realmente y me doy cuenta de que Bo está ansiando interrogarla.

—¿Puedo comer algo? —pregunta Gigi.

Rose asiente.

—Por supuesto. También te traeremos comida. —No tiene idea de a quién acaba de invitar a la isla—. Trata de descansar, estoy segura de que estás agotada.

Una vez que Rose cruzó el umbral, cierro la puerta y Bo trae una tabla de madera arqueada, que estaba apilada en la parte de atrás de la cabaña. La pone debajo de la manija para trabarla.

—¿Qué estás haciendo? —pregunta Rose acercándose para agarrar la tabla—. No es una prisionera.

—Si quieres que la esconda aquí, entonces así es como tiene que ser —explico.

—No pensarás en serio que ella hizo algo malo, que es una de ellas, ¿no? —Rose podrá no creer en las hermanas Swan, pero sabe que yo sí.

—No tienes ninguna razón para pensar que es inocente —señalo—. Así que, por el momento, se queda encerrada aquí. Al menos es mejor que el depósito de botes.

—No mucho —replica, pero se cruza de brazos y se aleja de la puerta, aceptando nuestras reglas a regañadientes.

—¿Heath sabe lo que hiciste?

Niega con la cabeza.

—No. Pero tomé prestado el bote de sus padres, así que es probable que tenga que explicarle dónde estuve.

—No puede contarle nada de esto a nadie.

—No lo hará.

—¿Y nadie te vio sacarla de allí? —pregunta Bo.

—Estaba oscuro y Lon estaba completamente desmayado. Es probable que todavía no haya descubierto que se fue.

Una vez más, tengo la sensación de que se trata de una idea horrible. Ni siquiera estoy segura de si estamos escondiendo a Gigi de Lon y Davis o si la tenemos prisionera igual que ellos. De cualquier forma, tengo la completa certeza de que todo esto acabará catastróficamente.

—Ten cuidado en el pueblo.

—Lo tendré. —Y hunde las manos en los bolsillos del abrigo, como si estuviera combatiendo un repentino escalofrío—. Gracias —agrega, justo antes de echar a andar por la pasarela hacia el muelle.

Una vez que está fuera de vista, Bo y yo nos miramos.

—¿Y ahora qué? —pregunta.

De vuelta en casa, preparo dos emparedados de mantequilla de maní y mermelada para Gigi, los envuelvo en papel de aluminio y luego tomo una manta del armario del vestíbulo.

Cuando llego a la puerta de la Cabaña del viejo pescador, la tabla ya no está y la puerta se halla ligeramente entreabierta. Al principio, mi corazón salta por el pánico (Gigi logró salir), pero luego escucho la voz de Bo en el interior. Él fue a juntar leños para encender el fuego en la cabaña de Gigi mientras yo fui a preparar algo para comer, y regresó antes que yo.

Me detengo y escucho el chisporroteo de las llamas en la chimenea.

—Yo sé quién eres —oigo decir a Bo.

—¿En serio? —pregunta Gigi, su voz más lejana, tal vez del otro lado de la sala, sentada en la única silla. Toco la manija con los dedos y luego me detengo. Tal vez le deba eso: la oportunidad de interrogarla acerca de su hermano. De modo que espero antes de entrar.

—Tú no eres Gigi Kline —comenta fríamente, la voz medida y precisa—. Eres otra cosa.

—¿Y quién te dijo eso? ¿Tu novia Penny?

Se me hace un nudo en la garganta.

—¿Tú mataste a mi hermano?

—¿A tu hermano? —Su voz cambia, baja una octava que ya no es de Gigi sino de Aurora—. ¿Esperas que me acuerde de tu hermano, un chico de los miles que se enamoraron de mí? —lo pregunta riendo, como si enamorarse fuera el primer paso hacia la muerte.

—Fue el verano pasado. El once de junio —intenta, esperando que esto refresque su memoria. Pero aun cuando realmente lo recordara, nunca lo confesaría. No a él.

—No me dice nada.

Escucho pisadas que se mueven alrededor de la sala: Bo. Y ahora su voz está más lejos.

—¿Ahogaste a alguien el once de junio?

—Hmm, déjame ver. —Su tono se eleva un poco, como si estuviera pasando de la voz de Gigi a la de Aurora, jugando un juego con Bo, que él perderá—. Nop —concluye finalmente—. Estoy casi segura de que descansé ese día. Una se cansa cuando hay tantos chicos adulándola. —Me sorprende que sea tan franca con él, aun cuando sus respuestas estén cubiertas por un halo de falsedad. Debe darse cuenta de que él no se cree su actuación. Él ve a través de Gigi Kline, aun cuando no pueda realmente *ver* lo que hay dentro de ella.

—Puedo obligarte a hablar —señala Bo, la voz como un clavo de acero entrando en la madera. Entonces, empujo la puerta, incapaz de quedarme callada más tiempo. Gigi no está sentada, como pensé, está de pie en la pared más lejana, junto a una de las ventanas, apoyada contra ella como si estuviera mirando el mar a la espera de un barco que llegará al puerto a rescatarla. Y Bo está a menos de un metro, los hombros hacia atrás, las manos flexionadas a los costados como si estuviera a punto de extenderlas hacia adelante y rodearle la garganta.

—Bo —susurro.

No se da vuelta enseguida. La observa fijamente, como si fuera a percibir un destello de su hermano en sus ojos… del momento justo antes de que lo mataran. Gigi levanta una mano, sonriendo ligeramente.

—Pobre chico —murmura en su tono más suave y altivo—. No puedo ayudarte a encontrar a tu hermano… pero *sí* puedo mostrarte exactamente lo que sintió. —Sus dedos se alzan hacia el rostro de Bo, sus ojos se clavan en los de él—. No te dolerá, te lo prometo. De hecho, me suplicarás que continúe. —Las yemas de sus dedos están a pocos centímetros de Bo, a punto de tocarle el pómulo—. Puedo mostrarte cosas que Penny, tu novia, no puede. Ella tiene mucho miedo de amarte de verdad.

Y justo cuando la mano de Gigi está a punto de tocarle la mandíbula, Bo le sujeta la muñeca y retuerce los dedos alrededor de la piel de ella. Gigi hace una ligera mueca de dolor y luego él aparta el brazo con fuerza, que cae al costado de su cuerpo.

Las cejas de Gigi se alzan al mismo tiempo y me echa una mirada a través de la sala, como si quisiera asegurarse de que yo hubiera visto lo cerca que estuvo de apoderarse de él.

—Me gustan los que se hacen los difíciles —comenta con un guiño.

Arrojo la manta y los dos emparedados sobre la pequeña cocina con un golpe seco y volteo hacia la puerta. Y Bo está súbitamente justo detrás de mí.

—Si me extrañas, Bo —agrega con tono seductor y una sonrisa burlona mientras nos ve marchar—, ya sabes dónde encontrarme. —Pero él cierra la puerta con fuerza y coloca la tabla otra vez en su lugar.

—Tenías razón —afirma—. Es una de ellas.

Bo y yo recorremos el perímetro de la isla como si estuviéramos inspeccionándola, centinelas de servicio, examinando la costa en busca de merodeadores, como si las hermanas Swan fueran a llegar nadando hasta la orilla de a miles y apoderarse de nuestra islita. Estoy inquieta, nerviosa, segura de que nada de esto terminará bien.

Gigi Kline está encerrada en la cabaña. La gente comenzará a buscarla. Davis y Lon la quieren ver muerta; la policía de Sparrow está tratando de localizarla y devolverla a sus padres. Y, por alguna extraña razón, nosotros estamos justo en el medio de todo.

Todavía no estoy completamente segura de qué haremos con ella.

—¿Quieres venir a cenar a la casa? —le pregunto a Bo cuando el sol comienza a caer. Hemos pasado la mayor parte del tiempo solos en esta cabaña, y nunca en la casa principal.

Se levanta la gorra para pasarse la mano por el pelo antes de calzársela nuevamente, esta vez más abajo, de modo que es difícil ver sus ojos.

—¿Y qué dirá tu mamá?

—No le importará. Y en realidad no fue un pedido sino una orden. No te voy a dejar solo; podrías decidir ir a nadar otra vez —lo digo con una amplia sonrisa, a pesar de que no es gracioso. Él se ríe burlonamente mientras echa una mirada hacia la Cabaña del viejo pescador, donde Gigi está encerrada. La tabla de madera continúa en su lugar.

—De acuerdo —responde.

Caliento una lata de sopa de jitomate y hago dos emparedados calientes de queso: una comida sencilla. De todas maneras, no hay muchas más opciones. Tengo que ir al pueblo a buscar provisiones… tarde o temprano. Pero no estoy apresurada por abandonar la isla.

Comemos rápidamente y luego Bo sube la escalera detrás de mí. Cuando llegamos a mi dormitorio, escucho el ruido del ventilador al final del pasillo. Mamá ya está en la cama.

—¿Crees que tu madre sabe que estoy aquí? —pregunta una vez que estamos dentro de la habitación.

—Lo sabe. Ella percibe cuando hay alguien en la casa o en la isla.

—¿Y qué pasa con Gigi?

—Estoy segura de que también sabe que ella está aquí, pero no dirá nada. Hace un par de años que no habla con nadie de afuera de la isla. No creo que pudiera reunir la fuerza necesaria como para llamar a la policía por una chica desaparecida, aun cuando quisiera hacerlo.

—¿Está así por tu papá?

Asiento ligeramente y luego me siento en el borde de la cama mientras él se instala en el sillón con almohadones junto a la ventana.

—Después de que desapareció hace tres años, es como si hubiera enloquecido.

Bo asiente con expresión comprensiva.

—Lo siento.

Ha comenzado a caer una leve llovizna, que rocía el vidrio y repiquetea contra el techo. Es como un coro que suaviza los aleros y los bordes puntiagudos de la vieja casa.

—Al parecer, el amor es la peor forma de locura.

Me acerco a la ventana y apoyo la palma contra el vidrio. Puedo sentir la frescura de la lluvia del otro lado.

—¿Has estado enamorada antes? —se anima a preguntar Bo.

Observo sus ojos rasgados y somnolientos.

—Una vez —confieso, las dos palabras brotan súbitamente. Es algo de lo cual no me agrada hablar… con nadie.

—¿Y?

—No duró. Por circunstancias que no podíamos controlar.

—Pero ¿todavía piensas en él?

—Solo a veces.

—¿Tienes miedo?

—¿De qué?

—De volver a enamorarte. —Sus manos están apoyadas en los brazos del sillón, relajadas, pero su mirada parece mucho más intensa.

—No. —Trago los latidos de mi corazón que trepan por mi garganta. ¿Puede ver lo que estoy pensando, lo que estoy sintiendo? ¿Que mi corazón parece estar dentro de mi estómago, que mi mente casi no puede pensar en nada que no sea él? ¿Que cuando estamos juntos, prácticamente creo que nada más importa? ¿Que tal vez él podría salvarme a mí y yo podría salvarlo a él?—. Solía temer que ya no volvería a tener otra oportunidad de enamorarme.

Se levanta del sillón y camina hacia la ventana, apoya el hombro contra el marco de madera, su rostro es una línea dura desde la mandíbula hasta la sien.

—¿Cómo supiste que estabas enamorada?

Ante su pregunta, siento un hormigueo en las yemas de los dedos: necesito tocar su rostro, mostrarle el sentimiento que explota en mi interior.

—Era como hundirse —murmuro. Sé que puede parecer una manera extraña de describirlo, considerando la muerte imperante en este pueblo, pero es lo que me sale—. Como si estuvieras ahogándote pero no importara, porque ya no necesitas aire, solo necesitas a la otra persona.

Sus ojos echan un vistazo a los míos, inspeccionándolos, mirando para ver si me estoy ahogando. Y es así. El reloj que está al lado de mi cama marca los segundos; la lluvia marca el compás.

—Penny —dice suavemente, la mirada inclinada sobre mí—. Yo no vine a aquí, a este pueblo, esperando que pasara nada de esto. —Baja los ojos al suelo y luego los alza otra vez hacia mí—. Si no te hubiera conocido, probablemente habría sido más fácil, menos complicado. Quizá me hubiera marchado hace varios días. —Frunzo el ceño y él se aclara la garganta. Sus palabras se hacen pedazos y luego se vuelven a formar. Esto es difícil para él—. Pero ahora sé. —Exhala una bocanada de aire mientras sus ojos me atraviesan, intensos y decididos—. No me marcharé de aquí sin ti. Aunque implique tener que esperar. Esperaré. Esperaré en este desdichado lugar el tiempo que sea. Y si tú quieres que me quede, entonces me quedaré. Mierda, me quedaré aquí para siempre si tú me lo pides.

Sacude la cabeza y abre la boca como si fuera a continuar, pero no lo dejo. Avanzo precipitadamente hacia él y aprieto mis labios contra los suyos, apartando sus pensamientos, sus palabras. Es como un viento de verano que sopla muy lejos de aquí, como la absolución, como un chico de otra vida. Siento como si pudiéramos crear recuerdos que solo nos pertenecieran a nosotros. Recuerdos que nada tuvieran que ver con este lugar. Una vida, tal vez. Una vida real.

Abro los ojos. Mis labios recorren los suyos. Me mira como si fuera una chica que vino con la marea, rara, rota y llena de cicatrices. Una chica encontrada en las aguas más turbulentas, en los confines más lejanos de un oscuro cuento de hadas. Me mira como si pudiera amarme.

—Tengo miedo —susurro.

—¿De qué?

—De permitirme amarte y que luego se me desgarren las entrañas cuando te pierda.

—No pienso ir a ningún lugar si no es contigo.

Es fácil hacer promesas, pienso, pero no lo digo. Porque sé que él cree en sus palabras. Cree que lo que sentimos en este momento nos salvará al final. Pero yo sé... *yo sé*. Los finales nunca son tan simples.

Me reclino contra la pared. Su mano todavía está en mi antebrazo, y no me suelta.

—¿Cómo termina esto? —pregunta, como si sus pensamientos siguieran a los míos—. ¿Qué sucederá en el solsticio de verano?

Los recuerdos caen en cascada dentro de mí, todos los años anteriores, los veranos llegando a su fin, los muertos dejados a su paso.

—Habrá una fiesta, igual que la de la playa. —Suelto mi brazo de su mano, estiro las mangas del suéter y cruzo los brazos, invadida repentinamente por el frío—. Antes de medianoche, las hermanas volverán a meterse en el agua, despojándose de los cuerpos que robaron.

—¿Y si no se meten en el mar? ¿Si Gigi permanece encerrada durante el solsticio?

Mis pulmones dejan de tomar aire. *Morirá. Quedará atrapada dentro del cuerpo de Gigi indefinidamente, presionada dentro de los recovecos más oscuros de su mente. Ella verá, oirá y será testigo de lo que sucede en el mundo, pero Gigi recuperará el control, ignorando que ahora hay una hermana Swan cautiva dentro de ella, enterrada en lo profundo de su ser. Un fantasma dentro de una chica. La peor existencia. Un castigo adecuado al tormento que causaron las hermanas.* Pero no le cuento esto a Bo. Porque no puedo estar segura de que sea verdad, ya que nunca antes sucedió. En el solsticio de verano, ninguna de las hermanas Swan permaneció dentro de un cuerpo más allá de la medianoche.

—No estoy segura —respondo sinceramente.

Los ojos de Bo se desviaron hacia la ventana, está reflexionando sobre algo.

—Tengo que matarla —afirma finalmente—. Aunque no haya matado a mi hermano, mató a otros. No merece vivir.

—Estarías matando también a Gigi.

—Lo sé, pero tú me contaste que el pueblo mató a otras jóvenes en el pasado, con la esperanza de detener a las hermanas, pero que siempre se equivocaron. —Sus ojos estudian a los míos—. Esta vez no nos habremos equivocado. Tú puedes verlas. Sabes quiénes son. Podemos averiguar dónde está la tercera y acabar con esto para siempre. Nadie más tiene que morir.

—Excepto tres chicas inocentes.

—Mejor que otros cien chicos. O doscientos. ¿Cuántos siglos más continuarán regresando a este pueblo antes de que alguien las detenga? En el pasado nunca las ubicaron porque no sabían con seguridad dentro de qué chicas se encontraban. Pero *nosotros* lo sabemos. Y hay una aquí mismo, encerrada. —Apunta hacia la ventana y su repentina urgencia me asusta. Nunca pensé que estaría tan seguro, que realmente quisiera hacerlo. Pero ahora está hablando como si pudiéramos salir en este mismo instante y terminar con su vida, basándonos en mi capacidad de ver lo que ella es en verdad.

—¿Y podrías dormir tranquilo después de eso? —pregunto—. ¿Sabiendo que mataste a tres personas?

—Mi hermano está muerto —responde fríamente—. Yo vine aquí para averiguar qué le sucedió, y lo hice. Ahora no puedo marcharme como si nada hubiera ocurrido. —Se quita la gorra de la cabeza y la arroja en el sillón—. Tengo que hacerlo, Penny.

—No tienes que hacerlo. —Me acerco más a él—. Al menos no ahora mismo… no esta noche. Tal vez podamos encontrar otra manera.

Larga una bocanada de aire y se apoya en el marco de la ventana.

—No existe otra manera.

Estiro la mano y le toco el brazo, obligándolo a mirarme.

—Por favor —pido, levantando el mentón hacia él. Huele a tierra; huele a desenfreno y a valentía, y sé que también podría resultar peligroso, pero cuando estoy tan cerca de él, no me importa nada—. Todavía nos quedan unos días antes del solsticio. Hay tiempo de pensar qué hacer. Todos esos libros que hay en tu cabaña: tal vez realmente exista una manera de detener a las hermanas sin matar a las chicas que tomaron. Tenemos que buscar; tenemos que intentarlo. —Mis dedos se deslizan hasta su mano, el calor de su piel me quema, me enciende, me marea.

—De acuerdo —responde, entrelazando sus dedos con los míos—. Buscaremos otra manera. Pero si no la encontramos…

—Lo sé —comento antes de que pueda terminar. *Matará a Gigi Kline para llegar hasta Aurora.* Pero no entiende completamente lo que eso significará: arrebatar una vida. Eso lo transformará. No es algo que pueda deshacer.

El sol logró hundirse en el mar en el lapso de tiempo que estuvimos en mi dormitorio, así que enciendo las lámparas que se encuentran a ambos lados de mi cama.

—Uno de los dos debería quedarse despierto para vigilar la cabaña, asegurarse de que ella no se escabulla —señala Bo.

Dudo de que intente escapar, pero de todas maneras asiento. En el pueblo, no tiene muchas posibilidades de permanecer en libertad.

Seguramente Lon y Davis la están buscando. Y me parece que ella sabe que aquí está más segura… escondida en la cabaña. Su error es pensar que la protegeremos de ellos. Especialmente con Rose de su lado. Cuando, en realidad, estamos tramando cómo terminar con su vida.

HERMANAS

La magia no siempre está compuesta por palabras, por calderos elaborando especias o gatos negros vagando por callejones oscuros. Algunas maldiciones se manifiestan a través del deseo o la injusticia.

Cuando vivía, Aurora Swan dejaba a veces astillas de vidrio roto o la cola de una rata en el umbral de una mujer que la odiaba, esperando que le acaeciera alguna enfermedad o que tropezara con una piedra suelta caminando por Ocean Avenue y se rompiera el cuello. Eran solamente pequeños presagios, embrujos comunes de aquella época para inclinar el destino a su favor. No era verdadera magia.

A menudo, podía encontrarse a Hazel Swan susurrando deseos ante una luna de sangre, sus labios tan raudos como un ruiseñor en vuelo. Ella encantaba a la luna, pidiendo deseos de aquello que anhelaba: un verdadero amor para borrar a todos los demás.

Marguerite era más directa en sus esfuerzos. Resbalaba los dedos por la garganta de sus amantes, les decía que le pertenecían y, si la rechazaban, se aseguraba de que nunca volvieran a amar a nadie más. Prometía venganza, sufrimiento y toda su ira si se atrevían a rechazarla. Se deslizaba por el pueblo como si estuviera hecha de la más fina seda de Francia, arrogante y despótica. Quería poder, y todos lo sabían.

Pero la soberbia desmedida de estas mujeres, tarde o temprano, las alcanzaría.

Las hermanas habrán podido comportarse de manera escandalosa, malvada y hechicera, pero nunca practicaron la magia de forma que justificase su deceso. No eran brujas, en sentido histórico, pero sí poseían una fuerza, algo que te atraía hacia ellas.

Se movían con comodidad y elegancia, como si fueran bailarinas de la Academia real de Danza de Francia; su cabello era de una tonalidad que oscilaba entre el caramelo y el carmín, dependiendo de la luz; y sus voces eran como el silbido de un zorzal, cada palabra un embeleso.

Nunca robaron el alma de recién nacidos ni lanzaron hechizos potentes para que las lluvias fueran interminables o los peces de la bahía inatrapables. Tampoco tenían la capacidad de lanzar un maleficio tan perdurable como el que ahora las unía.

Pero la magia no fue siempre tan lineal. Nació del odio, del amor, de la venganza.

15

A las dos en punto de la madrugada, mis párpados tiemblan y se abren. La habitación está oscura, a excepción de unos rayos angulares de luz de luna que entran por la ventana y se desparraman por el suelo. Las nubes de lluvia se han disipado y el cielo se ha abierto. Bo está despierto, sentado en el sillón, tamborileando los dedos lenta y rítmicamente en el apoyabrazos. Gira la cabeza cuando me siento en la cama.

—Deberías haberme despertado antes —comento medio dormida.

—Parecía que necesitabas dormir.

Con la ropa aún puesta, aparto las mantas y estiro los brazos.

—Tomaré el turno siguiente —anuncio. El suelo de madera está frío y cruje debajo del peso de mis pies—. Debes estar cansado.

Bosteza y se pone de pie. Nuestros hombros chocan al intentar movernos uno alrededor del otro, los dos adormilados. Y cuando se acerca a la cama, se desploma de espaldas, una mano en el pecho, la otra extendida al costado del cuerpo, y desliza la gorra sobre la cara. Estoy tentada de meterme en la cama a su lado, apoyar la cabeza en su hombro e ir quedándome dormida. Sería fácil entregarme a él, tanto en este momento como para siempre... dejar que los días transcurran rápidamente hasta que ya no queden más días que contar. Podría abandonar la isla con él sin mirar atrás. Y tal vez, posiblemente, podría ser feliz.

No toma mucho tiempo que las manos de Bo se relajen, su cabeza se incline ligeramente hacia la izquierda, y sé que está dormido. Pero no me instalo en el sillón. Camino hacia la puerta y la abro solo lo suficiente como para escabullirme hacia el pasillo. Desciendo las escaleras hasta la puerta en silencio.

Unas pocas nubes intermitentes pasan por debajo de la luna, que vuelve a asomar con todo su brillo. Un ballet de cielo claro mezclado con nubes bajas, bañado con luz de luna.

Intento moverme con rapidez, forcejeo para ponerme el impermeable y luego me pierdo precipitadamente en la noche, en dirección a la Cabaña del viejo pescador.

Necesito varios intentos hasta que logro desenganchar la tabla de debajo de la manija. Mis manos están mojadas; la tabla de madera está mojada. Y cuando la puerta se abre con un chirrido, la única luz de la cabaña proviene de la chimenea, al otro lado de la sala.

Huele a moho, a bolas de naftalina y un poco a vinagre. Y durante medio segundo siento pena por Gigi por estar encerrada en este lugar.

Se encuentra de pie, al otro lado de la sala, despierta, las palmas de las manos sobre el fuego para calentarse.

—Hola, Penny —saluda sin darse vuelta. Cierro la puerta y me sacudo el agua del impermeable—. Yo no maté a su hermano.

—Tal vez no —respondo—. Pero está decidido a averiguar quién lo hizo. —Instintivamente, quiero acercarme al fuego en busca de calor, pero no quiero estar más cerca de ella de lo que ya estoy. En el sofá, noto que continúa allí la manta doblada que le traje más temprano. No ha dormido nada.

—¿Viniste a invitarme a tu casa a tomar el té y darme una ducha? Una ducha no me vendría nada mal.

—No.

—Entonces, ¿por qué estás aquí? —Gira todo el ancho de sus hombros, el pelo rubio y lacio cae sucio y deshilachado como las cerdas de una escoba. Una vez más, reprimo la sensación de pena que me provoca. Parpadea y la silueta gris plateada de Aurora Swan debajo de su piel también parpadea. Son como dos chicas colocadas una sobre otra. Dos imágenes fotográficas muy mal reveladas, una flotando sobre la otra. Pero cuando Gigi se aleja de la chimenea, me resulta más difícil ver a Aurora dentro de ella; el contorno de su rostro se desvanece y se vuelve borroso. Podría llegar a convencerme a mí misma de que Aurora ya no está ahí y Gigi no es más que una chica normal.

—Tengo que hablar contigo.

—¿Sin tu novio? —pregunta, la comisura izquierda del labio se curva hacia arriba.

—Él quiere matarte… todo el pueblo quiere lo mismo.

—Siempre lo han querido. No es nada nuevo. —En un ángulo del cielorraso, detrás de ella, hay una telaraña, reseca en parte, con manchas oscuras, moscas y polillas, atrapadas en los restos pegajosos. Condenadas. Patas y alas aprisionadas. La araña hace mucho que murió, pero la tela sigue matando.

—Pero esta vez te atraparon regresando a nado hacia la costa después de haber ahogado a dos chicos. Están seguros de que eres una de ellas.

Junta las cejas, formando una línea que trepa por la frente.

—Y estoy segura de que tú no hiciste nada para alentar esa idea. —Está implicando que yo dije algo, que revelé que ella realmente es una de las hermanas Swan, pero solo se lo conté a Bo.

—¿No estás cansada de todo esto? —pregunto—. ¿De matar chicos año tras año? —Es lo que había querido decirle cuando la enfrenté en el depósito de botes, antes de que Lon me pescara hablando con ella.

Se muestra intrigada y ladea la cabeza hacia la izquierda.

—Lo dices como si pudiéramos elegir.

—¿Y qué pasaría si así fuera?

—No te olvides —responde secamente— que es por tu culpa que terminamos así.

Bajo los ojos al suelo. Motas de polvo se juntaron alrededor de las patas de la mesa de la cocina y contra las paredes.

Sonríe y luego desliza la lengua por el interior de la mejilla.

—Déjame adivinar, ¿te estás enamorando de ese chico? —Su boca vuelve a curvarse hacia arriba y sonríe satisfecha al haber tocado un tema que me pone incómoda—. ¿Y estás comenzando a pensar que tal vez exista una manera de conservar el cuerpo en el que estás, de ser humana para siempre? —Se aleja del fuego, sacando hacia afuera la mandíbula como si fuera a echarse a reír—. Eres una maldita ingenua, Hazel. Siempre lo has sido. Aun en aquellos tiempos, pensabas que este pueblo no nos mataría. Pensabas que podíamos salvarnos. Pero estabas equivocada.

—Basta —exclamo con labios temblorosos.

—Este no es tu pueblo y ese no es tu cuerpo. Estas personas nos odian; quieren matarnos otra vez, y tú estás fingiendo que eres una de ellas. —Alza el mentón como si intentara verme desde otro ángulo, espiar lo que hay dentro de mí—. Y ese chico… Bo. Él no te ama, él ama a la persona que piensa que eres: Penny Talbot, la chica cuyo cuerpo robaste. —Escupe las palabras de sus labios como si tuvieran un sabor nauseabundo—. Y ahora encerraste a tu propia hermana en esta repugnante cabaña. Nos traicionaste… a tu propia familia.

—Eres peligrosa —logro proferir.

—Y tú también —ríe—. Dime algo, ¿planeabas pasar toda la temporada sin ahogar a un solo chico? El solsticio ya está cerca.

—Eso ya se terminó para mí —exclamo—. Ya no quiero seguir matando. —A pesar de que el deseo me carcome, tironea mi alma: la necesidad en el fondo de mi garganta, siempre aguijoneándome la piel, recordándome para qué estoy aquí. Pero la resistí. Por momentos, casi la olvidé. Con Bo, el deseo de venganza se apaciguó. Me hizo creer que podía ser otra, distinta… no solo el monstruo en que me convertí.

—No puedes evitarlo, es lo que nosotras hacemos. —Retuerce un mechón de cabello rubio entre los dedos pulgar e índice, apretando los labios como haciendo trompita. El rostro de Aurora parece apretarse contra el interior del cráneo de Gigi, como si intentara encontrar más espacio, estirar un poquito el cuello dentro de los límites de su cuerpo. Conozco la sensación. A veces, yo también me siento encerrada dentro del cuerpo de Penny, aprisionada en el contorno de su piel.

—Hemos vivido así durante demasiado tiempo —señalo, con voz más fuerte, encontrándole sentido a las palabras—. Dos siglos torturando a este pueblo, ¿y de qué nos ha servido?

—¿Te enamoras de un chico, que ni siquiera es de aquí, y ahora repentinamente quieres proteger a este pueblo? —Cruza los brazos sobre el pecho. Todavía lleva la misma blusa blanca y sucia de cuando ahogó a los chicos—. Y, además, me agrada regresar. Me agrada hacer que los chicos se enamoren de mí, controlarlos… coleccionarlos como si fueran pequeños trofeos.

—Quieres decir que te agrada matarlos.

—Los hago míos y merezco conservarlos —espeta bruscamente—. No es mi culpa si son tan confiados e ingenuos. Los muchachos son débiles. Eran débiles hace dos siglos y todavía lo son.

—¿Cuándo será suficiente?

—Jamás. —Ladea la cabeza hacia el costado, chasqueando el cuello.

Lanzo una bocanada de aire. ¿Qué esperaba al venir aquí? Debería haberlo sabido: mis hermanas nunca se detendrán. Son iguales que el mar: destruyen barcos y vidas sin ningún remordimiento. Y continuarán matando por otros dos siglos si pueden hacerlo.

Me doy vuelta para marcharme.

—¿Aprendiste la lección, Hazel? —pregunta desde el otro lado de la sala—. Ya te traicionó una vez el chico que amabas; ¿qué te hace pensar que Bo no te traicionará también?

Reprimo la furia que bulle dentro de mí. Ella no sabe nada de lo que ocurrió antes… dos siglos atrás.

—Esto es distinto —respondo—. Bo es distinto.

—Lo dudo. Pero es *realmente* lindo —emite una sonrisa burlona—. Tal vez demasiado lindo para ti. Creo que debería ser mío.

—Mantente alejada de él —le advierto con un rugido.

Sus ojos son dos rayitas finitas que se clavan en mí.

—¿Qué es exactamente lo que planeas hacer con él?

—No lo mataré. —No lo haré meterse en el mar ni lo ahogaré. No quiero eso para Bo: una existencia oscura y acuosa, su alma atrapada en el puerto. Un prisionero moviéndose con la marea.

—Te das cuenta de que tendrás que dejarlo en pocos días. Y él se habrá enamorado de un fantasma y terminará con el cuerpo de esta chica, Penny, que no recordará nada —lanza una risa corta—. ¿No te parece graciosísimo? Estará enamorado de Penny y no de ti.

La sensación de náusea comienza a brotar en mis tripas.

—Él me ama a mí… no a este cuerpo. —Pero las palabras suenan débiles y entrecortadas.

—Por supuesto —exclama, y pone los ojos en blanco: algo tan característico de Gigi. No podemos evitar el adoptar las particularidades de los cuerpos que habitamos. Como yo adopté los rasgos de Penny Talbot: todos sus recuerdos se encuentran dormidos en mi mente, esperando ser arrancados como una flor de la tierra. Yo estoy representando el papel de Penny Talbot y lo hago bien. Tengo práctica.

Toco la manija.

—Lo que dije fue en serio —le advierto—. Mantente alejada de él o me aseguraré de que esos chicos del pueblo tengan la oportunidad de hacer exactamente lo que se mueren por hacer: matarte.

Ríe por lo bajo, pero luego su mirada se vuelve seria mientras me observa cruzar la puerta y cerrarla de una patada.

Hazel Swan

Hazel caminaba raudamente por Ocean Avenue. Llevaba con cuidado entre las manos un paquete con una botellita de vidrio con perfume de mirra y agua de rosas. Iba a entregárselo a la señora Campbell en Alder Hill.

Había bajado la mirada hacia el paquete, envuelto diestramente en papel marrón, cuando chocó contra el hombro duro de alguien que se encontraba en la acera. El paquete se le escapó de los dedos y se rompió contra el empedrado de la calle. El aroma de la mirra y del agua de rosas se evaporó rápidamente en el húmedo aire marino.

Owen Clement se arrodilló para juntar los restos del paquete y Hazel hizo lo mismo, el brazo de ella rozó el de él, sus dedos se tocaron y se empaparon de perfume.

A diferencia de sus hermanas, Hazel siempre había evitado el cariño ferviente de los hombres. De modo que no estaba preparada para el deseo que se enroscó dentro de ella al conocer a Owen Clement, el hijo del primer guardafaro que vivió en Lumiere Island. Era francés como su padre, y las palabras rodaban de su lengua como una brisa alegre.

Por las noches, Hazel comenzó a cruzar el puerto en secreto hasta llegar a la isla: las manos apretadas contra la piel y enredadas en el cabello del otro; los cuerpos formando uno solo; despertándose cada mañana en el ático, arriba del granero que se levantaba cerca de la casa principal, el aire oliendo a heno y a sudor. Las gallinas cacareaban abajo en el gallinero. Y por las noches, solo con la luna para revelar sus rostros, recorrían la única hilera de manzanos jóvenes que el padre de Owen había plantado esa primavera. Todavía pasarían varios años más para poder cosechar las manzanas. Pero la promesa de la fruta madura que brotaría de ellos se podía sentir intensamente en el aire.

Juntos exploraron la costa rocosa; dejaron que el agua mojara sus pies. Imaginaron una nueva vida juntos, más al sur. California, tal vez. Arrojaron piedras lisas al agua y pidieron deseos imposibles.

Pero el padre de Owen desconfiaba de las hermanas Swan, de quienes se rumoreaba que eran brujas —mujeres seductoras que atraían a los muchachos a su cama solo por diversión—, y cuando una mañana descubrió a su hijo y a Hazel abrazados en el ático, juró que se encargaría de que no volvieran a verse nunca más.

Fue el padre de Owen quién montó una especie de inquisición para juzgar a las tres hermanas. Fue el padre de Owen quien ató las piedras alrededor de los tobillos que las hundieron al fondo del puerto. Fue el padre de Owen el responsable de sus muertes.

Y año tras año, verano tras verano, Hazel se siente atraída nuevamente a Lumiere Island y vuelve a recordar al chico que amó allí, el chico con quien forjó promesas y a quien perdió dos siglos atrás.

16

Bo continúa durmiendo en la cama cuando llego a la habitación. El cielo se oscureció durante el camino de regreso, la lluvia azota nuevamente la isla.

Su pecho se expande con cada respiración; sus labios se abren. Lo observo y deseo poder contarle la verdad sin destrozar todo. Sin destrozarlo a él. Pero él piensa que soy otra persona. Cuando me mira, ve a Penny Talbot y no a Hazel Swan. Yo llevé la mentira conmigo a todos lados como si fuera la verdad, fingí que este cuerpo podía ser mío y que, si creía en ello con la fuerza suficiente, no tendría que regresar al mar a fines de junio. Tal vez este sentimiento que florece dentro de mi pecho me salve; tal vez la forma en que Bo me mira me torne real y completa. Y no la joven que se ahogó dos siglos atrás.

Pero la risa de Gigi suena en mis oídos. «Es lo que nosotras hacemos». Somos asesinas. Nuestra venganza nunca se verá saciada y nunca podré tener realmente a Bo. Estoy encerrada en el cuerpo de otra chica. Vengo repitiendo el mismo ciclo interminable un verano tras otro. No soy yo.

Ya casi no sé quién soy.

Voy hasta la cómoda blanca que está apoyada contra la pared opuesta y deslizo un dedo por la superficie. Una colección de objetos se halla desparramada como fragmentos de una historia: un perfume de vainilla que alguna vez perteneció a la mamá de Penny, un plato con caracolas y piedras de la playa, sus libros favoritos de John Steinbeck, Herman Melville y Neil Gaiman. Su pasado permanece desprotegido y a la vista de todos, fácilmente robable. Puedo adueñarme de todas estas cosas. Puedo adueñarme de su vida. Esta casa, este dormitorio… incluyendo al chico que duerme en su cama.

Hay una fotografía metida en el ángulo inferior del espejo de arriba de la cómoda. La tomo. Es la imagen de una mujer flotando en un tanque de agua, una falsa cola de sirena atada a la cintura oculta sus piernas. Hay hombres reunidos alrededor del tanque, mirándola fijamente mientras ella contiene la respiración, la expresión suave y relajada. Es una mentira. Un invento utilizado para vender entradas en ferias ambulantes.

Yo soy ella. Una mentira. Pero cuando la feria cierra por las noches, se apagan las luces y se vacía el tanque, no puedo quitarme la aleta de sirena, hecha de tela. No puedo tener una vida normal, fuera de la ilusión. Siempre seré otra persona.

El engaño ha durado doscientos años.

Vuelvo a colocar la foto en el borde del espejo y me froto los ojos con las manos. ¿Cómo me convertí en esto? En un espectáculo. Una atracción de feria. Yo no quería nada de esto: esta vida prolongada y artificial.

Largo una bocanada de aire, conteniendo las lágrimas para que no salgan a la superficie, y volteo hacia Bo, que todavía está dormido.

Se retuerce en la cama y luego abre los ojos, como si sintiera que lo observo en sus sueños. Desvío la mirada hacia la ventana.

—¿Te encuentras bien? —Se endereza y apoya las manos en mi colchón.

—Sí, estoy bien. —Pero no lo estoy. Esta culpa me está enterrando viva. Me estoy ahogando, sofocando, tragando bocados enteros de cada dura mentira.

—¿Saliste?

Me toco el cabello, mojado por la lluvia.

—Solo un minuto.

—¿A la cabaña de Gigi?

Meneo la cabeza y meto los labios hacia dentro para ocultar la verdad.

—Necesitaba un poco de aire fresco.

Me cree. O tal vez finge creerme.

—Me quedaré despierto un ratito para que puedas dormir —señala. Estoy por decirle que no, pero después me doy cuenta de lo agotada que me encuentro, de modo que me meto en la cama y flexiono las rodillas contra el pecho.

Pero no puedo dormir. Bo se acerca a la ventana y observa un mundo al que yo no pertenezco.

Pronto saldrá el sol. El cielo será nuevo, será otro. Y tal vez yo también seré otra.

Tres días avanzan rápidamente como en un torbellino. Rose viene a la isla para ver cómo está Gigi: su prisionera liberada. Trae pasteles olvidadizos de la tienda de su madre: de arándanos y moca, y de caramelo con sal marina y pistachos molidos.

Nos cuenta que Davis y Lon están buscando a Gigi, que están preocupados de que puedan meterse en problemas si ella va a la policía y los denuncia por mantenerla encerrada en el depósito de botes. Nadie parece sospechar que pueda estar en Lumiere Island, encarcelada secretamente en una de las cabañas.

Bo esparce libros en el suelo de la cabaña todas las noches mientras arde el fuego, los ojos vidriosos y cansados de leer hasta muy tarde en la noche. Está buscando una forma de matar a las hermanas Swan y salvar a los cuerpos que ellas habitan: un esfuerzo inútil. Yo sé cosas que él no sabe. Y yo, secretamente, espero hallar una manera de conservar este cuerpo para siempre.

Yo también leo los libros, hecha un ovillo en el viejo sofá mientras el viento hace repiquetear las ventanas de la cabaña. Pero estoy buscando otra cosa: una forma de permanecer, de existir indefinidamente encima del mar... de vivir. Existen leyendas de sirenas que se enamoran de marineros y su entrega les garantiza una forma humana. Leo las historias irlandesas de las *selkies* que mudan su piel de foca al casarse con un humano y permanecen en la tierra para siempre.

¿Tal vez eso sea suficiente: enamorarse? Si el amor puede unir algo, ¿también puede deshacerlo?

En la víspera del solsticio de verano, Bo se queda dormido junto al fuego, un libro abierto en el pecho. Pero yo no puedo dormir. De modo que salgo de la cabaña y deambulo sola por el huerto.

Desde la hilera de árboles, apenas logro distinguir a mamá —a la mamá de Penny— en el borde del acantilado, la sombra de una mujer esperando a un esposo que no regresará. Al verla allá afuera, sola, el corazón partido en dos por la pena, yo podría fácilmente dejar salir a la superficie el dolor sepultado dentro de este cuerpo. No solo hay recuerdos guardados en los cuerpos que tomamos, sino también emociones. Puedo sentirlas, descansando amplia y profundamente en el pecho de Penny. Si observo con detenimiento, si miro dentro de esa oscuridad, puedo sentir la enorme tristeza de perder a su padre. Los ojos se me llenarán de lágrimas, un dolor retorcerá mi corazón, una añoranza tan vasta que podría devorarme. Por lo tanto, las mantengo tapadas. No me dejo abrumar por esa parte del cuerpo en el que habito. Pero mis hermanas siempre fueron mejores que yo para eso. Ellas pueden ignorar todas las emociones anteriores que hayan dominado al cuerpo, mientras que yo tiendo a sentir la tristeza y el dolor que se deslizan con sigilo por mis venas y trepan hasta mi garganta, tratando de asfixiarme.

Me detengo ante el roble, en el centro del bosquecillo: el árbol fantasma, las hojas temblando en el viento. Apoyo la palma de la mano contra el corazón tallado en el tronco. Alzo la vista entre las ramas, y un escenario de estrellas titila ante mí. Recuerdo, muchos años atrás, la noche en que estaba acostada debajo de este árbol con el chico que una vez amé: Owen Clement. Él tenía un cuchillo en la mano y dibujó el corazón para señalar nuestro lugar en el mundo. Nuestros corazones unidos, la eternidad fluyendo por nuestras venas. Fue la misma noche en que me pidió que me casara con él. No tenía anillo ni dinero ni nada que ofrecerme excepto a sí mismo. Pero le dije que sí.

Una semana después, mis hermanas y yo morimos ahogadas en el puerto.

La inquisición

Una ráfaga de viento entró por la puerta de la perfumería, esparciendo hojas secas por el suelo de madera.

Había cuatro hombres en la entrada de la tienda, las botas embarradas y las manos mugrientas. Olían a pescado y a tabaco. Contra las paredes impecablemente blancas y el aire teñido de una delicada mezcla de perfumes, su presencia resultó inquietante.

Hazel observó sus botas mugrientas y no sus rostros, pensando únicamente en el agua y el jabón que necesitaría para fregar el suelo hasta dejarlo limpio una vez que se hubieran marchado. No percibió la intención de los hombres ni que nunca más volvería a la perfumería.

Los hombres las sujetaron de los brazos y las arrastraron fuera de la tienda.

Estaban arrestando a las hermanas Swan.

Las llevaron por Ocean Avenue a la vista de todos mientras pesadas gotas de lluvia caían del cielo, el lodo de la calle les manchaba los bordes de sus vestidos y los habitantes del pueblo se detenían a mirarlas boquiabiertos. Algunos las siguieron todo el trayecto hasta el pequeño edificio del ayuntamiento, que se utilizaba para las reuniones del pueblo, un lugar de encuentro durante las fuertes tormentas y, en ocasiones pero muy raramente, también para conflictos legales. Una riña por una cabra perdida, disputas por el fondeadero o los límites de las propiedades entre vecinos.

Nunca antes había entrado al edificio una mujer acusada de brujería, y mucho menos, tres.

Un grupo de concejales y de ancianos del pueblo ya estaban reunidos esperando la llegada de las hermanas Swan. Marguerite, Aurora y Hazel fueron llevadas ante ellos y las hicieron sentar en tres sillas de madera al frente de la sala, las manos atadas en lá espalda.

Un pájaro aleteó entre las vigas del techo, un pinzón amarillo, atrapado igual que las hermanas.

Las mujeres de Sparrow se presentaron raudamente y comenzaron a señalar con el dedo a Marguerite y, ocasionalmente, a Aurora, contando escabrosas historias de sus fechorías, de sus infidelidades con los esposos, hermanos e hijos de este pueblo. Y que ninguna mujer podía ser tan encantadora por naturaleza: tenía que ser brujería lo que volvía a las hermanas Swan tan irresistibles para los pobres y reticentes hombres del pueblo. Ellos no eran más que víctimas de la magia negra de las hermanas.

«Brujas», susurraban.

A las hermanas no se les permitió hablar, a pesar de que Aurora intentó hacerlo más de una vez. No se podía confiar en sus palabras. Con mucha facilidad, podrían dejar escapar de sus labios hechizos que embrujaran a los que estaban en la sala y luego utilizar su poder para exigir que las liberaran. Debían estar agradecidas, afirmó uno de los concejales, de que no las hubieran amordazado.

Pero había otra voz: uno de los mayores, un hombre ciego de un ojo, al que solía vérselo a menudo en el muelle, la mirada perdida hacia el Pacífico, añorando los días que pasó en el mar. Su voz se elevó por encima de las demás:

—¡Pruebas! —gritó—. ¡Necesitamos pruebas!

Esta exigencia obligó a hacer silencio a toda la sala, desbordada de público. Afuera, una multitud se apretaba contra las puertas, esforzándose por escuchar el primer juicio por brujería de Sparrow.

—Yo vi la marca de Marguerite —gritó un hombre desde el fondo de la sala—. En el muslo izquierdo, tiene una mancha de nacimiento con la forma de un cuervo. —Ese hombre, que se había envalentonado a hablar ante la insistencia de su esposa, había compartido una cama con Marguerite unos meses antes. Los ojos de la hermana mayor se abrieron desmesuradamente y la furia bulló en ellos. Era cierto que tenía una marca de nacimiento, pero decir que tenía la forma de un cuervo era el resultado de una ingeniosa imaginación. La marca era más bien una mancha amorfa, pero no sirvió de nada; una marca de cualquier tipo se consideraba como el sello de una bruja: la prueba de que pertenecía a un aquelarre. Y Marguerite no podía borrar aquello con lo cual había nacido.

—¿Y las otras dos? —exclamó el anciano medio ciego.

—Aurora —dijo una voz mucho más calma, un muchacho de tan solo dieciocho años—. Tiene una marca en el hombro. Yo la he visto. —Y él realmente había visto, como había afirmado, la colección de pecas del hombro derecho. Los labios del joven se habían apretado contra su piel durante varias noches, recorriendo las pecas que estaban desparramadas por la mayor parte del cuerpo de Aurora. Su piel era como una galaxia salpicada de estrellas.

La mirada de Aurora se encontró con la del muchacho y pudo ver el evidente miedo que había en sus ojos. Creía que Aurora era en verdad una bruja, como afirmaba el pueblo, y quizás ella había usado magia negra con él, haciendo que su corazón se acelerara cada vez que ella estaba cerca.

—Dos hombres honorables han dado su testimonio y ofrecido pruebas de la culpabilidad de dos de las acusadas que se encuentran frente a nosotros —exclamó uno de los concejales—. ¿Y qué pasa con la última hermana? ¿Hazel Swan? Alguien debió haber divisado la imagen de un aquelarre en su piel de hechicera.

Un revuelo de susurros se extendió por la sala y resonó contra el techo inclinado, voces que intentaban discernir cuál de ellos podría haberse visto atrapado por Hazel, engañado y atraído involuntariamente a su cama.

—Mi hijo les contará. —La profunda voz de un hombre emergió entre el parloteo.

El padre de Owen apareció en el fondo del juzgado, y caminando detrás de él, con la cabeza baja, estaba Owen.

—Mi hijo estuvo con ella. Él ha visto las marcas que ella esconde.

El aire del interior de la sala se condensó, las paredes húmedas se endurecieron. El pinzón amarillo atrapado entre las vigas del techo se quedó callado. Ni siquiera crujieron las maderas del piso mientras el padre de Owen llevaba a su hijo hasta el frente del tribunal. Parecía que Hazel Swan se iba a desmayar, el color desapareció por completo de su piel. No por temor a lo que le sucedería a ella, sino a Owen.

—¡Cuéntales! —rugió su padre.

Owen permaneció quieto, el rostro de piedra, los ojos clavados en Hazel. Se negaba a hablar.

El padre fue derecho hacia donde estaban sentadas las hermanas, una al lado de la otra, las manos atadas por una cuerda. Sacó un gran cuchillo de la funda que tenía en la cintura y lo colocó en la garganta de Hazel, la hoja apoyada contra su piel de porcelana. Su respiración se detuvo; sus ojos temblaron pero no se apartaron de la mirada de Owen.

—¡No! —gritó el joven mientras se dirigía hacia Hazel. Dos hombres lo tomaron de los brazos y lo retuvieron en el lugar.

—Dinos lo que viste —ordenó su padre—. Háblanos de las marcas que cubren el cuerpo de esta muchacha.

—No hay marcas —exclamó Owen.

—El hechizo que te ha lanzado te ha vuelto débil. Ahora habla, o le cortaré la garganta y tú la verás desangrarse aquí, delante de todos. Una muerte dolorosa, te lo aseguro.

—La matarán de todas maneras —señaló su hijo—. Si hablo, la acusarán de ser una bruja.

—Entonces, ¿*sí* has visto algo? —preguntó el anciano medio ciego.

Los que se encontraban aquel día en la sala dirían más tarde que fue como si Hazel estuviera lanzándole un hechizo delante de todos, por la forma en que miraba a Owen, obligando a sus labios a mantenerse cerrados. Pero otros, los pocos que habían conocido el verdadero amor, vieron otra cosa: la expresión de dos personas cuyo amor estaba por destruirlos. No era brujería lo que había en los ojos de Hazel: era su corazón partiéndose en dos.

Y luego habló Hazel, unas pocas palabras suaves que sonaron casi como lágrimas cayendo por sus mejillas:

—No te preocupes. Cuéntales.

—No —respondió Owen, todavía inmóvil entre los dos hombres, los brazos tensos entre las manos que lo sujetaban.

—Por favor —susurró ella, porque temía que lo castigaran por protegerla. Hazel sabía que ya era demasiado tarde; el pueblo había decidido: eran brujas. Los concejales solo necesitaban que Owen hablara, que confirmara lo que ellos ya creían. Solo tenía que mencionarles una sola marquita; cualquier imperfección de la piel bastaría.

Los ojos de Owen se llenaron de lágrimas y sus labios se abrieron, el aire se mantuvo tenso durante varias exhalaciones, varios latidos, hasta que profirió:

—Hay una pequeña medialuna en el lado izquierdo de sus costillas.

Una peca perfecta, había dicho una vez contra su piel justo en ese lugar, los labios revoloteando encima, su aliento erizando su piel. Ella había reído, su voz había rebotado por los aleros del granero mientras escurría sus dedos por el pelo de Owen. Muchas veces él había pedido deseos ante esa pequeña medialuna, silenciosos deseos de que algún día los dos se marcharían de Sparrow, huirían furtivamente en barco a San Francisco. Una nueva vida lejos de este pueblo. Quizá si ella hubiera sido en verdad una bruja, el deseo de Owen murmurado suavemente sobre la piel de Hazel se habría convertido en realidad. Pero no fue así.

Un grito ahogado se extendió por la sala y su padre bajó el cuchillo de la garganta de Hazel.

—Ahí tienen —proclamó satisfecho—. La prueba de que ella también es una bruja.

Hazel sintió que se le caía el alma al suelo. Los murmullos resonaron por el recinto y el pinzón reanudó su gorjeo.

El anciano medio ciego se aclaró la garganta y habló lo suficientemente fuerte como para que también escucharan aquellos que estaban afuera, con los oídos pegados a las puertas del edificio.

—En nuestro pequeño pueblo, el océano que nos trae vida, también habrá de quitarla. Se declara a las hermanas Swan culpables de brujería y se las sentencia a morir ahogadas. Lo cual se llevará a cabo a las tres horas de esta misma tarde, el día del solsticio de verano. Un día auspicioso para tener la seguridad de que sus malvadas almas se extinguirán para siempre.

—¡No! —gritó Aurora.

Pero Marguerite apretó los labios con fuerza, su fría mirada era suficiente para maldecir a quien se atreviera a mirarla. Hazel permaneció callada, no porque no estuviese asustada, sino porque no podía apartar los ojos de Owen. Podía ver su remordimiento, su culpa, y eso la desgarraba.

Pero él no la condenó: ella y sus hermanas estaban destinadas a morir desde el día en que llegaron al pueblo.

Los hombres sujetaron a las tres hermanas antes de que Hazel pudiera susurrar una palabra a Owen. Después las condujeron a una habitación trasera, donde cinco mujeres las desnudaron, verificaron las marcas que las habían condenado, y luego les colocaron vestidos blancos para purificar sus almas y garantizar su muerte eterna y absoluta.

Pero su muerte no fue precisamente absoluta.

17

La cabaña se sacude con el viento y me despierto, buscando aferrarme a algo que no existe. Estuve soñando con el mar, con el peso de las piedras que me empujaban hacia abajo, el agua tan fría que primero tosí, pero después ya no pude defenderme cuando ingresó en mis pulmones. Una muerte solitaria y desoladora. Mis hermanas separadas de mí apenas por centímetros mientras todas nos hundíamos velozmente hacia el fondo del puerto.

Me froto los ojos para aplastar el recuerdo y el sueño.

Es temprano, la luz de afuera de la cabaña es todavía una acuarela de grises y Bo está atizando el fuego.

—¿Qué hora es? —pregunto, girando desde el lugar en que me encuentro en el suelo, donde me las arreglé para quedar dormida. Ya agregó varios leños al fuego, y el calor quema mis mejillas y produce un hormigueo en mis labios.

—Temprano. Un poco más de las seis.

Hoy es el solsticio de verano. Hoy, a medianoche, cambiará todo.

Bo no tuvo éxito en la búsqueda de una manera de matar a las hermanas Swan sin matar también a los cuerpos donde residimos. No hay nada en ninguno de los libros. Pero yo sabía que eso pasaría.

Y sé lo que está pensando mientras observa la chimenea: hoy vengará la muerte de su hermano, aun cuando implique matar a una chica inocente. No permitirá que Aurora continúe matando, acabará con su vida.

Pero yo también tomé una decisión. Esta noche, no me meteré en el agua; no regresaré al mar. Lucharé para conservar este cuerpo. Quiero seguir siendo Penny Talbot, aun cuando eso implique que ella ya no pueda existir. Aun cuando parezca imposible —doloroso, grave y aterrador—, tengo que intentarlo.

Todos los veranos, mis hermanas y yo recibimos solamente unas pocas y cortas semanas de vida dentro de los cuerpos que robamos, y cada día y cada hora se vuelven preciosos y fugaces. Por eso tenemos la costumbre de permanecer dentro de nuestros cuerpos hasta los últimos segundos antes de la medianoche del solsticio de verano. Queremos sentir hasta el último instante fuera del agua: inhalar las últimas bocanadas de aire; alzar la vista al cielo, oscuro, gris e infinito; tocar la tierra que pisamos y disfrutar la sensación de estar vivas.

Aun cuando el llamado del puerto comienza a latir detrás de nuestros ojos, atrayéndonos hacia sus frías profundidades, nos resistimos hasta que se torna insoportable. Nos aferramos a esos segundos finales todo el tiempo que podemos.

Y hubo veranos anteriores en que llevamos esta costumbre demasiado lejos, esperamos demasiado tiempo para regresar al mar. A cada una de nosotras, nos sucedió al menos una vez.

En esos momentos, en esos segundos después de medianoche, un agudo fogonazo de dolor nos arrasa la cabeza.

Pero el dolor no es lo único que sentimos; hay algo más: una presión. Como si nos metieran a la fuerza en una densa oscuridad, en las sombras más profundas del cuerpo que habitamos. Cuando me sucedió, hace muchos años, pude sentir cómo la chica salía hacia la superficie y me aplastaba. Estábamos intercambiando lugares. Donde ella había estado —escondida, asfixiada y reprimida dentro del cuerpo—, ahora yo me hundía dentro de ese mismo lugar. Fue recién cuando regresé al mar que me liberé de la piel de la joven. El alivio fue inmediato. Juré que nunca más dejaría tan poco margen de tiempo. Nunca más me arriesgaría a quedar atrapada dentro de un cuerpo después de medianoche.

Pero este año, en este solsticio de verano, voy a intentarlo. Tal vez pueda lograrlo. Resistir el dolor y la fuerza trituradora que me empuja hacia abajo. Tal vez ahora sea más fuerte, hasta más digna. Tal vez este año sea diferente. No le arrebaté la vida a ningún chico... quizá la maldición me libere y me permita hacerlo.

Al igual que en los libros que leí, de sirenas y *selkies* que encontraron la manera de ser humanas y permanecer fuera del agua, yo intentaré quedarme en este cuerpo.

Aun cuando Penny quede asfixiada eternamente, estoy dispuesta a ser egoísta para conseguirlo.

—Debo ir al pueblo —comento, la voz ronca. Anoche, sentada junto al roble, descubrí que, si verdaderamente quiero tener esta vida con Bo, si lo amo, entonces tengo que soltar la única cosa a la que me estuve aferrando.

—¿Para qué? —pregunta.

—Tengo algo que hacer.

—No puedes ir sola. Es muy peligroso.

Estiro hacia abajo la camiseta azul Francia que envolvía mi cuerpo mientras dormía, dando vueltas de a ratos mientras me defendía de mis pesadillas.

—Es algo que tengo que hacer sola. —Me pongo rápidamente la sudadera gris oscuro que utilicé como almohada y me pongo de pie.

—¿Qué pasaría si te ve alguno de esos tipos, Davis o Lon? Seguramente te preguntarían por Gigi.

—No pasará nada —respondo—. Y alguien tiene que quedarse aquí, para vigilar a Gigi. —Él sabe que tengo razón, pero el verde de sus ojos se instala sobre mí como si tratara de retenerme con la mirada—. Prométeme que no te acercarás a ella mientras yo no esté.

—El tiempo se está acabando —me recuerda.

—Lo sé. No tardaré mucho. Pero no hagas nada hasta que yo regrese.

Asiente. Pero es un gesto débil y evasivo. Cuanto más tiempo permanezca fuera de la isla, mayor será el riesgo de que ocurra algo malo: que Bo mate a Gigi; que Gigi seduzca a Bo, que lo haga meterse en el mar y lo ahogue. En cualquiera de los dos casos, alguien morirá.

Me marcho de la cabaña y cierro la puerta. Y entonces otro pensamiento, un miedo nuevo, crece dentro de mis entrañas: ¿qué pasaría si Gigi le cuenta a Bo quién soy yo realmente? ¿Él le creería? Es dudoso. Pero podría deslizar una sombra de sospecha dentro de su mente. Tengo que apresurarme. Y espero que no suceda nada antes de mi regreso.

El puerto está atestado de gente, botes de pesca y lanchas turísticas circulan lentamente más allá del faro. Las nubes son bajas y densas, están tan cerca que siento que podría estirarme y tocarlas, hacerlas girar con la yema del dedo. Pero no cae lluvia de sus barrigas hinchadas. Está esperando. Igual que todos están esperando que aparezca el próximo ahogado: el último de la temporada. Pero yo soy la única hermana a la que todavía le falta matar, y me niego a hacer lo que sé que tanto Aurora como Marguerite quieren que haga: ahogar a Bo.

Nunca sucedió antes: un verano en que una de nosotras no haya matado a nadie. No sé qué pasará, en qué cambiará todo —en qué me cambiará a mí—, si es que algo cambia.

Ya siento el mar, reclamándome, llamándome para que regrese al agua. La necesidad de retornar se hará más fuerte a medida que avance el día. Sucede todos los años, un latido detrás de los ojos, un retorcijón en las costillas, que me atrae de vuelta hacia el puerto, de vuelta al azul profundo adonde pertenezco. Pero ignoro la sensación.

Los botes a motor pasan las boyas anaranjadas, atraviesan la marina y se ubican en sus lugares en el muelle.

Sparrow rebosa de turistas. A lo largo de la costanera, los niños corren con cometas de todos colores, luchando para hacerlas volar sin brisa; uno está enganchado en un farol de la calle y una niñita jala del cordel intentando bajarla. Las gaviotas picotean el hormigón buscando restos de palomitas de maíz o de algodón de azúcar. La gente pasea delante de las tiendas; compran caramelos masticables de agua salada por peso; toman fotografías junto a la marina; saben que el final está cerca. Hoy es el último día; la temporada está por terminar. Retornarán a sus vidas normales, a sus hogares normales en pueblos normales, donde nunca suceden cosas malas. Pero yo vivo rodeada de cosas malas y *yo* soy mala.

Pero ya no quiero serlo más.

Camino en la dirección opuesta a Coppers Beach y al depósito de botes, y subo hacia Alder Hill, en el extremo sur del pueblo. La misma zona de Sparrow adonde se suponía que debía llevar una botellita de vidrio de perfume de mirra y agua de rosas, el día que conocí a Owen Clement. Nunca hice la entrega.

Los mirlos dan vueltas sobre mi cabeza, sus ojos recorren el suelo, siguiéndome. Como si supieran a dónde me dirijo.

Alder Hill también es el sitio en donde está ubicado el Cementerio de Sparrow.

Es un terreno extenso y cubierto de vegetación, rodeado por una valla metálica parcialmente destruida. Da sobre la bahía, de modo que los pescadores enterrados allí pueden vigilar el mar y proteger al pueblo.

No he estado aquí en mucho tiempo: evité este lugar durante el último siglo, pero hallo el camino hacia la sepultura fácilmente.

Aun después de todos estos años, mis pies me guían por delante de tumbas cubiertas de flores, de tumbas cubiertas de musgo y de tumbas desnudas. Es una de las lápidas de piedra más antiguas del cementerio. La única razón por la cual no se convirtió en polvo es porque, durante el primer siglo, yo me aseguré de que la maleza no la cubriera y que la tierra no la hundiera. Pero después me resultó muy difícil venir. Me estaba aferrando a alguien a quien nunca volvería a ver. Era mi pasado. Y la persona en que me había convertido —una asesina— no era la que él había amado. Yo era otra.

Es una lápida sencilla, de piedra arenisca redondeada. El nombre y la fecha que estaban tallados en la roca se desgastaron hace mucho tiempo por la lluvia y el viento. Pero yo sé lo que decía; lo sé de memoria: Owen Clement, murió en 1823.

Después del día en que su padre nos atrapó en el ático del granero, a Owen no le permitieron salir de la isla. Intenté verlo, atravesé remando la bahía, le supliqué a su padre, pero él me obligó a marcharme. Estaba completamente seguro de que yo había embrujado a su hijo para que me amara. Ningún chico podía amar a una de las hermanas Swan sin el influjo de algún hechizo o de un malvado encantamiento.

«Si fuera tan fácil hacer surgir el amor por medio de hechizos, no habría tantos corazones rotos», recuerdo que Marguerite dijo una vez, cuando estábamos vivas.

Yo no percibí lo que estaba por suceder, lo que tramaba el padre de Owen. Si lo hubiera sabido, no me habría quedado en Sparrow.

Densas nubes cubrían el pueblo el día en que nos condujeron desde el juzgado hasta el muelle. Aurora gemía y les gritaba a los hombres mientras nos obligaban a subir a un bote. Marguerite les escupía maldiciones en sus rostros, pero yo me quedé quieta, recorriendo la multitud que se había congregado en busca de Owen. Lo había perdido de vista después de que nos llevaron a un cuartito oscuro en la parte de atrás del juzgado, nos desnudaron y nos obligaron a ponernos unos sencillos vestidos blancos. Nuestros vestidos de muerte.

Nos ataron cuerdas alrededor de las muñecas y de los tobillos. Aurora continuaba llorando, las lágrimas trazaban surcos por sus mejillas. Y luego, justo cuando el bote se alejaba del muelle, lo vi.

A Owen.

Necesitaron tres hombres para contenerlo. Gritaba mi nombre mientras corría hasta el extremo del muelle. Pero el bote ya estaba muy lejos, con su padre y varios hombres más conduciéndonos hacia la parte más profunda del puerto.

Lo perdí de vista en la niebla baja que se instaló sobre el mar, ahogando todo sonido y oscureciendo el muelle donde él se encontraba.

Mis hermanas y yo nos sentamos juntas en un banco de madera adelante del bote, los hombros apretados, las manos amarradas sobre el regazo. Prisioneras conducidas hacia su muerte. Mientras la embarcación se alejaba cada vez más del muelle, el rocío del mar nos quemaba el rostro. Cerré los ojos y sentí su fresco bálsamo. Escuché la campana de la boya del puerto sonando a intervalos prolongados, el viento y las olas casi en calma. Un último momento para respirar el aire cortante. Mientras los segundos se estiraban, sentí como si pudiera deslizarme dentro de un sueño y no despertar jamás… como si nada de esto fuera real. Es raro saber que tu muerte se avecina, te espera, que los dedos de la muerte ya están intentando atrapar tu alma. Sentí que me alcanzaba, que una parte de mí ya no estaba ahí.

La embarcación se detuvo, abrí los ojos y vi el cielo. Una gaviota salió volando de entre las nubes y luego volvió a desaparecer.

Los hombres nos ataron a los tobillos sacos de arpillera llenos de piedras, que eran probablemente del extremo del pueblo, de los campos rocosos de algún granjero, donadas para la ocasión, para nuestra muerte. Nos obligaron a ponernos de pie y luego nos empujaron hacia el borde del bote. Marguerite observó a uno de los muchachos más jóvenes, arañándolo con la mirada, como si fuera capaz de convencerlo de que nos liberara. Pero ya no había salvación para nosotras. Finalmente, íbamos a recibir nuestro castigo: adulterio, lujuria y hasta el verdadero amor encontrarían su expiación en el fondo del mar.

Tomé una bocanada de aire, preparándome para lo que vendría a continuación, cuando divisé la proa de otra embarcación abriéndose paso a través de la niebla.

—¿Qué rayos es eso? —escuché que decía uno de los hombres a mis espaldas. Era un bote pequeño, los remos se movían velozmente por el agua.

Aurora se dio vuelta y me miró: ella se dio cuenta de quién era antes que yo.

Robó un bote.

Un segundo después, sentí el rápido empujón de dos manos contra mi espalda.

El agua se astilló alrededor de mi cuerpo como si fueran cuchillos y cortó el aire de mis pulmones. La muerte no es un fuego, la muerte es un frío tan feroz que parece que te quitará la piel de los huesos. Me hundí rápidamente. A mi lado, mis hermanas se desplomaron con la misma ligereza a través del agua turbia.

Pensé que la muerte me llevaría rápido, en un segundo, tal vez dos, pero después hubo un movimiento arriba de mí: una explosión de burbujas y una mano rodeándome la cintura.

Abrí los ojos e intenté ver en la oscuridad, salpicada de trozos de caracolas, arena y algas. Una bruma nos separaba. Pero él estaba ahí… Owen.

Me sujetó los brazos y comenzó a jalar de mí hacia arriba, hacia la superficie, luchando contra el frío y el peso de las piedras alrededor de mis pies. Sus piernas pateaban furiosamente mientras las mías colgaban flojas, atadas. La cara tensa, los ojos muy abiertos. Estaba desesperado, tratando de salvarme antes de que el agua ingresara en la garganta y a los pulmones. Pero las piedras de los tobillos eran muy pesadas. Sus dedos forcejeaban con las cuerdas, pero la tensión era muy intensa, los nudos muy firmes.

Nuestros ojos se encontraron, separados por escasos centímetros, mientras nos hundíamos hacia el fondo del puerto. Él no podía hacer nada. Sacudí la cabeza frenéticamente, rogándole que se diera por vencido, que me soltara. Intenté apartar sus manos de mí, pero se negaba a dejarme. Estaba cayendo muy profundamente, muy lejos. No tendría aire suficiente para poder llegar a la superficie. Pero me atrajo contra él y apoyó sus labios helados contra los míos en un beso. Cerré los ojos y lo sentí apretado contra mí. Es lo último que recuerdo antes de tomar aire y que el agua inundara mi garganta.

Él nunca me soltó. Incluso cuando ya era demasiado tarde. Incluso cuando sabía que no podía salvarme.

Ese día, los dos perdimos la vida en el puerto.

El verano siguiente, cuando regresé al pueblo por primera vez, escondida en el cuerpo de una lugareña, subí la pendiente empinada hasta el Cementerio de Sparrow y me detuve en el acantilado, sobre su tumba. Nadie sabía quién era yo realmente: Hazel Swan, que venía a ver al muchacho que amó y que ahora estaba sepultado bajo la tierra.

El día en que ambos nos ahogamos, su cuerpo finalmente salió a la superficie y su padre se vio obligado a sacar del mar a su único hijo. Un destino que él había puesto en movimiento.

La culpa ardió en mis venas al contemplar su tumba recientemente cavada. Su vida había concluido por mi culpa. Y esa culpa pronto se convirtió en odio por el pueblo. Todos estos años, mis hermanas buscaron vengarse por su propia muerte, pero yo buscaba venganza por la muerte de Owen.

Él se sacrificó al intentar salvarme, tal vez porque sintió que me había traicionado: por el juicio, por confesar que había visto la marca de una bruja en mi piel. Él creyó que había provocado mi muerte.

Pero yo provoqué la suya.

Yo debería haber muerto ese día… debería haberme ahogado. Pero no fue así. Y nunca me perdoné por lo que le sucedió. Por la vida que nunca pudimos tener.

Me arrodillo junto a la tumba y, con la palma de la mano, quito las hojas y la suciedad.

«Lo siento», comienzo a decir pero luego me detengo. No es suficiente. Hace unos doscientos años que se fue y nunca le dije adiós. Nunca. Recién ahora. Bajo la cabeza, sin saber si las palabras alguna vez parecerán suficientes. «Nunca quise vivir tanto tiempo», murmuro. «Siempre había esperado que el mar habría de llevarme algún día. O que la vejez me sepultaría en la tierra junto a ti». Trago una profunda bocanada de aire. «Pero las cosas cambiaron, *yo* cambié». Alzo la cabeza y miro el mar, una vista perfecta del puerto, la bahía y Lumiere Island, donde Bo espera. «Creo que lo amo», confieso. «Pero tal vez sea demasiado tarde. Tal vez yo no lo merezca a él ni merezca una vida normal después de todo lo que he hecho, todas las vidas que quité. Él no sabe quién soy realmente. De modo que tal vez lo que siento por él sea también una mentira». El viento acaricia mis mejillas y una leve llovizna se extiende sobre el cementerio. Confesar todo esto ante la tumba de Owen es como una penitencia, como si le debiera esto. «Pero tengo que intentarlo», agrego. «Tengo que saber si amarlo a él es suficiente para que nos salvemos los dos».

Paso la mano por el frente de la lápida, donde alguna vez estuvo su nombre y ahora es tan solo una superficie lisa. Una tumba sin nombre. Cierro los ojos, las lágrimas caen al mismo ritmo lento y mesurado de las gotas de lluvia.

Tal vez sí morí ese día. Hazel Swan, la chica que alguna vez fui, ya no está. Su vida concluyó el mismo día que la de Owen. Mi voz tiembla mientras escapa la última palabra, se la digo tanto a él como a mí:

«Adiós».

Me levanto antes de que mis piernas estén demasiado débiles como para soportarme, y abandono el cementerio, sabiendo que nunca más volveré. La persona que amé ya no está.

Pero no perderé a la que amo ahora.

18

Los recuerdos pueden instalarse en un lugar: la niebla que permanece mucho tiempo más, cuando ya debería haber volado hacia el mar, voces del pasado que se arraigan en los cimientos de un pueblo, susurros y acusaciones que crecen en el musgo de las aceras y trepan por las paredes de las casas viejas.

Este pueblo, este pequeño racimo de casas, tiendas y botes anclados a la costa, nunca escapó de su pasado: lo que hizo doscientos años atrás. Los fantasmas no se han ido. Pero a veces, el pasado es lo único que mantiene a un lugar con vida. Sin él, este pueblo frágil probablemente habría desaparecido hace mucho tiempo debajo de la marea, hundido en el puerto, derrotado. Pero subsiste, porque debe hacerlo. La penitencia es larga y despiadada. Es resistente, porque sin ella, el pasado quedaría en el olvido.

Me detengo frente al viejo edificio de piedra situado en una esquina que da al mar. La lluvia tamborilea en mi frente y en mis hombros. El cartel que está arriba de la puerta dice: PASTELES OLVIDADIZOS DE ALBA. Pero antes no existía. Un cartel con letras cursivas, negras y redondas, pintado por Aurora, alguna vez colgó a través de la acera, repiqueteando con la brisa de la tarde. Esta fue alguna vez la Perfumería Swan. Aunque pasé frente a ella miles de veces durante los veranos desde nuestra muerte, vi innumerables tiendas ocuparla, y hasta la contemplé consternada durante un período de quince años en que quedó abandonada y derruida antes de ser restaurada, a veces, como hoy, aún me asombra que haya resistido tanto tiempo... igual que nosotras.

Una mujer sale por la puerta de vidrio, las botas de lluvia chapotean por un charquito mientras se dirige hacia su camioneta roja con una caja rosada en sus manos, seguramente llena de diminutos pastelitos glaseados con los cuales pretende eliminar algún imborrable recuerdo atrapado en su mente.

Yo pasé casi todos los días adentro de esa tienda elaborando nuevas fragancias hechas de flores y hierbas raras, el cabello, los dedos y la piel siempre estallando de aromas que no se iban fácilmente. Los aceites empapaban todo lo que tocaban. Marguerite era la vendedora y lo hacía muy bien, vender era innato en ella. Aurora llevaba los libros; pagaba las cuentas y calculaba las ganancias desde un escritorio de madera pequeño y tambaleante, detrás del mostrador. Y yo era la perfumista, que trabajaba en un cuarto trasero sin ventanas que debería haber sido un depósito: un lugar para escobas y cubetas metálicas. Pero yo amaba mi trabajo. Y por la noche, mis hermanas y yo compartíamos una casita minúscula detrás de la tienda.

—Ni siquiera parece ser el mismo lugar —exclama una voz y me estremezco. Olivia Greene se encuentra a mi lado, un paraguas negro encima de la cabeza para proteger su cabello lacio y grisáceo de la lluvia. Mis ojos atraviesan su piel clara hasta llegar a Marguerite.

—Las ventanas son las mismas —comento, volviendo la vista al edificio.

—Son imitaciones —señala, su voz más sombría de lo habitual—. Todo lo que había antes ya no está.

—Igual que nosotras.

—Nada que viva tanto tiempo puede permanecer igual.

—Nada *debería* vivir tanto tiempo —remarco.

—Pero nosotras lo hicimos —agrega, como si fuera un logro del cual deberíamos estar orgullosas.

—Tal vez doscientos años sea suficiente.

Exhala una rápida bocanada de aire por la nariz.

—¿Quieres renunciar a la vida eterna?

—No es eterna —respondo. Marguerite y yo nunca consideramos nuestro encarcelamiento de la misma manera. Ella lo ve como un rasgo de buena fortuna, una mano de buena suerte en las cartas, el hecho de que podamos vivir durante siglos, tal vez indefinidamente. Pero ella no perdió nada el día que nos ahogaron. Yo sí. Ella no estaba enamorada de un muchacho que la amaba, no sentía amor real como el que teníamos Owen y yo. Cada año que pasábamos debajo de las olas, cada verano en que subíamos otra vez para consumar nuestra venganza llevándonos a los chicos de Sparrow y adueñándonos de ellos, perdimos una parte de lo que alguna vez fuimos. Perdimos nuestra humanidad. Yo observé cómo crecía la crueldad de mis hermanas, se refinaba su habilidad para matar, hasta que ya me resultaron casi irreconocibles.

Mi maldad también creció, pero no hasta un punto del que no pudiera regresar. Porque había un hilo que me unía a quien yo solía ser: ese hilo era Owen. El recuerdo de él evitó que desapareciera por completo en la oscuridad. Y ahora ese hilo me ata a Bo. Al mundo real, al presente.

—Pasamos la mayor parte de nuestras vidas atrapadas en el mar —digo—. En medio del frío, la oscuridad y la tristeza. Eso no es una vida real.

—Yo hago abstracción de todo eso —comenta apresuradamente en tono de reproche—. Tú también deberías hacerlo. Es mejor dormir, dejar que tu mente vague sin rumbo hasta que llegue el verano.

—No es tan fácil para mí.

—Tú siempre complicaste las cosas.

—¿Qué quieres decir?

—La relación que tienes con ese chico, Bo. Estás demorando lo inevitable. Mátalo y acaba de una vez.

—No —giro hacia ella, una sombra se instaló sobre su rostro debajo del paraguas en forma de cúpula—. Sé que intentaste atraerlo hacia el puerto.

Sus ojos brillan, como disfrutando del recuerdo de haber estado a punto de ahogar al chico que yo amo.

—Solo quería ayudarte a terminar lo que comenzaste. Si te gusta tanto, entonces llévalo al mar y lo tendrás para toda la eternidad.

—No lo quiero de esa manera. No quiero que su alma esté atrapada allí abajo como la nuestra.

—Entonces, ¿*cómo* lo quieres?

—Real. Aquí… en la tierra.

Echa a reír a carcajadas y un hombre y una mujer que pasan caminando voltean para mirarla.

—Eso es absurdo e imposible. Esta es la última noche para hacerlo tuyo.

Sacudo la cabeza.

—*No lo haré*. No soy como tú —espeto.

—Tú eres exactamente igual que yo. Somos hermanas. Y eres tan despiadada como yo.

—No, estás equivocada.

—¿Te olvidaste de Owen? ¿Cómo te traicionó? Tal vez si no hubiera mencionado la marca de tu piel, no te habrían declarado culpable y no te habrías ahogado con nosotras. Podrías haber llevado una vida normal. Pero no. —Tuerce las comisuras de los labios, una loba mostrando los dientes—. No se puede confiar en los hombres. Siempre harán todo lo que puedan para salvarse. Son ellos los crueles y no nosotras.

—Owen no fue cruel —comento bruscamente—. Tenía que contarles acerca de la marca.

—¿En serio?

Reprimo la ira que se acumula en mi garganta.

—Si no lo hubiera hecho, habrían creído que era uno de nosotros, que nos ayudaba. Lo habrían matado.

—Y, sin embargo, murió de todas maneras. —Una de sus cejas se arquea hacia arriba.

No puedo permanecer aquí, escuchando a Marguerite. Ella nunca conoció el amor de verdad. Sus amoríos con los hombres cuando estábamos vivas siempre giraban en torno a ella: la atención, la persecución, la satisfacción de ganar algo que, para empezar, no era de ella.

—Ese día, Owen intentó salvarme y perdió la vida. Él me amaba —le explico—. Y Bo me ama ahora. Pero sería imposible que tú entendieras lo que es eso porque eres incapaz de amar.

Me alejo de ella y echo a andar por la acera.

—¿Te enteraste? —me grita—. Nuestra querida hermana Aurora salió de su prisión en el depósito de botes. Parece que, después de todo, alguien decidió que era inocente.

Le lanzo una mirada por encima del hombro.

—No es inocente —afirmo. Marguerite se retuerce dentro del cuerpo de Olivia—. Ninguna de nosotras lo es.

El muelle está resbaladizo por la lluvia. Las olas golpean contra la marina a intervalos regulares, un ballet coreografiado por el viento y la marea. Trepo al bote y enciendo el motor. Unos pocos rayos de sol persistentes se cuelan a través de las nubes, derramando luz sobre la proa de la embarcación.

Esta noche, el festejo del solsticio de verano se realizará en Coppers Beach, y marcará el final de la temporada Swan. Pero yo no estaré allí. Permaneceré en la isla con Bo. Permaneceré en este

cuerpo: lucharé por él cueste lo que cueste, sin importar cuán doloroso sea.

Sin embargo, tengo la aguda y preocupante sensación de que
algo malo se está agitando en esas aguas, en esta inminente tormenta, y ninguno de nosotros será el mismo después de esta noche.

EL BARCO

El *Lady Astor*, un barco mercante de 290 toneladas de la Compañía de Pieles del Pacífico, zarpó de la ciudad de Nueva York en noviembre de 1821 en su viaje de cinco meses por el Cabo de Hornos y la costa oeste de Estados Unidos hasta Sparrow, Oregón.

Transportaba mayormente suministros y granos para entregar a lo largo de la accidentada costa oeste, pero también llevaba veinticuatro pasajeros: aquellos lo suficientemente valientes como para aventurarse hacia el oeste, en la salvaje naturaleza de Oregón, donde buena parte de las tierras todavía eran vírgenes y peligrosas. A bordo del barco, había tres hermanas: Marguerite, Aurora y Hazel.

A los cuatro meses de viaje, ya se habían encontrado más que nada con tormentas, mares oscuros y noches sin dormir, en las que el buque se mecía tan violentamente que casi todas las personas a bordo, incluyendo la tripulación, sufrieron mareos. Pero las hermanas no se agarraron el estómago y lanzaron por la borda; no se taparon los ojos con las manos y le rogaron al mar agitado que cesara de moverse. Habían llevado hierbas para calmar sus estómagos revueltos y bálsamos para frotarse las sienes. Y todas las noches recorrían la cubierta, a pesar de la lluvia y el viento, para observar el Pacífico, anhelando divisar la tierra que, tarde o temprano, habría de aparecer en el horizonte.

—Solo falta un mes —anunció Aurora una de esas noches mientras las tres hermanas se encontraban en la proa del barco, apoyadas contra la barandilla, las estrellas girando brillantes arriba de ellas, en un cielo claro e infinito—. ¿Piensan que será como lo imaginamos? —preguntó.

—Yo no creo que importe cómo es, porque será nuestro —reflexionó Hazel—. Un pueblo nuevo y una vida nueva.

Siempre habían anhelado dejar la vida agitada de Nueva York, dejar atrás el recuerdo constante de su desalmada madre para comenzar de nuevo en una tierra tan lejana, que podría haber sido la luna. El oeste, un lugar del que se decía que era primitivo y brutal. Pero eso era exactamente lo que querían: un territorio tan desconocido que sus corazones latían con fuerza y sus mentes giraban llenas de miedo y emoción.

—Podemos ser quienes queramos —exclamó Marguerite, el cabello oscuro e indómito desbordando las hebillas y cayendo como una catarata por la espalda.

Aurora sonrió, sintió el viento salado en las mejillas y cerró los ojos. Hazel sacó la lengua para sentir el sabor del océano, imaginando un perfume que oliera igual que el mar abierto: fresco y limpio.

—Y pase lo que pase —agregó Marguerite—, nunca nos separaremos. Las tres estaremos siempre juntas.

Las hermanas se inclinaron sobre la barandilla, instando al barco a seguir adelante mientras se adentraba en la noche, a través de vendavales, fuertes corrientes y vientos adversos, perseguidas por la luna. Ellas vieron algo en la vastedad del mar, en la oscuridad, mientras el buque atravesaba como una lanza el Pacífico: la promesa de algo mejor.

No conocían su destino.

Pero tal vez no habría importado que lo conocieran. Habrían ido de todas maneras. Tenían que verla, pisar una tierra rica, oscura y toda de ellas. Habían vivido sin amarras desde el nacimiento, valientes, intrépidas y salvajes, igual que esa tierra desconocida e infinita.

No habrían cambiado de rumbo aunque hubieran sabido lo que les esperaba. Tenían que ir. Era su lugar en el mundo: Sparrow.

19

Se han formado charcos en el suelo excesivamente mojado y mis pies golpean contra las tablas de madera retorcidas y arqueadas de la pasarela. Me dirijo deprisa a la casa principal y me quito las botas con esfuerzo.

Me siento inquieta después de estar con Marguerite, después de regresar del cementerio, sabiendo lo que estoy a punto de hacer. Tengo que calmar mis nervios antes de ir a la cabaña de Bo.

Camino descalza de un lado a otro por la cocina, entrelazando las manos nerviosamente. Siento un martilleo dentro de la cabeza, un crujido como si el cuerpo de Penny ya estuviera intentando liberarse de mí, intentando recobrar el control. Y hay otra sensación que crece en mi interior: como si jalaran de un hilo que se encuentra justo en el medio de mi pecho. Ya comenzó el lacerante hormigueo debajo de las uñas, el deseo serpenteando por mi espalda: el mar me está llamando. Quiere que regrese. Me hace señas; me ruega.

Pero no voy a regresar, ni esta noche ni nunca.

Suena el teléfono de la pared, haciendo crujir los huesos de cada uno de mis miembros.

Contesto sin siquiera reparar en el movimiento.

—¡Están yendo hacia allá! —chilla Rose desde el otro extremo de la línea.

—¿Quiénes? —Mi mente recobra la nitidez precipitadamente.

—Todos… todos están yendo hacia la isla. —La voz aterrada, a punto de quebrarse—. Olivia, Davis, Lon y todos los que recibieron el mensaje de texto.

—¿Qué mensaje?

—Olivia dijo que, este año, la fiesta del solsticio de verano se realizará en la isla. Le envió el mensaje a todo el mundo. —Rose está alterada y arrastra las palabras: las eses se transforman en zetas. Una vieja costumbre que retorna sigilosamente.

—Mierda. —Mis ojos se lanzan frenéticamente por la cocina, sin detenerse en nada. ¿Por qué haría Olivia algo así? ¿Qué puede ganar trayendo a todos a la isla… y arriesgándose a que encuentren a Gigi?

—No podemos permitir que encuentren a Gigi —exclama Rose, haciéndose eco de mis pensamientos.

—Ya lo sé.

—Voy a la isla ya mismo. Heath me llevará.

—De acuerdo. —Y corta la llamada.

Sostengo el auricular en la mano, apretándolo con fuerza hasta que los nudillos se ponen blancos.

Escucho que la puerta se cierra de un golpe y casi dejo caer el teléfono. Oigo el sonido de pasos que se arrastran lentamente por el piso de madera, y luego mamá aparece en la puerta de la cocina, la bata floja sobre el pijama gris oscuro, el cinturón deslizándose por el suelo detrás de ella.

—Viene gente —anuncia, el pulgar y el índice derechos golpeteando al costado del cuerpo—. Vienen todos.

—Sí, vienen —concuerdo.

—Subiré a mi habitación hasta que todo termine —comenta sin mirarme.

—Lo siento —le digo… pues no hay mucho que explicar.

Recuerdos de mi verdadera madre —Fiona Swan— me atraviesan en forma de estremecimiento, como una rápida explosión de imágenes. Era hermosa pero malvada. Fascinante, astuta y pérfida. Revoloteaba por Nueva York a principios de 1800 con una atracción contagiosa que los hombres no podían resistir. Los utilizaba para conseguir dinero, estatus y poder. Mis hermanas y yo nacimos de tres padres distintos, a los que nunca conocimos. Y cuando yo tenía solo nueve años, nos abandonó por un hombre que prometió llevársela de inmediato a París: la ciudad que ella siempre había imaginado que alguna vez sería su hogar. Donde la adorarían. No sé qué le ocurrió después: si realmente cruzó el Atlántico y llegó a Francia, cuándo murió o si tuvo más hijos. Mis hermanas y yo hemos vivido el tiempo suficiente como para olvidarnos de ella casi por completo. Y cierro los ojos brevemente para aplastar sus recuerdos.

La madre de Penny se detiene en la puerta, los dedos de su mano izquierda tiemblan mientras sujeta con fuerza el cuello de la bata. Su voz brota trémula pero precisa, un punzante puñado de palabras que estuvieron alojadas demasiado tiempo dentro de su pecho.

—Sé que tú no eres mi Penny.

Mis ojos se desvían abruptamente hacia los de ella, como si hubiera recibido un disparo en las rodillas.

—¿Qué has dicho?

—Siempre lo supe.

Intento aclararme la garganta pero no logro hacerlo; todo mi cuerpo está seco y petrificado.

—Yo… —comienzo a decir pero no brota nada más.

—Es mi hija —agrega, su voz retoma un ritmo distante, que flaquea ante las lágrimas que amenazan con caer—. Reconocí el momento exacto en que se transformó en otra cosa… en que se transformó en ti.

Ella lo supo todo este tiempo. Se me hace difícil respirar.

Pero claro que tenía que saberlo. Es su talento… su don. Siempre ha sentido la presencia de gente en la isla —extraños que aparecen sin avisar—, de modo que tiene que haber presentido *mi* llegada. Sin embargo, me permitió fingir que era su hija, vivir con ella en esta isla, sabiendo que, a fines de junio, inmediatamente después del solsticio de verano, me marcharía.

—Ella es lo único que tengo. —Alza sus ojos azul verdosos que se clavan en los míos, con más lucidez que nunca, como si acabara de despertar de un sueño de mil años—. Por favor, no me la quites.

Debe presentir que no tengo intenciones de marcharme. Que planeo robar este cuerpo permanentemente y convertirlo en el mío propio. No volveré a meterme en el mar.

—No puedo prometértelo —le respondo sinceramente mientras una nube de culpa crece en mi interior. Ella ha sido lo más parecido que he tenido nunca a una verdadera madre… aun con su locura. Y tal vez sea una tontería sentir eso, hasta un acto de desesperación, pero me permití pensar que este era mi hogar, mi dormitorio el que se halla escaleras arriba, mi vida. Y que ella podría ser mi madre.

Reconozco en ella una parte de mí: la tristeza que nubla sus ojos, la pena que ha desanudado los cabos sueltos provocando una maraña en el interior de su mente. Yo podría ser ella. Podría deslizarme lentamente en la locura y dejar que se adueñe de mí como ha hecho ella. Transformarme en una sombra.

Ella y yo somos iguales. Ambas perdimos a personas que amábamos. Ambas fuimos abatidas por este pueblo. Ambas sabemos que el océano quita más de lo que da.

Desearía poder eliminar su sufrimiento, la pena que se desliza velozmente detrás de sus ojos. Pero no puedo.

—Lo lamento —murmuro—. Lamento mucho lo que te ocurrió. Merecías una vida mejor, muy lejos de aquí. Tarde o temprano, este pueblo destruye a todos. Como destruyó a mis hermanas y a mí. No siempre fuimos así —señalo, queriendo que comprenda que yo alguna vez fui buena, decente y bondadosa—. Pero este lugar destruye los corazones y los arroja al mar. Todos estamos a merced de las aguas... nunca lograremos escapar de ellas.

Nos quedamos mirándonos, un rayo de luz quebrada cae por la ventana de la cocina, la verdad se desliza como una fresca brisa de invierno entre nosotras.

—Regresa al agua esta noche —suplica, las lágrimas derramándose por sus mejillas—. Por favor, devuélvele la vida.

Cruzo los brazos y froto las manos por las mangas del abrigo.

—Pero yo también merezco tener una vida —replico, endureciendo la mirada.

—Tú ya tuviste una vida. Has tenido la vida más larga que nadie haya tenido. Por favor.

Le robé a su hija, lo único que le quedaba en este mundo —hasta la cordura la abandonó—, pero no puedo renunciar a este cuerpo. Es mi única oportunidad de tener una vida de verdad. Estoy segura de que puede entenderlo. Estoy segura de que sabe lo que es estar atrapada, estar dispuesta a hacer cualquier cosa con tal de escapar, ansiar la normalidad en este pueblo atormentado y desquiciado. Sentirse finalmente arraigada.

Esta es mi segunda oportunidad y no la dejaré escapar.

—Lo lamento —atravieso la cocina, sabiendo que ella no es lo suficientemente fuerte como para detenerme, corro hacia el pasillo, casi choco contra una consola, y luego cruzo la puerta de calle.

Me detengo en el porche, deseando que Rose se haya equivocado. Una pared de nubes negras se ha materializado varios kilómetros mar adentro, densa y amplia, cargada de lluvia y quizás de rayos.

Pero todavía no hay señales de botes que vengan hacia la isla.

Bajo deprisa los escalones de la galería, el corazón golpeando contra las costillas, y me dirijo hacia la Cabaña del viejo pescador, donde Gigi aún está encerrada. Cuando llego a la puerta, aparto bruscamente la tabla de madera y entro. Gigi se encuentra junto a la ventana, observando el muelle.

—Viene gente a la isla —anuncio, respirando pesadamente—. La fiesta del solsticio de verano se realizará aquí. Olivia invitó a todo el mundo. Tienes que permanecer aquí dentro y trabar la puerta.

—Primero me encerraban ustedes, ¿y ahora quieres que me encierre yo? Es una situación muy confusa para una prisionera.

—Si alguno de ellos te encuentra aquí...

—Sí, sí —interrumpe—. Me quieren matar. Ya entendí.

—Hablo en serio.

Levanta las manos.

—¿Piensas que quiero que me cuelguen, me estrangulen o me maten de un disparo? Puedes creerme, yo tampoco quiero que me encuentren. Me quedaré tranquila, como una buena hermana malvada.

Ladeo la cabeza —en este momento, no me resulta graciosa—, pero ella emite una sonrisa burlona. Entreabro la puerta y dejo entrar una pizca de viento, que aparta mi cabello oscuro de los hombros. Estoy a punto de salir cuando me pregunta:

—¿Por qué me estás ayudando?

—Eres mi hermana. —Me trago las palabras, sabiendo que sin importar lo que Marguerite y ella hayan hecho, siempre serán mis hermanas—. No quiero que te mueras... al menos no de esta manera.

Cruza los brazos y desvía la vista hacia la ventana.

—Gracias —responde. Y luego, en una voz que me recuerda a Aurora cuando era más joven, pequeña y dulce, agrega—: ¿Volverás antes de medianoche para dejarme salir?

Asiento y mi mirada se posa en sus fríos ojos azules —como la nieve bajo la luna—, y, de hermana a hermana, le comunico que no la abandonaré. Y lo único que espero es poder cumplir la promesa.

☽

Una vez que experimentaste la muerte, vivir ya no es lo mismo.

La diferencia entre el mar oscuro y miserable y los lugares resplandecientes que están arriba del agua comienza a colmar tu mente, hasta que solo puedes pensar en subir de cualquier manera a la superficie y atragantarte con profundas bocanadas de aire. Sentir el sol en las mejillas, la brisa sobre las pestañas y no asfixiarte nunca más.

Me encamino hacia la cabaña de Bo, abro la puerta y entro. Pero él no está.

Volteo para dirigirme a la puerta cuando una mano se posa en mi hombro. Me doy vuelta súbitamente y casi le golpeo la cara.

—¿Qué sucede? —pregunta, reconociendo el pánico en mi rostro.

—Ya vienen —respondo.

—¿Quiénes?

—Olivia y… todos.

—¿Aquí?

—Olivia les dijo que la fiesta del solsticio de verano es en la isla. No creo que falte mucho tiempo para que lleguen. —Bo echa una mirada hacia el sendero que lleva a la Cabaña del viejo pescador—. Ya le advertí a Gigi que se encierre desde adentro.

—Si descubren que está aquí, pensarán que la estás protegiendo… que eres una de ellas —al escucharlo decir eso, sabiendo que él está tan seguro de que yo no puedo ser una de las hermanas Swan, siento agudas puntadas que atraviesan mi corazón. Él me defendería si fuera necesario; probablemente juraría que yo no soy una de ellas. Y se equivocaría.

—No la encontrarán —le aseguro, pero no tengo motivos para pensar que no lo harán. Solo espero que permanezca escondida en la cabaña, que no llame la atención y que no haga ninguna estupidez. Pero es Aurora, y a ella le gusta correr riesgos... como ahogar a dos chicos en el puerto al mismo tiempo.

—Tenemos que hacerlo ahora —exclama Bo mientras le palpitan las sienes—. Antes de que lleguen.

Sacudo la cabeza por reflejo y le sujeto el brazo, manteniéndolo en el lugar.

—No.

—Penny, es probable que no tengamos otra oportunidad. Esta noche regresará al océano; y entonces será demasiado tarde.

—No podemos hacerlo —comento débilmente—. No podemos matarla.

Es mi hermana y aun después de todo lo que ha hecho, no puedo dejar que él le quite la vida.

—Tenemos que hacerlo. Ella ahogó a personas inocentes —remarca, como si yo lo hubiera olvidado—. Y continuará haciéndolo a menos que la detengamos. —Y después el peor crimen, el que lo atormenta y le hace clamar venganza—. Mi hermano está muerto, Penny. Necesito terminar con esto.

El eco de pisadas rápidas resuena en el aire y los dos volteamos al mismo tiempo. Rose está trepando a la pasarela, Heath unos pocos pasos más atrás.

—Todavía hay tiempo —le susurro a Bo—. Ya pensaremos algo antes de la medianoche. —Pero es solamente para demorarlo.

Cuando llega hasta nosotros, Rose está jadeando, las mejillas enrojecidas por la agitación y el cabello asomándole de la capucha del impermeable, rizos rojizos pugnando por liberarse.

—Ya vienen—anuncia, lo mismo que me había advertido por teléfono, pero esta vez apunta hacia el agua—. Se están apiñando en los botes, allá en la marina. Y son muchos.

Heath nos alcanza y saluda a Bo con un rápido movimiento de cabeza. Su pelo rubio ceniza está pegoteado en la frente, pero no hace ningún ademán de apartarlo.

—¿Qué podemos hacer? —pregunta Rose mientras continúa tomando aire entre cada palabra.

—Pase lo que pase, mantener escondida a Gigi y actuar con naturalidad. —La miro a los ojos—. Y tú no puedes contarle a nadie que la trajiste aquí. Si descubren que eres la responsable, pensarán que eres una de ellas.

Asiente, pero sus labios comienzan a temblar, como si recién ahora se diera cuenta de la seriedad de lo que hizo al sacar a Gigi del depósito y traerla aquí.

El sol está bajando suavemente sobre el agua, formando deslumbrantes franjas de luz que juguetean en el mar agitado, y entonces los diviso: un desfile de embarcaciones desparramadas por el puerto, abriéndose camino hacia la isla.

Los botes golpean contra el muelle con ruidos sordos y algunos anclan frente a la costa, echando los cabos hacia el fondo rocoso.

Y luego se escuchan voces. Decenas. Excitadas y agudas mientras enfilan por la pasarela. Muchos de ellos nunca han venido a la isla y hay una sensación de curiosidad en el aire. Y dirigiendo a la multitud, el cabello negro como el pelaje del cuervo agitándose en la espalda, se halla Olivia Greene.

Traen botellas de vino y cajones de cerveza barata robadas de las bodegas de sus padres. Sin permiso, encienden una fogata delante del viejo invernadero y, bajo las órdenes de Olivia, se apropian de la estructura de vidrio y quitan las macetas con plantas y las reemplazan con pilas y pilas de cerveza. La música comienza a retumbar desde adentro, y mientras el sol comienza a desaparecer bajo el horizonte, un cordel de luces ilumina el interior: lucecitas de Navidad que alguien trajo y colgó de los aleros. La fogata chisporrotea y crece cada vez más mientras más y más gente confluye en la isla.

Los observamos desde la cabaña de Bo, manteniéndonos a distancia, desconfiando de cualquiera que se aleje de la fiesta.

Afortunadamente, la cabaña de Gigi está oculta al norte de la isla, la construcción más alejada de la casa, del muelle y del invernadero. Alguien tendría que ir a investigar para toparse con ella. Y mientras Olivia agita los brazos en el aire, indicándoles a un grupo de chicos dónde colocar varios troncos tomados del cobertizo de la leña, ya no soporto más.

—¿Qué haces? —pregunta Bo cuando abro la puerta de la cabaña.

—Tengo que hablar con Olivia.

Rose se pone de pie.

—Yo tampoco puedo permanecer aquí dentro. Voy a ver cómo está Gigi.

Quiero decirle que es mejor que no lo haga, que debería mantenerse lejos, no desviar la atención de la gente hacia la cabaña de Gigi, pero Heath y ella ya cruzaron la puerta y caminan deprisa por el sendero hacia la Cabaña del viejo pescador.

Bo me mira y luego sale detrás de mí hacia la fogata.

Olivia nos divisa mientras nos aproximamos y se dirige lentamente hacia nosotros.

—Bo —exclama con voz cantarina, estirándose para tocarlo, pero le aparto la mano bruscamente. Se la frota con la otra mano y estira los labios en un gesto provocador —. Te has vuelto muy protectora, ¿no crees, Penny? —comenta—. Y quizás también un poco celosa. —Le hace un guiño a Bo, como si estuviera intentando darme celos de verdad. Pero la mirada de Bo permanece dura y severa. No la encuentra divertida, no después de lo que le hizo. De hecho, parece que quisiera asesinarla aquí mismo, delante de todo el mundo.

—¿Qué estás haciendo? —pregunto.

—Decorando —responde con una inclinación, deslizando un brazo por arriba de la cabeza—. Siempre me agradó hacer fiestas… tú lo sabes. —Claro que lo sé, pero no lo admito.

Detrás de ella, Lola Arthurs y dos de sus amigas están haciendo tragos en vasos rojos de plástico sobre una mesa improvisada, hecha con una tabla de madera enchapada sobre dos macetas vacías. Vierten vodka generosamente en cada vaso, seguido de un chorro de soda. Han armado un bar completo y la gente se embriagará con rapidez.

—¿Por qué aquí…? ¿Por qué trajiste a todos a la isla? —le pregunto, asegurándome de mirar fijamente a través de Olivia y llegar hasta Marguerite, sus verdaderos ojos no pestañean mientras se posan una y otra vez en Bo. Esta es la última noche, su última oportunidad. Pero no permitiré que se apropie de él.

—Es solo una fiesta —responde con aire de superioridad, sus brillantes ojos azules resplandecen como si estuviera tentando al destino a que arroje nuestro secreto estrepitosamente sobre nosotros. Con tanta gente aquí, ¿cómo hará para meterse en el mar sin que nadie se dé cuenta? ¿Cómo puede estar segura de que no descubrirán a Gigi?—. Solían encantarte las fiestas. —Me guiña el ojo y luego frunce los labios en un gesto malicioso y furtivo. Ella quiere que Bo descubra la verdad, que sepa quién soy realmente. No lo dirá en voz alta, sin embargo esparcirá indicios moviéndose siempre sobre el filo de la navaja.

—Esto no terminará bien —le susurro a Olivia, mirándola directo a los ojos y luego penetrando profundamente para concentrar la mirada en el tenue espejismo de mi hermana, apostado debajo de la piel de Olivia.

—Veremos —refuta.

Un viento se desliza por encima de la isla, impulsando, en apariencia, a un nuevo grupo de inesperados invitados por la suave pendiente que conduce al invernadero.

20

La marea ya estaba alta cuando comenzó la fiesta. Cuando aporrearon cervezas y los tragos cayeron rápidamente en las panzas calientes, cuando la música comenzó a un volumen normal y las conversaciones se mantuvieron sin hipos ocasionales. Pero cuando la marea empieza a retroceder, la fiesta también. La gente se tropieza con la fogata y se derrite la goma de la suela de su calzado; las chicas derraman sus bebidas en los escotes; los chicos vomitan en los pastos de arena, cerca del muelle. Y Olivia sonríe ampliamente desde su lugar en la entrada del invernadero, como una reina supervisando una gala realizada en su honor.

Y al acercarse las diez de la noche, solo dos horas antes de la medianoche, habrá que tomar decisiones. Asignar sacrificios. Como la Cenicienta, cuando den las doce toda la magia se desvanecerá y estos cuerpos que habitamos tendrán que devolverse. O tal vez, si mi plan funciona, me quedaré con este para toda la eternidad. Nunca antes se hizo algo así. Nunca tratamos de permanecer indefinidamente en un cuerpo: yo seré la primera en intentarlo. Cuando la aguja del reloj pase las doce, no me meteré al agua; resistiré el deseo, el llamado tentador del mar. Soportaré el dolor que desgarre mi cuerpo; lucharé contra la transición. Me quedaré en este cuerpo.

Y veré el amanecer como Penny Talbot.

Rose y Heath reaparecieron unos minutos después de ir a ver a Gigi. Ahora se encuentran junto a Bo y a mí, al lado de la fogata, los ojos de Rose siempre echando rápidas miradas hacia el sendero que conduce a la Cabaña del viejo pescador. Está nerviosa, tamborilea los dedos contra los muslos, le preocupa que alguien encuentre a Gigi. Y al igual que nosotros, desearía que todos se marcharan de la isla y se fueran a sus casas.

Pero la fiesta avanza lentamente. Las chicas atraen a los chicos hacia el borde del mar, desafiándolos a que se metan al agua en el puerto una última vez antes de medianoche. En la fiesta Swan, varias semanas antes, eran las chicas las que se arriesgaban a meterse en el agua, donde las hermanas Swan podían robarles el cuerpo. Ahora son los chicos los persuadidos a entrar al mar, donde puede ahogarlos alguna de las hermanas Swan, que esté buscando realizar una última muerte. Es un juego para ellos.

Pero yo puedo sentir el balanceo del mar, el cambio de la marea, la atracción magnética del puerto. Quiere que regrese; quiere que las tres regresemos. Sé que mis hermanas también lo sienten. Aprieto los dedos en las sienes, intentando acallarlo, de mantenerlo alejado. Pero por momentos me tironea con tanta ferocidad que me mareo.

—Se está haciendo tarde —comenta Rose a mi lado, marcas de preocupación ahondan su entrecejo. El final está cerca.

Habrá que sacar a Gigi de la cabaña antes de medianoche para que pueda regresar furtivamente al mar. Tendré que hacerlo sin que Bo me vea, sin que nadie me vea.

Y tendré que alejarme, encontrar algún lugar donde estar sola, para combatir la fuerza creciente de Penny, que comenzará a recuperar su cuerpo a partir de la medianoche. No puedo ir a la casa principal porque la mamá de Penny escucharía mis aullidos de dolor. Había pensado que podría ocultarme entre las hileras de árboles del huerto, o tal vez en la costa más lejana de la isla, donde el rugido de las olas ahogaría mis gritos. Tengo que decidirlo pronto.

Me vuelvo hacia Bo.

Más temprano, le prometí que decidiríamos qué hacer con Gigi antes de medianoche. Ahora solo queda una hora y tengo que decirle algo, darle alguna razón por la cual no puede quitarle la vida.

Porque quitar una vida tiene sus consecuencias.

Pero cuando alzo la vista, Bo ya no se encuentra a mi lado. Recorro la multitud de rostros buscándolo. Pero no se encuentra dentro del círculo de la fogata. Se ha marchado.

—Mierda —exclamo en voz alta.

¿Hace cuánto tiempo que se fue? ¿Cómo no me di cuenta de que se marchó sigilosamente?

—¿Qué pasa? —pregunta Rose, quitándose la mano de la boca, pues había estado mordiéndose una uña.

—Yo… yo creo que Bo regresó a su cabaña. Iré a fijarme —miento. No quiero que sepa la verdad, lo que descubrí repentinamente: que fue a matar a Gigi. No podía esperar más tiempo, no podía dejar que lo convenciera de no hacerlo, de modo que se fue sin decirme nada.

Es probable que sea demasiado tarde.

—Te acompañaré —se ofrece Rose inmediatamente.

—No. Ustedes quédense aquí y vigilen a todos.

Heath asiente, pero Rose no parece muy segura.

Me doy vuelta, a punto de abrirme paso entre la muchedumbre de chicos reunidos alrededor de la fogata, cuando recibo un golpe de alivio y horror al mismo tiempo. Gigi no está muerta, al menos no todavía, porque viene caminando pomposamente por el sendero hacia la fogata y hacia la fiesta. Salió de la cabaña.

Me quedo sin aire en los pulmones. Mi corazón se agranda, de modo tal que late contra la parte de atrás de la garganta.

—A la mierda —escucho que Heath exclama a mis espaldas.

Y luego Rose pregunta:

—¿Qué está haciendo?

Vino a vengarse.

C

Gigi se escapó de la cabaña.

Debe haber salido por alguna ventana o logró atravesar la puerta y la tabla de madera. Se cansó de esperar a que fuera a liberarla. Ya está sintiendo la atracción de la marea, igual que yo. El mar en nuestra sangre, en nuestra mente, rogando que nos hundamos en la oscuridad y que nos desembaracemos de estos cuerpos. Cada vez será más difícil de resistir.

Pero ahora Gigi está libre. Está afuera. Y seguramente muy enojada.

Pero ¿dónde se encuentra Bo? Tal vez no fue a matarla, después de todo. Tal vez estaba equivocada.

Gigi se acerca al grupo con pasos largos, el cabello escapándose de la cola de caballo, camiseta azul y pantalones deportivos una talla más grande porque es la ropa que Rose le dio para que se ponga. La mayoría de los chicos no repara en ella mientras Gigi avanza apartando a la multitud; ya están demasiado ebrios. Pero mientras ella serpentea a través de una muchedumbre que va disminuyendo en número, me doy cuenta de que está buscando algo: a alguien.

Davis y Lon se encuentran justo del otro lado de las puertas del invernadero, rondando por el sitio donde han colocado los cajones de cerveza y un barril casi vacío. Gigi los divisa, la boca apretada en una línea dura y decidida, y gira raudamente hacia ellos. Davis distingue primero su presencia, después la ve Lon y da un paso hacia atrás. Hoy lleva una de sus camisas más llamativas y repulsivas: rosada y azul petróleo, con coloridos pavos reales y chicas con faldas hawaianas. De hecho, es bastante difícil mirarla.

Davis y Lon son los únicos chicos que están en el invernadero y podrían escapar, salir corriendo por la puerta que se encuentra en el extremo más alejado de la construcción. Pero parecen estar atontados, paralizados, que es exactamente como yo me siento.

Rose y Heath, que continúan a mi lado, la observan con la boca ligeramente abierta.

Gigi se desliza en medio de los dos muchachos agitando las pestañas hacia Lon e inclinando la cabeza hacia un costado. Luego resbala el dedo alrededor del borde de su vaso, sonriendo y chupándose los labios. El resto del grupo todavía no tiene la menor idea de lo que está sucediendo, no saben que Gigi ha reaparecido repentinamente. Al otro lado de la fogata, un grupito de chicas alcoholizadas ríen ruidosamente y se tambalean hacia atrás, tomadas del brazo. Otro chico, que se encuentra más cerca del invernadero, tiene un cigarrillo entre los labios y da largas pitadas como si realmente estuviera fumando, pero el cigarrillo ni siquiera está encendido. Está demasiado ebrio como para notar lo que ocurre a su alrededor.

Veo que Gigi mueve los labios, pero susurra tan suavemente que no puedo percibir lo que dice. Su voz se desliza en los oídos de Lon; quiere llevárselo con ella, una última vida antes de retirarse al mar durante el invierno. Quiere vengarse de lo que le hicieron Davis y Lon. Luego su mirada se desvía súbitamente hacia Davis y se muerde el labio inferior. Los quiere a ambos.

Pero antes de que pueda rozarle la mejilla con los dedos, él le sujeta la muñeca y se la tuerce.

—Bruja de mierda —oigo que ruge Davis. Lon ya tiene aspecto de estar hechizado, la mira sumiso, como un perro esperando que le digan qué debe hacer. Pero Davis la detuvo antes de que se infiltrara a través de las grietas de su mente—. Sabía que eras una de ellas —exclama con voz lo suficientemente fuerte como para que podamos oírlo. Se cierne sobre ella, los hombros anchos y fornidos, el brazo de Gigi inmovilizado al costado del cuerpo. Pero ella no parece asustada, tuerce el lado izquierdo de la boca en una sonrisa divertida. Su mirada penetrante se posa en los ojos de Davis y con la mano de él alrededor de su muñeca, es suficiente para seducirlo y hacer que se enamore perdidamente de ella. Su expresión se derrite, se vuelve tonta, hasta que sus cejas gruesas y tupidas se doblan hacia abajo y la suelta. Ella resbala los dedos por su mandíbula y luego se pone en puntas de pie. Le roza el oído con los labios, susurrándole cosas que lo harán suyo.

Y cuando termina, entrelaza los dedos entre las manos de Davis y de Lon y los conduce hacia fuera del invernadero. Al pasar zigzagueando delante de nosotros, alrededor de la fogata, sus ojos se deslizan sobre los míos, pero no me muevo.

Rose se muestra perpleja. No entiende bien qué está pasando.

—¿Gigi? —exclama cuando los tres se alejan a pasos largos—. ¿Qué estás haciendo?

—Gracias por salvarme —responde Gigi, el tono insidioso y distante. Ya está pensando en el mar, en abandonar el cuerpo de Gigi y formar parte del Pacífico—. Pero ellos tenían razón en lo que pensaban de mí… —dirige el mentón hacia Davis y Lon, parados obedientemente detrás de ella—. Nos vemos el próximo verano.

—Gigi, no lo hagas —susurro y sus ojos se desvían abruptamente hacia los míos. Se encuentran nuestros verdaderos ojos, debajo de estos exteriores humanos. Hay una advertencia en los de ella, una amenaza que puedo leer en la expresión de mi hermana: si intento detenerla, si hago algo para impedir que se lleve a Davis y a Lon, ella revelará quién soy de verdad. Aquí y ahora. Delante de todos.

Jala de las manos de los dos muchachos, arrastrándolos hacia el muelle. Pero luego una voz brama desde atrás.

—¡Es Gigi! —miro por encima del hombro y Rose se ha alejado varios pasos de la fogata, señalando el sendero donde Gigi se detuvo, Davis y Lon parados obedientemente, uno a cada lado de ella.

Los chicos que rodean el fuego interrumpen sus conversaciones casi al unísono. Dejan de reírse, de beber cerveza y de balancearse peligrosamente cerca de las llamas. Todos se vuelven a mirar a Rose y siguen su brazo extendido que apunta hacia Gigi.

Se produce una pausa, una reacción tardía durante la cual todos procesan lo que está sucediendo, las mentes avanzan a mitad de la velocidad normal. Y luego una chica grita:

—¡Tiene a Davis y a Lon!

Como si fuera una coreografía, varios chicos arrojan las cervezas a las llamas y salen corriendo apresuradamente detrás de Gigi. Saben quién es… al menos eso creen. Y verla guiando a Davis y a Lon hacia el agua, en la última noche del solsticio de verano y después de haber desaparecido durante semanas, es prueba suficiente de que siempre tuvieron razón.

Gigi espera un segundo; su mirada pasea por el grupo y luego regresa a mí al registrar lo que está sucediendo. Después suelta a Davis y a Lon: no podrá llevárselos con ella. Ahora tiene que correr. Y corre.

Su cabello rubio tiembla bajo la luz de la luna mientras gira bruscamente por el sendero que conduce al muelle. Los chicos le gritan al pasar a toda velocidad junto a Davis y Lon, ambos paralizados ante la conmoción. Y cuando la pequeña multitud llega al muelle, continúan los gritos y lo que parece ser el sonido de chicos trepando a los botes en medio de un ruidoso clamor y el rugido de motores que se encienden. Gigi debe haberse zambullido directamente en el agua. Era su única salvación.

Tendrá que nadar; tendrá que esconderse. O tal vez se pondrá a salvo hundiéndose debajo de las aguas del puerto, donde se despojará rápidamente del cuerpo que robó y pasará otro invierno en el frío y la oscuridad.

Por la mañana, la verdadera Gigi despertará como si saliera de una borrachera, tal vez flotando en el puerto, obligada a nadar hasta la costa y llegar a la orilla. En su mente, solo asomarán imágenes borrosas de las últimas semanas cuando ya no era Gigi Kline sino Aurora Swan. Pero todos sabremos la verdad.

Y todo esto será así si es que el grupo que la persigue no la atrapa primero.

Rose sacude la cabeza con incredulidad, la mirada fija en el sendero por donde Gigi huyó, por donde el resto del grupo corrió hacia los botes para ayudar en la búsqueda de Aurora Swan.

Siento una ola de compasión por Rose. Ella pensó que estaba haciendo lo correcto al rescatar a Gigi. Pensó que podía ver lo que tenía delante de su rostro —la verdad—, pero no puede. Está ciega, como todos los habitantes de este pueblo.

Ni siquiera sabe quién soy yo.

Su mejor amiga se ha transformado en otra persona. Y por una milésima de segundo, considero la posibilidad de contarle la verdad. Sacármelo de encima de una vez por todas. Hacer añicos todo su mundo en una sola noche… destrozar su realidad.

Pero luego recuerdo a Bo.

Él no estaba con Gigi en la cabaña. Después de todo, no fue a matarla.

Y luego me doy cuenta de algo… de que Olivia no está entre el grupo de chicos. Ni siquiera estaba aquí cuando apareció Gigi.

Ambos desaparecieron.

—¿A dónde vas? —pregunta Rose. Heath, ella y yo somos los últimos que quedamos junto a la fogata. Todos los demás fueron a perseguir a Gigi.

—A buscar a Bo —respondo—. Ustedes deberían regresar al pueblo.

Ha comenzado a caer una leve llovizna y una pared de nubes negras como magullones se extiende debajo de las estrellas tapando la luna.

Me acerco a Rose. Espero que esta no sea la última vez que la vea, pero, por las dudas, le digo:

—Hiciste lo correcto al ayudar a Gigi. No sabías quién era ella realmente. —Quiero que entienda que, aunque se equivocó con Gigi, no debe dudar de sí misma. Ella quería proteger a Gigi, que estuviera segura, y la admiro por eso.

—Pero debería haberme dado cuenta —insiste, sus ojos se vuelven vidriosos por las lágrimas y se enrojecen sus mejillas. Y en este instante, comprendo que no puedo decirle quién soy. La destrozaría. Y después de esta noche, si todavía soy Penny Talbot, continuaré fingiendo ser su mejor amiga. Dejaré que crea que soy la misma persona con la que creció. Aunque la verdadera Penny Talbot haya desaparecido… perdida en las fosas de un cuerpo y una mente que yo robé.

—Por favor —les digo a ella y a Heath—. Regresen al pueblo. Esta noche no pueden hacer nada más. Gigi se marchó.

Heath estira el brazo y le toca la mano a Rose. Sabe que es hora de irse.

—¿Me llamarás mañana? —pregunta. La abrazo y aspiro el dulce aroma a canela y nuez moscada de la tienda de su madre que persiste en su cabello ondeado.

—Claro —respondo. Pase lo que pase, si mañana todavía soy Penny, la llamaré. De lo contrario, estoy segura de que la verdadera Penny la llamará de todas maneras. Y, con suerte, Rose nunca notará la diferencia.

Heath se aleja con ella hacia el muelle y me duele el pecho al verlos partir.

Un diluvio empieza a caer desde el cielo oscuro y negro como un funeral, y la fogata explota y chisporrotea.

Me abro paso entre los filosos pastos de arena y las enormes rocas, la lluvia sopla ahora de manera constante. Revisaré primero la cabaña de Bo y luego el huerto. Pero no llego muy lejos cuando noto algo arriba del faro. Dos siluetas tapan el haz de luz que gira en sentido de las agujas del reloj alrededor de la cúpula vidriada de la linterna.

Bo y Olivia. Tienen que ser ellos. Están en el faro.

La puerta de metal quedó abierta y golpea levemente contra la pared que tiene detrás. Las ráfagas de viento hacen entrar la lluvia, que moja el piso de piedra del interior.

Otis y Olga se encuentran adentro, al lado de la puerta, y maúllan suavemente al verme, los ojos grandes y brillantes. ¿Qué están haciendo aquí? Me detengo al lado del hueco de la escalera y aguzo el oído. Pero la tormenta que azota la pared exterior es más fuerte que cualquier otro sonido. Bo debe estar adentro. Otis y Olga se pegaron a él desde su llegada, siguiéndolo por toda la isla y durmiendo en su cabaña la mayoría de las noches. Creo que supieron desde el principio que yo no era realmente Penny; presintieron el momento en que me instalé dentro de su cuerpo. Y prefieren a Bo más que a mí.

«Vuelvan a la casa», les digo, pero los dos gatos atigrados parpadean y clavan sus ojos en la noche gris, sin demostrar ningún interés en abandonar el faro.

Subo las escaleras de dos en dos, la respiración entrecortada. Utilizo la barandilla para impulsarme más rápido por el interior del faro. Siento que las piernas me arden. El sudor me chorrea por las sienes, pero no me detengo. Es como si el corazón estuviera en llamas y cavara un orificio a través de mi pecho. Pero llego a la punta con una velocidad récord, salto el último escalón mientras inhalo bocanadas de aire rápidas y profundas.

Avanzo lentamente junto a la pared de piedra, intentando calmar a mi enloquecido corazón y luego echo una mirada hacia la derecha, donde se encuentra la linterna. Bo y Olivia ya no se encuentran ahí, pero alcanzo a verlos a través del vidrio. Están afuera, en el estrecho mirador que rodea al faro. Bo tiene algo en la mano, que brilla mientras se va acercando a Olivia.

Es un cuchillo.

21

La puertita que conduce al exterior se abre con estrépito por la fuerza del viento cuando giro la manija. Bo y Olivia giran bruscamente y me miran.

—No deberías estar aquí, Penny —grita Bo por encima de la tormenta y su mirada regresa rápidamente hacia Olivia, como si temiera que fuera a desvanecerse en el aire si no la vigila.

El balcón no se ha usado en décadas; el metal está podrido y oxidado, y cruje cuando me arrastro sobre él.

—No tienes que hacerlo —exclamo. El viento resulta enceguecedor, la lluvia me lastima la cara y los ojos.

—Tú sabes que sí —responde, el tono calmo y decidido.

Intento conectar la serie de hechos que los trajeron aquí arriba, ¿quién emboscó a quién?

—¿De dónde sacaste el cuchillo? —pregunto. La hoja es larga, es un cuchillo de caza, que no reconozco.

—De la gaveta de la cómoda, en la cabaña.

—¿Y piensas apuñalarla así nomás? —inquiero, los ojos de Olivia se agrandan y, por debajo de su delgada piel, me parece ver retorcerse a Marguerite.

—No —contesta Bo—. Voy a obligarla a arrojarse desde el borde.

Veinticuatro metros más abajo, hay escarpados y rugosos montículos de roca. Una muerte rápida y abrupta. Sin últimos suspiros ni dedos crispados, solo oscuridad para Olivia Greene y Marguerite Swan. Al menos, no sufrirán.

—¿Cómo hiciste para traerla aquí arriba? —pregunto, acercándome despacio a Bo. Olivia está inclinada sobre la barandilla de metal, y todo el balcón se sacude cuando apoyo el pie.

—No fui yo. Vi que venía caminando hacia aquí —traga saliva y aprieta el cuchillo, sosteniéndolo con firmeza delante de él. La hoja refulge con el agua de la lluvia—. Supe que era mi única oportunidad. —De modo que fue Marguerite quien lo atrajo a él. Tal vez pensó que podía seducirlo, probarme que, si ella quería, podía ser suyo. Pero, en cambio, Bo la atrapó a ella. Olivia ni siquiera tuvo la posibilidad de tocarlo. Y ahora él la obligará a saltar. Parecerá un suicidio, que la dulce y popular Olivia Greene se quitó la vida arrojándose desde el faro del pueblo.

—Por favor —ruego, aproximándome más a Bo. El mirador se estremece debajo de mí—. Esto no te devolverá a tu hermano. —Al oír el comentario, la expresión de Olivia cambia. No sabía nada acerca del hermano de Bo, que murió ahogado en la bahía el verano pasado, pero sus ojos se iluminan y sus labios se curvan en una sonrisa burlona.

—¿Tu hermano? —pregunta inquisitivamente.

—No abras la maldita boca —exclama Bo.

—Tu hermano se ahogó, ¿verdad? —lo provoca.

Apenas logro ver el costado de la cara de Bo: su sien palpita mientras la lluvia se desliza por su mentón.

—¿Fuiste tú? —pregunta con voz áspera, dando un paso ligero hacia adelante y apoyando el cuchillo contra el estómago de Olivia. Podría destriparla aquí mismo si contestara de manera incorrecta. Bo quiere concretar su venganza, aun cuando implique derramar la sangre de Olivia en vez de obligarla a arrojarse del faro. Asesinato en lugar de suicidio.

Olivia sonríe otra vez, sus ojos oscilan hacia mí como si estuviera aburrida. Puede verlo en mi rostro, en el tenso contorno de mi verdadero yo, que se cierne debajo de la piel de Penny. Marguerite es mi hermana, después de todo. Ella me conoce, puede ver la verdad mejor que nadie.

—Claro que no —le responde dulcemente a Bo—. Pero deberías preguntarle a tu novia; tal vez ella sepa quién fue.

Siento que se me hincha el pecho, las costillas se cierran sobre el corazón y los pulmones, y se me hace difícil tomar aire y bombear sangre hacia el cerebro.

—No lo hagas —digo muy despacio, con la fuerza apenas suficiente como para que ella oiga.

—Seguramente quieres saber por qué traje a toda esta gente a tu isla, por qué quería que se realizara aquí la fiesta de la llegada del solsticio de verano.

No respondo, aunque quiero saber.

—Quería que vieras que sin importar lo que hiciéramos, sin importar cuántas veces robemos un cuerpo y finjamos ser parte del pueblo... nunca lo seremos. Somos sus enemigas. Nos odian. Y si tienen la oportunidad de hacerlo, nos matarán. —Señala a Bo con la cabeza, como si él fuera la prueba de eso—. Has estado jugando a tener una casa y una familia demasiado tiempo, pasaste demasiados veranos en ese cuerpo. Crees que tienes amigos aquí; crees que podrías construir una vida real en este pueblo. Crees que puedes enamorarte... como si tuvieras derecho a hacerlo. —Ríe burlonamente alzando la ceja izquierda. Y aunque la lluvia chorrea por su cara, igual se ve hermosa—. Pero solo les gustas porque no saben quién eres realmente. Si lo supieran, te odiarían. Te despreciarían... te querrían ver muerta —pronuncia esta última palabra como si tuviera gusto a metal—. Él —desvía rápidamente la mirada hacia Bo—, te querría muerta.

El cuchillo continúa apretado contra su estómago, pero ella se inclina sobre él y mira fijamente a Bo.

—Pregúntale a tu novia cuál es su verdadero nombre.

Mi corazón se detiene por completo y se me nubla la vista. *No. Por favor*, quiero suplicar. *No lo hagas. No arruines todo.*

—Ella te ha estado mintiendo —agrega—. Vamos, pregúntale.

Bo se da vuelta solo lo necesario como para mirarme a los ojos. Estoy apoyada contra la pared del faro, las palmas contra la piedra.

—Eso no cambia nada… —comienzo a decir, intentando impedir que la verdad aflore a la superficie.

—No cambia ¿qué? —pregunta.

—Lo que siento por ti… lo que tú sientes. Me conoces.

—¿De qué diablos estás hablando?

La sonrisa de suficiencia de Olivia llega a sus ojos. Está disfrutando. Esto es lo que siempre quiso: que yo me dé cuenta de que no podemos cambiar lo que somos. Somos asesinas. Y yo nunca podré tener a Bo. No así, en este cuerpo. La única manera en que una hermana Swan puede quedarse realmente con alguien es ahogándolo, atrapando su alma en el mar.

—No me llamo Penny —respondo, la confesión me desgarra las entrañas. Mis labios tiemblan, las gotas de lluvia caen sobre ellos y quedan atrapadas en mi lengua.

Bo comienza a bajar el cuchillo y su mirada me atraviesa. La revelación de lo que vendrá a continuación ya se está reflejando en sus ojos.

—Me llamo Hazel.

Sacude la cabeza apenas un centímetro. Ahora el cuchillo cae al costado de su cuerpo, su boca forma una línea dura e inflexible.

—Hazel Swan —admito.

Sus ojos se agitan por un instante, endurece la mandíbula y luego se queda completamente inmóvil, como si se hubiera convertido en una estatua.

—Debería habértelo dicho antes, pero no sabía cómo. Y luego, cuando me enteré del motivo por el cual habías venido, supe que me odiarías. Y no pude…

—¿Cuándo? —pregunta con calma.

—¿Cuándo? —repito al no saber a qué se refiere.

—¿Cuándo dejaste de ser Penny Talbot?

Intento tragar saliva pero mi cuerpo rechaza el movimiento, como si el cuerpo de Penny y el mío estuvieran luchando uno contra otro. Peleando por el control.

—La primera noche en que nos conocimos. —Aparto un mechón de pelo mojado de la frente—. Después de la fiesta Swan en la playa, Penny te trajo a la isla. Esa noche, antes del amanecer, se despertó y bajó al muelle. Para ella fue un sueño. Se metió en el agua y yo tomé su cuerpo.

—Entonces, esa noche en la playa, cuando hablamos junto a la fogata y me contaste acerca de las hermanas Swan… ¿esa era Penny y no tú?

Asiento.

—Pero todo lo que sucedió después de esa noche… ¿fuiste tú?

Asiento otra vez.

—Pero tú recordaste haber hablado conmigo en la playa y también cosas sobre la vida de Penny.

—Yo absorbo los recuerdos de los cuerpos que habito. Sé todo acerca de Penny.

—Esa no es la única razón —interviene Olivia, feliz de llenar los baches que yo querría pasar por alto.

Cierro los ojos y los abro otra vez. Bo se alejó por completo de Olivia y me observa atentamente. Ahora soy yo la amenaza. Yo lo herí. Le mentí. Hice que confiara en mí e incluso que me amara.

—Yo he tomado el cuerpo de Penny durante los tres últimos veranos —confieso.

Una ráfaga de viento nos azota violentamente, enviando una oleada de lluvia contra las ventanas del faro.

—¿Por qué? —logra preguntar Bo, aunque su voz suena sofocada.

—Me agrada su vida —contesto, la primera vez que lo admito en voz alta—. Me agrada ser ella en esta isla.

—Ay, Hazel, si vas a contar la verdad, más vale que la cuentes completa —interrumpe Olivia.

Le lanzo una mirada asesina, deseando que se calle de una vez. Debería haber dejado que Bo la empujara por la barandilla. No debería haberlo detenido. Y ahora ella está aquí, mencionando todos los detalles escabrosos de mi pasado. Y llamándome por mi verdadero nombre.

—Solía venir aquí cuando todavía estaba…

—Viva —termina Olivia por mí alzando las cejas.

—¿Viviste aquí antes? —pregunta Bo.

—No. —No quiero contarle acerca de Owen. Acerca de mi vida de antes. Eso ya no importa. Ya no soy esa joven. Esa joven que se ahogó en el puerto dos siglos atrás… y la joven que soy ahora está aquí, viva, delante de él.

—El primer guardafaro tenía un hijo —le informa Olivia por mí—. Se llamaba Owen Clement. Era guapo, debo reconocerlo. Pero nunca entendí qué vio ella en él. No tenía dinero ni propiedades ni un futuro rentable. Sin embargo, ella igual lo quería y se iba a casar con él. Es decir, si el padre no nos hubiera acusado de ser brujas y ahogado en el puerto.

Me estremezco ante su brusco y rápido relato de mi relación con Owen. Como si pudiera resumirse tan escuetamente. Una sola respiración para contar nuestra historia.

—Ahora Owen está enterrado en Alder Hill, en el Cementerio de Sparrow. Allí fue ella esta mañana… a ver su tumba —lo dice como una acusación, como si yo hubiera traicionado a Bo con ese simple acto. Y tal vez fue así. Pero no es la peor ofensa, ni de lejos.

Bo parece aturdido. Me observa como si le hubiera arrancado el corazón del pecho, lo hubiera despedazado con los dedos y triturado hasta que dejó de latir.

Donde alguna vez vio a una chica, ahora ve a un monstruo.

—No fue así —exclamo—. Fui a despedirme. —Pero mis palabras suenan débiles e inútiles. Ya no significan nada. No para él.

—Así que ya ves, Bo —continúa Olivia, el cabello arremolinándose sobre su rostro, Marguerite Swan riendo y balanceándose debajo de su piel como si estuviera suspendida en el aire—. Tu dulce Penny no es quien dice ser. Es una asesina como yo, como Aurora… sus hermanas. Y solo regresa a esta isla porque le recuerda al muchacho que alguna vez amó. Y si piensas que ella te importa, incluso que la amas, tal vez te convendría evaluar que es una de las hermanas Swan, y lo que nosotras hacemos es seducir muchachos. Es probable que la ames solo porque ella te lanzó un hechizo para que creas que es así. No es real. —Olivia se pasa la lengua por los labios.

—Eso no es cierto —grito.

—¿No lo es? Tal vez deberías contarle acerca de su hermano. Cuéntale lo buena que eres seduciendo incautos forasteros.

Se me aflojan las rodillas y clavo las uñas en la pared del faro para evitar desplomarme. *No puedo continuar.*

—¿Cómo se llamaba tu hermano? —inquiere Olivia—. No tiene importancia. Estoy segura de que se parecen, ¿y cómo podía Hazel resistir la posibilidad de seducir a dos hermanos? Es realmente perfecto.

—Ya basta —exclamo, pero Bo ha retrocedido hacia la barandilla, que repiquetea debajo de él. Tiene el pelo empapado, la ropa empapada. Todos damos la sensación de haber estado nadando en el océano, mojados, los tres encerrados en este mirador, atrapados por el viento y el destino que nos trajo hasta aquí. Siglos de engaño que ahora me desgarran. La verdad es más dolorosa que nada que haya sentido alguna vez. Incluso más dolorosa que ahogarme.

—¿Fuiste tú? —pregunta Bo, y por la forma en que lo dice, es como si acabara de clavarme el cuchillo en medio del estómago.

—Al principio no lo sabía —respondo, peleando contra el ardor de las lágrimas que se acumulan en el borde de mis ojos—. Pero cuando me contaste lo que le sucedió a tu hermano, comencé a recordarlo. Son muy parecidos —me aclaro la garganta—. Me negaba a reconocerlo. Yo era distinta el verano pasado. No me importaba a quién le quitaba la vida… no me importaba nada. Pero ahora sí. Tú me ayudaste a descubrirlo. Ya no quiero lastimar a nadie, especialmente a ti.

—Todo este tiempo, sabías que yo estaba intentando averiguar quién lo mató. —Se enreda con las palabras y luego las recupera—. ¿Y eras tú?

—Lo siento.

Otra exhalación.

Aparta la mirada, ya ni siquiera me escucha.

—¿Esta es la razón por la cual podías ver lo que Gigi era realmente, y también Olivia? —Sus ojos se desvían hacia ella y luego regresan a mí, como si estuviera tratando de ver lo que hay en nuestro interior—. ¿Podías verlas porque eres una de ellas?

—Bo —murmuro en tono de súplica, con un hilo de voz.

—Tú ahogaste a mi hermano —afirma mientras avanza con rapidez y traba su cuerpo contra el mío. Su respiración es baja y superficial, y lleva el cuchillo a mi garganta, apoyándolo justo debajo del mentón. Mis párpados tiemblan e inclino la cabeza contra la pared. Sus ojos me arrasan violentamente. No con deseo, sino con rabia. Y siento en la furia que late en su mirada, en las yemas de los dedos que sostienen el cuchillo, que quiere matarme.

Los ojos de Olivia se mueven raudamente hacia la puerta. Esta es su oportunidad de escapar. Pero, por alguna razón, se queda. Tal vez quiere ver cómo Bo me corta la garganta. O tal vez solo quiere ver cómo se desarrolla la situación.

—¿Cuántos mataste este año? —pregunta, como si estuviera buscando otra razón para deslizar la hoja a través de mi garganta y dejar que la vida se escurra fuera de mí.

—Ninguno —mascullo.

—¿Mi hermano fue el último?

Asiento, apenas.

—¿Por qué?

—No quiero ser esa persona nunca más —mi voz es un susurro.

—Pero esa eres tú —espeta.

—No —niego con la cabeza—. No lo soy. No puedo hacerlo más. No quiero. Quiero una vida diferente. Una vida contigo.

—No hagas eso —murmura.

Intento aclararme la garganta, pero tiemblo demasiado.

—No actúes como si yo te hubiera cambiado. No actúes como si yo te importara —dice—. No puedo confiar en nada de lo que has dicho. Ni siquiera puedo confiar en lo que siento por ti. —Estas últimas palabras son las que más me lastiman y hago una mueca de dolor. Cree que lo obligué a amarme, que lo seduje igual que Olivia—. Me mentiste acerca de todo.

—No todo —intento decir pero él no quiere oírlo.

Aparta el cuchillo de mi garganta.

—No quiero escuchar nada más. —sus ojos parecen de piedra, están teñidos de odio ante lo que yo soy. Los míos suplican perdón. Pero ya es demasiado tarde para eso. Yo maté a su hermano. No hay nada más que decir.

Me convertí en su enemiga. Y ahora se aleja de mí, disgustado.

Y justo cuando el haz de luz del faro pasa por encima de su rostro, se da vuelta. La lluvia golpeándole la espalda, se agacha por debajo de la puerta e ingresa al faro.

Su sombra se mueve por la cúpula de la linterna y desaparece escaleras abajo.

—Él no te ama, Hazel —comenta Olivia, como para consolarme—. Amaba a la chica que pensaba que eras. Pero le mentiste.

—Esto es por tu culpa. Tú lo provocaste.

—No. *Tú* lo provocaste. Pensaste que podrías ser como ellos, humana, pero nosotras llevamos doscientos años muertas y nada podrá cambiar eso. Ni siquiera un chico al que crees que amas.

—¿Cómo diablos podrías saberlo? Tú nunca quisiste de verdad a nadie en toda tu vida. Solo a ti misma. No quiero ser una desgraciada como tú, atrapada en este puerto para toda la eternidad.

—No puedes cambiar lo que somos.

—¿Eso crees? —exclamo, me aparto de la pared y me meto corriendo en el faro.

—¿Qué haces? —me grita.

—Voy a buscarlo.

22

La fogata de la fiesta no es más que una pila de carbones casi extinguidos, incapaces de sobrevivir en este diluvio. Y todos los que vinieron a la isla para el solsticio de verano ya se marcharon. Una fiesta interrumpida por el regreso de Gigi Kline.

La sombra de Bo ya avanza hacia el muelle, y el viento y la lluvia que se interponen entre nosotros hacen que parezca que está a kilómetros de distancia, un espejismo en una ruta desierta. Abro la boca para gritarle pero inmediatamente cierro los labios con fuerza. No se detendría de todas maneras. Está decidido a abandonar la isla… y a mí. Para siempre.

De modo que echo a correr.

En el muelle, ya han desaparecido todos los botes que habían estado apiñados unas pocas horas antes. Solo quedan mi bote y el velero, golpeando contra los costados del muelle mientras el viento los azota como si fuera un puño furioso.

En el agua, varias luces se extienden por la oscuridad, todavía buscando a Gigi, incapaces de localizarla. Los demás deben haberse dado por vencidos y retornado a la marina. Es probable que ella aún esté en algún lugar de la bahía, escondida, pues la medianoche se va acercando lentamente. O tal vez ya se metió debajo de las olas, y Aurora se disolvió en la oscuridad más profunda del puerto. Pero si conozco un poco a mi hermana, encontrará la forma de retornar a la orilla para esperar afuera del agua los últimos minutos hasta que sea medianoche. Disfrutar de esos fugaces momentos antes de tener que regresar al mar brutal. Y Marguerite hará lo mismo. Tal vez permanezca arriba del faro, observando la isla y la tormenta que avanza tierra adentro por encima del Pacífico, hasta que se vea obligada a bajar a la orilla del mar en los segundos finales.

Bo no está en el bote, de modo que echo un vistazo al velero. Aparece adelante del barco, del lado de estribor, arrojando las amarras.

—¿A dónde vas? —le grito justo cuando lanza la última amarra de proa. Pero no me responde—. No te marches así —le ruego—. Quiero contarte la verdad... quiero contarte todo.

—Es demasiado tarde —repone. El motor auxiliar ruge suavemente y él camina hacia el timón, en la popa del barco. Suena exactamente como el recuerdo que tengo de tres años atrás: una ligera explosión mientras el viento sopla ansiando inflar las velas una vez que el velero llegue a mar abierto y pueda agarrar los vientos del Pacífico.

—Por favor —le ruego, pero el barco se aparta del muelle y comienza a deslizarse hacia adelante. Lo sigo hasta que se acaba el muelle, y después ya no tengo alternativa. Sesenta centímetros me separan de la popa del velero, donde se lee *Windsong* escrito en letras azules. Un metro. Un metro veinte. Salto, mis piernas me impulsan hacia adelante pero me quedo un poco corta. Mi pecho choca contra el flanco del barco, el dolor me atraviesa las costillas como una lanza y mis manos buscan denodadamente algo donde afirmarse para no caer al agua. Encuentro una cornamusa y la sujeto con los dedos. Pero es resbaladiza y los dedos comienzan a ceder mientras el agua salpica contra la parte posterior de mis piernas.

Luego las manos de Bo aprietan mis brazos y me jalan hacia arriba. Jadeo y me toco el lado izquierdo con la mano al tiempo que el dolor estalla en mis costillas con cada respiración. Bo está a solo centímetros de mí, sosteniéndome del brazo derecho. Lo miro a los ojos, esperando que me vea a mí, a la chica que está detrás. La chica que él conoció estas últimas semanas. Pero me suelta el brazo y se aleja hacia el timón.

—No deberías haber hecho eso.

—Necesitaba hablar contigo.

—No queda nada por decir.

Vira el barco no hacia la marina sino hacia el mar, derecho hacia la tormenta.

—¿No vas al pueblo?

—No.

—¿Robarás un velero?

—Lo tomo prestado. Solo hasta que llegue al próximo puerto costero. No quiero volver a ver ese maldito pueblo de mierda.

Me llevo los dedos a las costillas y hago un gesto de dolor. Debo tener alguna contusión. O tal vez se haya roto alguna costilla.

El velero vira hacia el costado, tenemos viento en contra, pero me arrastro hacia donde se encuentra Bo aferrando con fuerza el timón, maniobrando hacia el ojo de la tormenta. La marea crece; las olas se estrellan por encima de la proa y se deslizan por los flancos del barco. No deberíamos haber salido con esta tormenta.

—Bo —exclamo y esta vez me mira de verdad—. Necesito que sepas... —Mi cuerpo tiembla de frío, de saber que voy a perder todo lo que pensaba que tenía—. Yo no te obligué a quererme. No hice que me amaras mediante un engaño. Lo que sentiste por mí era real —lo digo en pasado, sabiendo que es probable que lo que haya sentido por mí ya haya desaparecido—. No soy el monstruo que crees que soy.

—Tú mataste a mi hermano. —Su mirada me despelleja, me parte en dos, me tritura hasta que ya no queda nada—. Tú lo mataste, maldita sea. Y me mentiste.

Eso no lo puedo remediar. Nada puede cambiarlo. Es imperdonable.

—Lo sé.

Otra ola se estrella contra nosotros, me aferro a Bo instintivamente y luego lo suelto con la misma rapidez.

—¿Por qué lo hiciste? —pregunta. No estoy segura si está preguntando por su hermano o por qué le mentí acerca de quién soy. Probablemente las dos cosas.

Y las respuestas están entrelazadas.

—Este pueblo me quitó todo lo que tenía —respondo, parpadeando para apartar el agua de las pestañas—. Mi vida, la persona que amaba. Estaba enojada… no, estaba más que enojada, y quería que ellos pagasen por lo que me hicieron. Llevé a tu hermano al puerto como llevé a tantos muchachos todos estos años. Estaba anestesiada. No me importaba a quién le quitaba la vida ni cuánta gente sufría.

Aferro la palanca de madera que está al lado del timón para evitar que otra ola me arroje hacia el costado. Esta tormenta nos matará a los dos. Pero continúo hablando: esta podría ser la última oportunidad para lograr que Bo comprenda.

—Este verano, cuando tomé el cuerpo de Penny por tercera vez, me desperté en su cama igual que los dos años anteriores, pero esta vez, había un nuevo recuerdo alojado dentro de su mente: un recuerdo de ti de la noche anterior. Ya se estaba enamorando de ti. Ella vio algo que la hizo confiar en ti. Pero yo ya estaba en su cuerpo y tú estabas en la isla: el chico que ella trajo a través del puerto y permitió que se quedara en la cabaña. Y por alguna razón yo también confié en ti. Era la primera vez que confiaba en alguien en doscientos años. —Me seco una catarata de lágrimas con el dorso de la mano—. Podría haberte matado. Podría haberte ahogado el primer día. Pero, por alguna razón, quise protegerte, mantenerte a salvo. Quería volver a sentir algo por alguien… por ti. Necesitaba saber si mi corazón no estaba completamente muerto, que existía una parte de mí que todavía era humana… que todavía podía enamorarse.

La lluvia y el agua del mar se derraman por los duros rasgos de su rostro. Está escuchando, aunque no quiera.

—Nadie debería vivir tanto tiempo como yo —señalo—. Obteniendo solamente fugaces destellos de lo que es una vida real cada verano, atormentada el resto del tiempo por oscuras ensoñaciones. Pasé allá abajo la mayor parte de mis doscientos años, en el fondo del mar, un fantasma… una aparición que se mueve con la marea, esperando volver a respirar aire otra vez. No puedo regresar allí.

Ni viva… ni muerta. Un fantasma atrapado mientras transcurren los meses, cada hora, cada segundo.

—Entonces, ¿te quedarás para siempre con ese cuerpo? —pregunta, entornando los ojos hacia la tormenta mientras nos acercamos al final del cabo y navegamos hacia mar abierto.

—Ahora no estoy segura de lo que quiero.

—Pero lo robaste —insiste en tono cortante—. No te pertenece.

—Lo sé. —No hay justificación para desear quedarme con este cuerpo. Es egoísta y es un asesinato. Estaría matando a la verdadera Penny Talbot, aplastándola como si nunca hubiera existido. Yo quería pensar que era una persona distinta gracias a Bo, porque no había matado este verano. Pero soy exactamente la misma que he sido durante los últimos doscientos años. Quiero algo que no puedo tener. Soy una ladrona de cuerpos y almas. Pero ¿cuándo me detendré? ¿Cuándo será suficiente el tormento que inflija sobre este pueblo? ¿Cuándo se saciará mi venganza?

Penny merece una vida plena. La vida que yo no pude tener. Y en una estrepitosa revelación, lo descubro: no puedo arrebatársela.

Todos mis pensamientos brotan al mismo tiempo, un diluvio de recuerdos.

Chasquean en mi mente como pequeños petardos, explosiones en todas las fibras nerviosas. Puedo arreglar esto, corregir las injusticias, darle a Bo lo que quiere.

—Yo solo estuve una vez en este velero antes de hoy —le cuento. Frunce el ceño, sin saber bien a qué me estoy refiriendo—. El primer verano que tomé el cuerpo de Penny, su padre sospechaba de mí. Él descubrió quién era. Creo que es por eso que reunió todos esos libros en tu cabaña: estaba buscando una manera de deshacerse de mí sin matar a su hija, lo mismo que tú estabas buscando. Salvo que él encontró una manera. —Bo vira el barco hacia el sur y el viento también cambia de dirección, golpeándonos desde estribor—. Ese verano —prosigo— se marchó de la casa una noche después de cenar y bajó al muelle. Yo lo seguí. Dijo que sacaría el velero y me preguntó si quería acompañarlo. Algo no estaba bien. Se veía raro, inquieto, pero yo fui porque eso era lo que Penny habría hecho. Y estaba fingiendo ser ella por primera vez. No navegamos muy lejos, solo pasamos el cabo, cuando me contó la verdad. Me dijo que sabía quién era yo (una de las hermanas Swan), y que me daba la posibilidad de elegir. Él había encontrado una forma de matarme sin destrozar el cuerpo que yo habitaba, el cuerpo de Penny. Lo había descubierto en uno de sus libros. Pero implicaba un sacrificio. —Tomo una pequeña bocanada de aire, ubicando las palabras alojadas en el fondo de mi garganta—. Si me zambullía en el mar —relato, tratando de mantener la voz firme— y me ahogaba otra vez, como hice hace doscientos años, yo moriría pero Penny no. Tenía que repetir mi muerte. Y él creía que eso también mataría a mis hermanas, que rompería la maldición de manera efectiva. Y jamás regresaríamos a Sparrow.

Bo ladea la cabeza para mirarme, las manos con los nudillos blancos aferradas al timón, luchando para impedir que salgamos volando hasta la orilla o nos demos vuelta por completo.

—Pero no lo hiciste.

Niego con la cabeza.

Y luego me hace la pregunta que yo sabía que llegaría.

—¿Qué le sucedió al padre de Penny?

—Pensé que me arrojaría al mar, que me obligaría a hacerlo. Se acercó a mí, de modo que agarré el gancho de amarre y... y le pegué con él. Se tambaleó por un instante, perdió el equilibrio mientras el barco se balanceaba con cada ola. —El recuerdo me ahoga. Todavía deseo poder volver atrás y deshacer lo sucedido esa noche. Porque Penny perdió a su padre y su madre perdió a su esposo—. Se cayó por la borda y no volvió a salir a la superficie. —Observo el mar, azul oscuro, revuelto y agujereado por la lluvia, y lo imagino tragando agua, ahogándose igual que yo me ahogué tantos años atrás—. En la cubierta del barco, había un libro en donde él había leído cómo romper nuestra maldición, de modo que lo arrojé al mar. No quería que nadie más averiguara cómo matarnos. —Había contemplado cómo se hundía en la oscuridad, sin saber que había una cabaña entera llena de libros que él había coleccionado—. El velero se había ido desviando lentamente hacia la costa —explico—. Por suerte las velas estaban bajas y el motor seguía andando. De modo que lo conduje lejos de las rocas y logré regresar a la isla. Lo amarré al muelle y subí a la casa. Y ahí quedó hasta ahora.

—¿Por qué me estás contando esto? —pregunta Bo.

—Porque ahora sé lo que tengo que hacer. Debería haberlo hecho esa noche. Debería haber cambiado el curso de los acontecimientos. Entonces, tu hermano estaría vivo y tú nunca habrías venido aquí. Fui egoísta en ese momento, y cobarde. Pero ya no lo soy.

—¿De qué estás hablando? —Suelta una mano del timón.

—Voy a darte lo que quieres: tu venganza.

Me aparto de él y camino hacia el lado de estribor del velero. Tengo el mar frente a mí, mi tumba: el lugar en donde debo estar. Se perdieron vidas. Se produjeron innumerables muertes. Todo comenzó con mis hermanas y yo cuando nos ahogaron en el puerto hace tantos años, pero nosotras causamos mucho más sufrimiento del que se pueda imaginar.

—¿Qué estás haciendo? —La voz de Bo aún es dura, pero percibo una pizca de incertidumbre en ella.

—Yo quería quedarme en este cuerpo y vivir esta vida… contigo. Pero ahora sé que no puedo… por muchas razones. Tú nunca podrás amarme sabiendo lo que hice, lo que soy. Siento mucho lo de tu hermano. Desearía poder volver atrás y deshacerlo. Desearía poder reparar la mayoría de las cosas que he hecho. Pero al menos ahora puedo hacer que todo esto termine. Corregir todo lo malo. —Cierro los ojos brevemente y lleno de aire los pulmones.

—Penny —dice, un nombre que no es mío. Se aleja del timón, el motor continúa rugiendo, el barco golpeando contra las olas sin un capitán para pilotearlo. No me toca. Pero se para frente a mí, balanceándose de un lado a otro con el movimiento del velero—. Hazel —corrige, pero sigue existiendo un enojo abrasador en el tono de su voz—. Me arruinaste la vida; me quitaste a mi hermano. Y después me enamoré de ti… me enamoré de la persona que lo mató. ¿Cómo puedo enfrentar algo semejante? ¿Qué quieres que diga? ¿Que te perdono? No puedo. —Sus ojos vacilan y se apartan de mí. *No puede perdonar.* Nunca podrá. Puedo ver la lucha en su interior. Siente que debería tratar de detenerme, pero una parte de él, una parte resentida y vengativa, también quiere verme muerta.

—Sé que no puedes perdonarme —señalo—. Sé que te herí… que arruiné todo. Desearía que todo fuera distinto. Desearía que *yo* fuera distinta, pero… —Se me atoran las palabras que quiero pronunciar—. Pero te amé de verdad. Eso fue real; todo lo que hubo entre nosotros fue real. Y sigo amándote.

Espero notar algún destello en sus ojos, un destello de aceptación de que una parte de él también me ama. Pero no puede ver más allá de lo que ahora sabe que soy. Solo soy la chica que ahogó a su hermano… y nada más.

Al ver que no habla, echo un vistazo hacia el timón, donde hay un relojito encastrado en el tablero. Las once cuarenta y ocho, faltan solo doce minutos para la medianoche, y entonces será demasiado tarde. No puedo permanecer en este cuerpo, ya no. No puedo sustraer otra vida. Pero si me sumerjo en el mar helado, si no permito que mi alma escape sino que, en su lugar, dejo que este cuerpo se ahogue conmigo dentro, yo seré la que muera. No Penny. Me ahogaré igual que lo hice hace dos siglos. Y, con suerte, si el padre de Penny estaba en lo cierto, ella sobrevivirá.

—En años anteriores, cuando retornamos al mar —explico, el viento volando mi cabello hacia atrás—, abandonamos los cuerpos robados antes de que el reloj llegara a las doce. Pero pienso que, para que esto funcione, el cuerpo de Penny tiene que ahogarse conmigo adentro. Yo moriré, pero ella podrá regresar. Tú tendrás que salvarla. Yo moriré, pero ella vivirá.

Me atraviesa con la mirada, como si no quisiera creer lo que estoy diciendo.

Me vuelvo hacia la barandilla. El mar me salpica la cara, el cielo oscuro como un funeral. Este será mi último suspiro. Mi último vistazo de la vida que podría haber tenido. Cierro los ojos sabiendo que no puedo volver atrás.

Pero entonces las manos de Bo me sujetan y me dan vuelta.

—No —exclama, las cejas arqueadas, los labios una línea finita. Está atormentado. No sabe qué sentir, qué hacer. Y ese es el motivo por el cual lo dejo afuera de la decisión. Estoy concluyendo esto de una vez por todas para que él no tenga que hacerlo. De todas maneras, habla, dice lo que cree que debería decir—: No tiene que terminar así.

Sonrío levemente y meneo la cabeza.

—Tú sabes que no existe otra salida. Mis hermanas continuarán matando y yo no quiero regresar al mar por otros doscientos años. No puedo. Eso no es vida. Estoy cansada.

Desliza sus manos por mis mejillas y por mi cabello empapado. Y a pesar de que hay amor en sus ojos, un dolor que reconozco, también hay odio. Un odio profundo, innegable, arraigado. Yo le quité a su hermano. Y para eso no hay vuelta atrás.

Pero aun con rencor en sus oscuros ojos verdes, me atrae hacia él y aprieta sus labios cálidos contra los míos mientras la lluvia continúa cayendo entre nosotros. Me besa como si no fuera a soltarme nunca, aunque sé que lo hará. Con furia y desesperación. Amándome y odiándome. Y sus dedos jalan de mi cabello, acercándome más todavía. Mis uñas se clavan en su pecho, intentando aferrarme a este momento. A esta sensación. Podría llevarlo conmigo, como sugirieron Olivia y Aurora. Podría ahogarlo ahora y él quedaría atrapado en el mar conmigo por toda la eternidad. Pero no lo quiero de esa manera… confinado en una prisión marina. No es real. Y no se lo merece.

Sus labios se separan unos milímetros de los míos e inhalo una tensa bocanada de aire.

—Gracias por darme estos días contigo —murmuro. Las lágrimas brotan y las dejo salir.

Cierro los ojos y apoyo la frente contra su pecho. Respiro profundamente, como queriendo recordar su olor para siempre. Pero ahora solo huele a mar. Un chico que llegó con la marea. Como un sueño, como un recuerdo que espero no olvidar nunca.

Retiro las manos de su pecho y volteo para mirar el océano. Tempestuoso y turbulento. El océano Pacífico negro y sin fondo me llama a su frío interior. Es casi medianoche y, a lo lejos, relámpagos como arañas se perfilan contra las nubes, acercándose cada vez más.

—Cuando me zambulla —le advierto por encima del embate de las olas—, después de que me ahogue, tienes que sacar su cuerpo del agua.

No asiente. No responde. No puede comprender lo que está sucediendo, pero sabe que tiene que dejarme ir.

Miro sus ojos del color del bosque por última vez y me veo reflejada en ellos.

—No le cuentes lo que le sucedió a su padre —digo—. No le hables de mí. Creo que es mejor que no lo sepa.

Un trueno explota en el cielo y Bo asiente.

Dejaré los buenos recuerdos en la mente de Penny y me llevaré los malos. Ella recordará imágenes de Bo, de su calor al lado de ella en la cabaña, las manos de él sobre su piel, los labios de Bo sobre los suyos. Recordará días en que su corazón parecía a punto de explotar de amor por él. No recordará haber ido al cementerio para despedirse de Owen; no recordará haber conversado con Marguerite frente a la vieja perfumería. No recordará haber hablado con Gigi Kline como si fuera su hermana. Solo recordará que le ofreció un refugio a Gigi de los chicos que la perseguían. Ella vivirá la vida que yo desearía haber tenido. Extrañará a su padre, pero a veces extrañar es mejor que saber. Le dejaré como obsequio los buenos recuerdos. También le dejaré a Bo, el último chico que amé.

El chico que todavía amo.

Paso por encima de la barandilla metálica. La cubierta está resbaladiza y casi pierdo el equilibrio. El corazón comienza a latirme con fuerza, el miedo y la duda se apoderan de mí. Me aferro tan fuerte a la baranda que los dedos empiezan a palpitar.

No despego la vista de él.

—Te dije que el amor es como caerse, como ahogarse. Esto será lo mismo. Solo tengo que soltarme y dejarme ir. —Me tiemblan los labios—. No me olvides.

—Jamás —responde. Y su rostro es lo último que veo antes de saltar y golpear contra el agua. Y todo se vuelve negro.

De inmediato, el mundo queda en silencio. La tormenta se agita y explota arriba de la superficie, pero aquí abajo, todo es calma y sosiego.

Nado con fuerza. Me impulso hacia las profundidades, cerca del fondo del mar. El frío entumece mis manos y mis pies casi de inmediato… El frío que detendrá mi corazón y preservará el cuerpo de Penny. La oscuridad es absoluta e impide ver la superficie del océano, de modo que no puedo distinguir dónde es abajo y dónde es arriba. Pero no quiero cambiar de opinión: no quiero tener la posibilidad de nadar hacia arriba y tomar aire.

Caigo como una moneda que se hunde en el puerto, hacia el naufragio del barco pirata. Pienso en el centavo que arrojé al agua aquella noche con Bo, Rose y Heath. Todos pedimos deseos. Algunos tangibles. Otros probablemente no. Mi deseo era ser humana otra vez, llevar una vida normal, pero no se hizo realidad. Todo se va volviendo más profundo, más oscuro, más frío. Pero tal vez esto, lo que estoy haciendo ahora, me hace más humana que nunca. Morir. Sacrificarte para que otros no tengan que hacerlo. Elegir.

Y me enamoré. ¿Qué puede ser más humano que eso?

El frío se aferra a mis extremidades, de modo tal que ya no puedo mover los dedos de las manos y de los pies, los brazos y las piernas. Y la oscuridad dibuja formas que sé que no están realmente ahí. La muerte juega conmigo.

Me parece ver mi imagen reflejada en el agua, lo cual es imposible. Pero hay dos imágenes: la cara de Penny y la mía, oculta profundamente bajo su piel, la verdadera imagen de mí… Hazel Swan. Cabello oscuro, grandes ojos verdes, perdida. Sola. Pero no realmente sola. Conocí el amor… el amor profundo y tonto. Y eso hizo que todo valiera la pena.

Aprieto los ojos.

Abro la boca y me bebo el mar de un trago. Sabe a sal y a absolución. A dejarme ir. Y luego, ingresando desde el frío, llega un calor tremendo. Mi cuerpo ya no está entumecido. Es como si yaciera en un hueco de pastos de arena bajo el sol de la tarde, mientras observo las nubes deslizándose perezosamente por el cielo. El calor es tan real que abro los ojos otra vez, y entonces me traga por completo.

PENNY TALBOT

Olvidé el día, la hora. Pero siento un frío espantoso y tomo aire como si fuera la última y la primera vez. Me duelen las costillas.

Unos brazos me rodean y me suben a un bote. El viento me lastima los oídos, la lluvia me hace tiritar. Estoy acurrucada en la popa, una manta sobre los hombros.

—¿Dónde estoy? —pregunto y una voz distante me grita palabras que no logro comprender. El cielo oscuro da vueltas encima de mi cabeza.

El muelle bajo mis pies.

La larga caminata por la pasarela.

Y luego la cabaña a la que no he entrado en años. Un fuego que se enciende de a poco y se va volviendo caliente y brillante. Me siento en el piso. Hay libros por todos lados. Otra vez una voz y un rostro que no reconozco me trae té caliente y lo tomo lentamente, calentándome por dentro. ¿Cómo llegué aquí? Todo es un sueño que no estoy segura de querer recordar.

Pero luego sí recuerdo. El chico agachado a mi lado, su rostro. Lo conozco, de la marina, buscaba trabajo. Y después la fiesta en la playa. Me salvó de Lon Whittamer, que intentó meterme en el agua. Y luego nos sentamos junto a la fogata y conversamos. Se llama Bo. Es lindo. Y el canto que venía del puerto nos persiguió durante todo el viaje a la isla. Le dije que podía quedarse aquí, en la cabaña, que le daría trabajo durante el verano. Y aquí está. Empapado, líneas de preocupación marcan su rostro.

—¿Se acabaron los cánticos? —pregunto.

—¿Los qué? —dice.

—Las hermanas Swan. Los cánticos. ¿Ya regresaron todas?

Hace una pausa, su expresión tironea los bordes de la cicatriz de su ojo izquierdo. *¿De dónde vino?*, me pregunto. Hay bondad en sus ojos. Pero no debería estar aquí en Sparrow. Es muy arriesgado.

—Sí —contesta finalmente—. Los cánticos terminaron. Y no creo que volvamos a escucharlos nunca más.

Me quedo dormida en el sofá, una manta doblada sobre los hombros. Y cada vez que abro los ojos, continúa despierto mirando fijamente el fuego como si estuviera buscando algo o esperando a alguien.

—¿Qué me sucedió? —pregunto mientras amanece lentamente por la ventana.

Se da vuelta, la tristeza grabada en los rasgos de su cara. El frío de la mañana se filtra por las grietas de la puerta, haciéndome tiritar a pesar de que el fuego chisporrotea a mis espaldas.

Me observa con los ojos entrecerrados, como si sintiera dolor tan solo por mirarme. Una pena profunda y desdichada. Pero no sé bien por qué.

—Estuviste dormida durante un tiempo —explica—. Ahora estás despierta.

Me miro las manos, entrelazadas frente a mí. En el dedo índice de la mano izquierda hay una cicatriz rosada, casi curada. Tiene al menos una o dos semanas, pero no recuerdo cómo me la hice. No logro encontrar el recuerdo en las fosas de mi mente. De modo que vuelvo a meter las manos debajo de la manta y aparto el pensamiento.

Sé que, detrás de su respuesta, hay algo más de lo que está dispuesto a revelar. Pero todavía me siento confundida, mi cuerpo quiere arrastrarme nuevamente hacia el mundo del sueño. Así que hago una pregunta más antes de quedarme dormida.

—¿Y a ti qué te sucedió?

—Perdí a alguien a quien amaba.

EL PUERTO

Algunos lugares están ligados por la magia. Atrapados en ella.

Es probable que en Sparrow hayan existido destellos de magia antes de que llegaran las hermanas Swan en 1822. O tal vez las tres hermanas la trajeron con ellas a través del Pacífico. Nadie lo sabrá con certeza. Su belleza y su mala suerte pueden haber sido su propia maldición, entretejidas con la rudeza de un lugar como Sparrow, Oregón, donde el oro chorreaba de las montañas y el mar arrastraba barcos bajo el agua cuando la luna estaba llena y la marea, vengativa.

La magia es engañosa, difícil de medir, de pesar y de dimensionar.

A pesar de que las hermanas Swan nunca regresarán a atormentar al pequeño pueblo, su hechizo aún reside en las calles mojadas y en los enfurecidos vientos invernales.

En la mañana posterior al solsticio de verano, un pescador del lugar timoneó su bote por el puerto en busca de cangrejos que se deslizaran por el fondo del mar. Los turistas habían comenzado el éxodo abandonando las posadas, cargando autos y abordando autobuses. Había llegado la hora de regresar a sus hogares.

La temporada Swan había concluido. Pero lo que todavía no sabían los turistas ni los lugareños era que en Sparrow no habría nunca más un ahogamiento.

Olivia Greene se despertaría a la mañana siguiente arriba del faro en Lumiere Island. Solo recordaría fragmentos de la fiesta de la noche anterior y supondría que bebió demasiado, se desmayó en el frío piso de piedra y sus amigos la abandonaron.

Gigi Kline, que había desaparecido durante varias semanas pero reaparecido inesperadamente en la fiesta del solsticio de verano, se despertaría en las costas rocosas de Lumiere Island, los pies sumergidos en el agua y tres dedos hinchados y congelados, imposibles de salvar. Después de haber escapado hacia el puerto la noche anterior, Aurora dio una vuelta y regresó a la costa, eludiendo fácilmente ser capturada por la multitud de estudiantes de la Escuela Secundaria de Sparrow, en su mayoría ebrios. Observaba a los botes alejarse cada vez más, los brazos alrededor del pecho, empapada, a punto de meterse en el agua y abandonar el cuerpo que había robado, cuando se desplomó ahí mismo en las rocas.

Ni Aurora ni Marguerite Swan lograron volver a meterse en el agua. Porque a las once cincuenta y cuatro, su hermana Hazel se zambulló en el mar y se ahogó, rompiendo una maldición de dos siglos con un solo sacrificio.

Aurora y Marguerite desaparecieron de sus cuerpos robados como un soplo de aire marino, un hilito de humo finalmente extinguido para siempre.

Desconociendo estos eventos, a la mañana siguiente, un pescador timoneó su bote entre los naufragios de barcos hundidos, deslizándose por encima del lugar exacto en donde las hermanas Swan se habían ahogado doscientos años antes. Y en ese sitio, había burbujas que subían a la superficie. Normalmente, este fenómeno era provocado por cangrejos enganchados entre sí desplazándose por el fondo limoso del puerto. Pero no esta vez, ni esta mañana.

Lo que vio fue algo diferente.

Tres cuerpos vestidos con trajes blancos de gasa, adheridos a su piel cenicienta, se mecían juntos a la deriva con la corriente. Los subió a su bote, sin imaginar lo que acababa de descubrir. No eran esqueletos ni estaban desgarrados por los peces o el agua salada; era como si se hubieran ahogado esa misma mañana.

Finalmente habían recuperado los cuerpos de las hermanas Swan.

Y cuando los trasladaron a la costa y los apoyaron en el muelle de Sparrow, la gente los observó boquiabierta. Los niños lloraron y las mujeres cortaron mechones de cabello de las hermanas como amuletos de buena suerte. Eran hermosas. Más deslumbrantes de lo que nadie habría imaginado. Más angelicales de lo que ningún retrato o historia hubiera descripto alguna vez.

La maldición de las hermanas Swan, la maldición del mar, se había roto.

Les tomó varios días a los habitantes de Sparrow decidir qué debería hacerse con los cuerpos conservados a la perfección. Pero, finalmente, fueron enterrados en el Cementerio de Sparrow, arriba de Alder Hill, mirando hacia la bahía. Era lo apropiado.

La gente continúa viniendo a tomar fotografías junto a sus lápidas, aunque la temporada Swan nunca regresó. No se escuchan susurros de canciones desde las profundas aguas del puerto ni hay cuerpos robados durante unas breves semanas de junio.

Pero hay alguien que va al cementerio todas las semanas, un muchacho que perdió a un hermano, que se enamoró y luego dejó a su amada sumergirse en el mar. Bo Carter se arrodilla junto a la tumba de Hazel Swan, le lleva flores, le cuenta historias acerca de la isla, de la marea y de la vida que nunca tuvieron. Espera que se ponga el sol para levantarse y regresar caminando por Ocean Avenue hasta el muelle.

Aún vive en la cabaña de Lumiere Island. Es el cuidador del faro. En el verano, cosecha manzanas y peras, y las lleva en cajas al pueblo para venderlas. Y cuando hay tormenta, sale a navegar solo en el velero más allá del cabo hasta mar abierto, luchando contra el viento y las olas hasta que el sol de la mañana aparece por arriba del horizonte.

Pero no está solo en la isla. Penny Talbot recorre las hileras de frutales del huerto con él. Sus recuerdos regresaron lentamente después del solsticio de verano, recuerdos que fueron elegidos solo para ella, solo los buenos. En los días calmos y soleados, Bo le enseña a navegar. Por las tardes, come pasteles olvidadizos —de grosellas y canela— que le lleva a la isla su amiga Rose, que se preocupa por ella más de lo que Penny puede comprender.

Su mamá hace tartas de manzanas y pasteles de peras; tararea mientras cocina; prepara tazas de té e invita a la gente del pueblo a la isla para adivinarle el futuro. Observa a su hija —que ha vuelto a ser la misma de siempre— y sabe que perdió muchas cosas, pero no perdió a Penny. Su mente se apacigua; su pena cede. Apila piedras lisas junto al acantilado que da al mar. Una marca, una tumba para el esposo que perdió, que ya forma parte del mar, como tantos otros.

Cuando cae la noche, Penny lee las hojas de té en la mesa de la cocina, observando sorprendida su futuro y su pasado, recordando algo que alguna vez vio en los restos mojados: un chico que llegaba volando desde el mar. Y piensa que tal vez su vida haya estado predestinada desde el principio.

Pero aun mientras se besan entre los manzanos, Bo parece estar atrapado en un recuerdo, trasportado a otro tiempo que ella no puede ver. Y por las noches, cuando la estrecha entre sus brazos junto al fuego crepitante y besa ese espacio justo detrás de su oreja, sabe que él se está enamorando de ella. Y tal vez la amaba desde mucho antes, mucho antes de que la sacara del agua la noche del solsticio de verano, la noche que es una nebulosa en su memoria. Pero no le pregunta. No quiere saber lo que sucedió antes.

Porque lo ama ahora, mientras el viento se filtra por las grietas de las ventanas de la cabaña, Otis y Olga acurrucados a sus pies, el mundo extendiéndose delante de ellos.

Tienen la eternidad. Y aun si es solo una vida, una vida larga y única… es suficiente.

TIERRA Y MAR

El Cementerio del Pacífico: así es como los habitantes de Sparrow llaman a las aguas que están frente a la costa del pueblo. No solo por los cientos de naufragios desparramados por el lecho marino, sino por todas las almas perdidas que se ahogaron allí durante los últimos dos siglos.

Algunos días, el mar está en calma, las olas llegan mansas a la orilla mientras las gaviotas se zambullen entre las rocas y los pozos de la marea en busca de peces atrapados. En esos días, es fácil olvidar la historia de lo que sucedió aquí.

Pero en los días tormentosos, cuando el viento azota al pueblo con violencia y la marea se levanta por encima de los malecones, parece que uno pudiera escuchar los cánticos de las hermanas brotando desde las profundidades del mar: un eco de años anteriores, el mar reacio a olvidar.

Cuando el cielo está gris y enlutado, y los pescadores salen más allá del cabo a través de la niebla, echan un vistazo a la isla y piden en una plegaria: buenos vientos y redes llenas. La plegaria está dirigida a ella, a la joven que ven a menudo en el borde del acantilado, la joven que se ahogó hace mucho tiempo pero que regresa una y otra vez, el vestido blanco enredándose en el viento.

Y durante la cosecha, a principios de la primavera, cuando la isla queda envuelta en un aroma dulzón y estalla de sol, se puede ver una silueta vagando por el huerto, examinando los árboles. *Ella* sigue ahí. Una aparición atrapada en el tiempo, el fantasma de una joven que vivió más tiempo del que debería haber vivido, que se atrevió a enamorarse. Y que aún permanece allí.

No por venganza. No porque esté buscando la expiación en las grietas y sombras del pueblo. Esta tierra le pertenece. La humedad, el musgo verde y los vientos salados. Es de lo que está hecha, y todo eso está hecho de ella: la misma fuerza y la misma fibra. La muerte no puede arrancarla de aquí.

Su lugar está donde la tierra se encuentra con el mar.

Su lugar está con él.

En esos momentos calmos de la primavera, cuando ella agita las nuevas hojas de los manzanos, cuando observa a Bo recorriendo las hileras de frutales, los ojos entornados ante el sol de la tarde, las manos endurecidas por la tierra, entonces ella se inclina hacia él —tan cerca que puede recordar el calor de su piel, las manos de él sobre su piel— y le susurra al oído «siempre te amaré».

Y cuando él siente el susurro del viento en el cuello, el perfume de mirra y agua de rosas en el aire, un rumor deslizándose sobre él como un recuerdo que no puede apartar…

Él sabe. Y sonríe.

Agradecimientos

La magia reside en muchas cosas y, sin ninguna duda, en los seres humanos. Sin estas mágicas personas que menciono a continuación, este libro todavía sería unos pocos garabatos en una hoja manchada de té.

Por su incansable labor, aliento y por ser tan *badass*, le agradezco a la inimitable Jess Regel. Fuiste mi aliada, mi agente y ahora eres una amiga.

A Nicole Ellul, mi extraordinaria editora: tú ves significados ocultos en los márgenes, magia en los espacios entre las palabras y te adoro por eso. No podría haber tenido a ninguna persona más habilidosa, inteligente y magnífica para llevar este libro al mundo.

Gracias a Jane Griffiths de Simon & Schuster UK por tu entusiasmo y confianza en el libro. Y por ver exactamente cuál era el lugar que ocupaban los pasteles olvidadizos.

A toda la gente de Simon Pulse. Ustedes le han dado un hogar a este libro y lucharon por él de mil maneras. Mara Anastas, Mary Marotta, Liesa Abrams, Jennifer Ung, Sarah McCabe, Elizabeth Mims, Katherine Devendorf: ¡señoras, no dejan de asombrarme e impresionarme por los malabarismos que han hecho para compatibilizar todo! Jessica Handelman, por diseñar una portada realmente espeluznante y Lisa Perrin por el arte cautivador. Jessi Smith, ¡gracias por leer el libro infinitas veces! A los activistas de la literatura juvenil, que recomiendan en voz alta qué libros hay que leer: Catherine Hayden, Matt Pantoliano, Janine Perez, Lauren Hoffman y Jodie Hockensmith. Todos ustedes merecen té y pastel diariamente.

A mis valientes, estimulantes e increíblemente talentosos amigos escritores—ustedes saben quiénes son—, que han contestado mis llamados telefónicos cuando mis personajes no se comportaban como debían o yo quería quemar todo. Les agradezco su apoyo y también su calidez.

A Sky, creo que te conservaré para siempre. Tu apoyo y tu confianza en mí es mucho más de lo que merezco. Algún día escribiremos la historia de El aprendiz de guardafaro. Te quiero.

A mis padres, que llenaron la casa de libros y también me permitieron creer que algún día yo también podría escribir. Les agradezco por todo eso, más de lo que puedo dimensionar.